퍼레이드

퍼레이드

요시다 슈이치 장편소설   권남희 옮김

은행나무

차례

스기모토 요스케

21세
H대학 경제학부 3학년

1.1

볼수록 신기한 광경이다. 이곳 4층 베란다에서는 고슈 가도(甲州街道)가 눈앞에 내려다보이는데, 하루에 몇 천 대나 되는 차들이 지나다니지만 사고를 일으키는 차는 한 대도 없다. 베란다 바로 밑에 횡단보도가 있는데, 신호가 빨간색으로 바뀌면 달려오던 차들은 어김없이 정지선에 멈춘다. 그 뒤로 달려오던 차도 앞차와 거리를 두고 부딪치지 않을 정도의 위치에, 또 그 뒤에 오는 차도 같은 간격을 두고 멈춘다. 그리고 신호가 파란색으로 바뀌면 첫 번째 선두 차가 천천히 달리기 시작하고 두 번째, 세 번째 차도 안전한 간격을 두고 이끌려가듯 뒤를 잇는다.

물론 나 역시 운전할 때는 앞차가 서면 브레이크를 밟고, 신호가 파란색으로 바뀌더라도 앞차가 움직이기 전에는 액셀러레이터를 밟지 않는다. 너무나 당연한 얘기이고 그러니 사고 따위는 일어날 리도 없겠지만, 이렇게 바로 위에서 거리를 내려다보고 있으면 그 당연한 차들의 움직임이 생각할수록 신기해서 견딜 수가 없다.

화창한 일요일 오후, 내가 왜 이렇게 베란다에 나와 서서 코앞의 도로를 바라보고 있는가 하면 이유는 단 한 가지, 심심하기 때문이다.

　이렇게 심심할 때면 왠지 시간이란 직선의 개념이 아니라 그 양끝이 연결된 원 같은 느낌이 들고, 아까 지나간 시간을 다시 한 번 새롭게 보내고 있는 듯한 생각도 든다. 현실감이 없다는 표현은 어쩌면 이런 상태를 말하는지도 모르겠다.

　지금 이 베란다에서 뛰어내린다고 상상해보자. 물론 여기는 4층이니까 재수가 아무리 좋더라도 골절일 것이고, 재수가 없으면 즉사한다. 그러나 원 같은 시간 구조 속에 있다면, 첫 번째에 즉사였다고 하더라도 두 번째 기회가 있다. 첫 번째 즉사했던 경험을 바탕으로 다음에는 가벼운 골절만으로 끝나는 시도를 해볼 수도 있을 것이다. 세 번째는 뛰어내리는 일에도 질려버려 철책에 걸터앉는 것조차 싫어질지 모른다. 뛰어내리지 않으면 아무런 변화도 일어나지 않는다. 변화가 없으면 원래의 그 지루한 시간이 다시 찾아온다.

　이 화창한 일요일에 하고 싶은 일이 전혀 없는 건 아니다. 그렇다고 뭐가 하고 싶으냐고 물어와도 좀 곤란하지만, 이를테면 지금까지 한 번도 가본 적이 없는 곳에서 지금까지 한 번도 만난 적이 없는 사람과 서로 부끄러울 정도로 솔직한 이야기를 나눠보고 싶다. 특별히 예쁜 여자가 아니어도 괜찮다. 예를 들자면…… 그래, 나쓰메 소세키의 《고코로》에 나오는 선생과 K처럼 인생 혹은 사랑에 대해 함께 고민해보고 싶다. 단, 자살까지 하면 성가시니까 성격은 좀 낙천적인 상대였으면 좋겠다.

민달팽이처럼 달라붙어 있던 베란다 난간에서 떨어져 방으로 돌아온 나는 아직까지도 바닥에 그대로 깔려 있는 이불을 밟으며 거실로 나갔다.

〈간호사의 일〉이란 드라마의 재방송을 열심히 보고 있는 고토의 등이 보였다. 변함없이 잠옷 겸용 트레이닝복 차림으로 갈라진 머리끝을 자르고 있다. 내가 방에서 나오는 걸 알았는지 돌아보지도 않은 채 "학교 안 가는 날에는 대학생들이 할 일이 없구나" 하며 놀리듯 웃었다. 순간, 옆에 있는 전신 거울을 고토 앞에 들이대고 싶은 생각이 들었다. 거울에 비친 자기 모습을 보고 진땀이나 흘리게 만들고 싶었다.

"편의점 갈 건데 뭐 필요한 거 없어?"

지갑 안을 확인하면서 묻자 고토가 갈라진 머리끝을 잡은 채 돌아다보며 "편의점? 뭐 하러?" 하고 묻는다.

"뭐 하러는…… 잡지나 읽다 오려는 거지"라고 내가 대답했다. '할 일도 무지하게 없구나'라며 비웃을 줄 알았더니 의외로 "잡지 읽으러 간다고? 나도 갈까……" 하고 중얼거렸다.

"됐어, 안 가도 돼."

"왜?"

"왜긴, 함께 가면 읽고 싶은 잡지도 마음대로 보기 힘들잖아."

"뭐 읽을 건데?"

그때 텔레비전 화면이 흔들렸다. 링거를 들고 복도를 달려가는 짧은 미니스커트 간호사복 차림의 미즈키 아리사가 당장이라도 모래 바람에 빨려 들어갈 것 같았다. 요즘 들어 텔레비전 상태가 영 좋질 않다. 텔레비전이 '슬슬 새로 살 때가 된 거아니냐'고 권유하는 것처럼도 보인다.

벌떡 일어선 고토가 난폭하게 텔레비전을 내려치기 시작했다. 마치 아픔을 느끼기라도 한 듯 화면이 이리저리 흔들리더니 고토의 세 번째 훅을 얻어맞고 나서야 정상으로 돌아왔다.

"제법인데."

"응?"

"잘 고친다구."

"아, 이거? 요령이 있지."

고토는 그렇게 대답하고는 다시 바닥에 주저앉아 갈라진 머리끝을 자르기 시작했다.

"요스케, 네가 좋아하는 드라마 세 가지만 말해봐."

"그거, 요전에도 물었잖아."

겨우 모래 바람에서 벗어나 다시 복도를 달리기 시작한 미즈키 아리사 쪽에 시선을 고정시킨 채 나는 건성으로 대답했다.

"요전에 물었던 건 9월 드라마에 한해서였지. 이번에는 금요일 열 시 드라마까지 포함해서…… 으음, 난 〈추억이 될 때까지〉〈사랑한다고 말해줘〉…… 마지막 하나는 갈등 중이긴 한데 〈고교 교사〉나 〈인간 실격〉 둘 중 하나야."

미즈키 아리사가 이제는 사복으로 갈아입어 버려 나는 그냥 현관으로 향했다. 등뒤에서 "대답하고 가야지" 하고 외치는 고토의 목소리가 들렸다. 편의점에서 돌아와서도 대답을 재촉받을 게 뻔했기 때문에 "〈고르지 않은 사과들〉이 금요일 열 시에 하는 건가?"라고 물었다. 고토가 그렇다고 하기에 "그러면 〈고르지 않은 사과들〉 I, II, III"라고 대답하고는 얼른 밖으로 나와버렸다. 나오자마자 텔레비전 고치는 요령을 제대로 물어두는 게 좋을 것 같아 잠깐 동안 다시 들어갈까 망설였지만, 지금은 텔레비전이 잘 안 나오는 게 오히려 낫겠다 싶어 그대로 복도를 빠져나왔다.

고토가 잘못 알고 있는 모양이지만, 지금 대학은 봄방학이 아니라 한창 시험을 치르는 기간이다. 피부를 위해서 〈뉴스 23〉이 시작되는 열한 시면 반드시 잠자리에 드는 고토가 모르는 것도 무리는 아니지만, 최근 몇 주 동안 나는 매일 밤늦게까지 거실 테이블에서 플라자 합의 후의 환율 변동을 나타내는 절선 그래프를 용(龍) 일러스트로 바꾸거나 프랑스 어 사전에 들어갈 만화를 열심히 그리고 있다.

나는 자가용으로 통학을 한다. 이렇게 말하면 제법 폼 나게 들리겠지만, 약속 장소에 나가 내 차를 옆에 세웠을 때 좋아하는 여자는 단 한 사람도 없었다. 거금 칠만 엔을 들여 소형 중고차를 구입한 것은 대학에 입학한 직후의 일인데, 나는 곧바로 작명 책을 뒤져보고 '모모코'라는 이름을 붙여주었다. 스기모토 모모코(杉本桃子) ― 한자 총획 25획, 길(吉). 대쪽같은 성격으로 독립독보(獨立獨步). 미워할 수 없는 인간성의 소유자로 효심이 지극하고 웃어른에게 예의가 바름. 단, 건강 면에서 기관지 계통에 문제가 있어서……. 그 문제의 징후는 구입한 지 사흘 만에 나타났다. 모모코는 달리기 시작해서 약 10킬로미터 지점쯤 가면 꼭 시동이 꺼져버렸다.

치토세가라스야마에서 이치가야에 있는 학교까지 갈 경우, 이 10킬로미터 지점이 정확히 신주쿠 역 근처가 되기 때문에 훤한 대낮에 사람들이 북적거리는 알타 앞 횡단보도에서 무참하게 멈춰선 적도 있다. 아무리 키를 돌려도 독립독보 모모코는 움직이지 않았다. 신호는 금세 파란색으로 바뀌고 뒤차에서 신경질적으로 클랙슨을 마구 울려댔다. 더 이상은 버틸 수 없던 나는 운전석에서 내려 한 손으로 핸들을 잡고 젖 먹던 힘까지 짜내며 차를 밀었다.

싸구려 중고차라고 해서 중량까지 가벼울 리는 만무하다. 보행 신호를 기다리던 사람들은 버스 정류장을 향해 비지땀을

쏟으며 차를 밀고 있는 내 모습을 바라보며 웃었다. 하지만 세상이 그리 몹쓸 곳만은 아닌 듯싶다. 얼굴이 벌게져서 밀고 있는데 갑자기 차가 가벼워져 돌아보니, 평소 같으면 그다지 가깝게 지내고 싶지 않을 야쿠자 타입의 두 형님이 모모코의 엉덩이를 밀어주고 있었다.

"어이, 빨리 브레이크 밟아! 가드레일에 부딪치겠어."

파마 머리에 빨간 카디건을 입은 형님의 말에 나는 황급히 운전석으로 올라탔다. 가드레일에 부딪치기 직전 나는 가까스로 모모코를 지킬 수 있었다.

고맙다는 인사를 하려고 창밖으로 얼굴을 내밀었지만, 야쿠자 형님들은 이미 횡단보도를 건너 알타 앞 가드레일을 지나고 있었다. "정말 고마웠습니다!" 하고 큰소리로 외쳤으나, 그 목소리는 신주쿠 역의 소음에 섞여 그들에게까지 전달되지는 않은 듯했다. 두 사람은 돌아보지도 않고 가부키초 쪽으로 씩씩하게 걸어가 이내 모습을 감췄다. 아마 사이타마나 치바의 나가레야마 시에서 온 젊은이들일 것이다. 차에 문제가 생겼을 때, 어디선가 불쑥 나타나 구원의 손길을 뻗어주는 사람은 대개 그들 같은 야쿠자들이기 십상이다.

그런 연유로 모모코를 운전할 때는 무리하지 않고 9킬로미터 가량 달리다가 일단 시동을 끄고, 다시 다음 9킬로미터를 달린다. 물론 원거리 운전은 한 번도 한 적이 없다. 마이카를 가진 덕분에 오히려 내 행동범위가 좁아져 버린 셈이다.

대학에는 주차장이 없어 개천 둑 옆에 주차한다. 물론 주차 금지 구역이어서 운이 나쁘면 견인될 각오를 해야만 한다. 그러나 다른 학생들의 차와는 달리 나의 모모코가 견인되는 일은 좀처럼 드물다. 왜냐하면 개천 둑 끝에 '루프랑'이라는 커피숍이 있는데, 그곳 주인이 순찰차가 나타날 때마다 모모코를 잠시 주차장에 넣어주기 때문이다. 그 사람이 그렇게 착한 일을 해주는 까닭은 조금만 달려도 야쿠자가 엉덩이를 밀어줘야 하는 모모코를 곱게 키운 외동딸 시집보내듯 팔아넘긴 장본인이기 때문이다.

사흘 전 무역론 시험을 치고 있을 때도 커피숍 주인은 모모코를 지켜주었다. 아, 그러고 보니 시험이 끝난 후 오랜만에 만난 사쿠마가 고토를 만나고 싶으니 어쩌니 하는 말을 꺼냈던 것 같기도 하다.

사쿠마는 무도관에서 열린 입학식 때 내 옆자리에 앉은 인연으로 알게 된 녀석인데 대학에서 사귄 유일한 친구라 해도 과언이 아니다. 생각해보면 도쿄에서 생활하는 데 필요한 많은 정보들을 사쿠마 녀석을 통해 얻었다. 비록 사소한 것이긴 하지만, 이를테면 전철 타는 법, 옷을 촌스럽지 않게 입는 법, 근사한 바가 있는 곳, 괜찮은 아르바이트를 찾는 법 따위를 나는 그를 통해서 배웠다.

그렇다고 그가 모든 걸 친절하게 가르쳐준 건 절대로 아니다. 예를 들어 전철만 해도 그랬다. 입학한 지 얼마 되지 않았을 때 학교에서 돌아오는 길에 사쿠마와 둘이서 야마노테 선을 타게 되었다. 그 당시 내게는 상경한 직후부터 줄곧 궁금해하던 것이 있었다.

"야, 지금 저 사람들 어디로 가는 거야?"

손잡이를 잡고 있던 내가 사쿠마에게 물은 질문은 전철이 한참 달리는 도중에 다른 칸으로 이동하는 사람들에 대한 것이었다. 물론 지금은 그들이 자신이 내릴 역의 출구에서 가장 가까운 칸으로 이동할 뿐이란 걸 알지만, 당시만 해도 그런 합리적인 이유가 존재하리라고는 상상조차 할 수 없었다.

"지금 저 사람들이라니?"

질문의 의미를 파악하지 못한 사쿠마의 반문에, 줄곧 '전철 어딘가에 화장실이 딸린 차량이 있을지도 모른다'는 생각을 하고 있던 나는 곧이곧대로 물어보았다. 그는 그제야 질문의 의미를 이해했다는 듯 "아, 저 사람들" 하고 고개를 끄덕이더니 "저 사람들 화장실이 아니라 매점에 가는 거야" 하고 대답했다.

만약 그때 사쿠마가 '식당차로 가는 거야'라고 했더라면 아무리 촌뜨기인 나라도 더럭 의심을 했겠지만, 주스나 신문을 파는 매점 정도라면 전철 차량 안에도 충분히 있을 법하다는 생각이 들었다. 억울해서 아직까지도 사쿠마에게는 털어놓진 않았지만, 그 후 내가 야마노테 선 전철을 이 칸 저 칸 뒤지며 얼마나 매점을 찾아 헤맸는지 모른다.

사흘 전 무역론 시험이 끝난 후 당구장에 가려고 캠퍼스를 빠져나온 나와 사쿠마는 롯데리아에 들렀다.

"너희 집, 모두들 건강하지?"

사쿠마가 치즈버거를 한입 가득 베어 물면서 물었다. 아무리 그러지 말라고 해도 사쿠마에게는 레스토랑 의자에서 가부좌를 튼 자세로 앉는 버릇이 있다.

"모두라니 누구?" 하고 나는 일부러 능청을 떨었다.

"모두는 말 그대로 모두지" 하고 사쿠마는 입을 삐죽거렸다.

"그러니까 특히 누구의 안부를 묻고 싶은 건데?"

스스로 생각해봐도 나는 참 심술궂은 성격이다. 사쿠마는 "아니 뭐"라고 얼버무리며 한입 가득 베어 문 치즈버거를 달콤한 바닐라 셰이크와 함께 삼켰다.

사쿠마가 말한 '너희 집, 모두'란 치토세가라스야마의 방 두 개에 거실과 주방이 딸린 맨션에서 나와 함께 살고 있는 사람들 모두를 가리킨다. 그리고 내가 심술궂게 끝까지 사쿠마의 입에서 억지로 뱉어내게 하려고 했던 그 이름은 아까 〈간호사의 일〉 재방송을 보면서 갈라진 머리끝을 자르던 오코우치 고토미, 즉 '고토'였다.

"듣고 싶은 얘긴 아닐 테지만, 고토는 일찌감치 포기하는 게 좋을 거다."

나는 사쿠마가 남긴 프라이드 포테이토를 집으면서 벌써 몇 번이고 되풀이했던 충고를 다시 했다.

"애인하고 헤어지기만을 기다리는 건데, 특별히 민폐를 끼치는 일은 아니잖아."

사쿠마는 다시 바닐라 셰이크를 마시려고 했지만, '쪽쪽' 소리만 날 뿐 내용물이 스트로우를 타고 올라가는 것 같지 않았다.

고토에게는 애인이 있다. 아니, 본인은 있다고 생각한다. 바로 이 점이 모호하기 때문에 사쿠마 같은 순수한 사내가 갈피를 잡지 못하는 것이지만……. 고토는 일반적인 보통 수준의 미인보다 훨씬 빼어나다고 하는 편이 옳다. 이건 순전히 나의 주관적인 견해만이 아니라 사쿠마를 비롯해 고토를 만난 적이 있는 뭇 남자들의 뜨거운 반응을 통해 확연히 확인할 수 있는 사실이다. 그런 빼어난 미인이 허구한 날 잠옷 겸용 트레이닝복 차림으로 치토세가라스야마의 맨션에 유폐되어 있다시피 한 것이다. 고토가 그렇게 된 이유는 그녀가 2년제 대학에 다닐 때 사귀었던 남자친구 때문이다. 요즘 한창 잘나가는 배우 마루야마 도모히코가 바로 고토를 그렇게 만든 장본인이다. 그는 지금 후지 텔레비전에서 인기리에 방영 중인 멜로드라마에서 모델 출신의 인기배우 에쿠라 료의 연하 애인 역으로 열

연 중이다.

겨우 일주일에 한 번 정도 걸려올까 말까 한 마루야마의 전화를 때로는 갈라진 머리끝을 자르면서, 때로는 취미인 과자 만들기를 하면서 아침부터 잠들기 전까지 온종일 기다리는 게 고토의 하루 일과다.

"요스케, 오늘밤 너희 집에 놀러가도 될까?"

롯데리아를 나와 당구장으로 가던 도중 사쿠마가 은근슬쩍 물어왔다. "뭐, 상관은 없어. 근데 너도 참 어지간히 끈질긴 녀석이다"하면서 나는 피식 웃었다.

"또다시 고토한테 고백하겠다는 말은 안 했잖아!"

"아, 또 하게?"

"안 할 거라니까!"

"지난번에 그렇게 당해놓고도 벌써 잊어버렸니?"

"기억해. 그래도 그때는 내가 좀 빙 돌려 말했던 것 같아."

"그 정도가 빙 돌려서 말한 거라구? 고토의 얼굴을 빤히 보면서, '난, 고토를 좋아해. 날마다 고토를 생각했어. 널 생각할 때마다 잠을 못 이뤄'라고 한 게 빙 돌려서 말한 거냐?"

"나한테는 그저 우회적인 표현이었을 뿐이야."

"그래, 고토는 뭐라던?"

"기억 안 나!"

"기억나게 해줄까?"

"됐어."

우리 집 거실에서 거행된 사쿠마의 일생일대 사랑 고백을 고토는 고개를 숙인 채 묵묵히 듣고만 있었다. 언뜻 보아 꽤나 진지하게 듣고 있는 것 같은 자세였다. 그런데 그때 욕실에서 "고토! 나 먼저 씻어도 돼?" 하는 소우마 미라이의 목소리가 들려오자 고토는 "잠깐! 곧 끝날 것 같아"라며 엉겁결에 큰 소리로 대답을 했다.

아무리 낙천적인 성격의 사쿠마라도 그날 밤은 어깨를 축 늘어뜨리고 돌아갈 수밖에 없었다. 애초 가능성이 없는 일이라고 생각한 나조차도 측은한 생각이 들어 "아무리 심층(深層)이었더라도 네가 너무 심했어" 하고 고토에게 따지고 들었다. '심층'이라는 말은 무의식이라는 의미로 프로이드의 정신 분석학을 만화로 읽었다는 미라이가 어느 날 느닷없이 쓰기 시작해 우리 동거인들 사이에서 유행했던 말이다.

1.2

가끔씩 편의점에서 무릎 굽히기 운동까지 해가면서 선 채로 실컷 잡지를 읽곤 한다. 마지막에는 더 이상 읽을 게 없어서 여성지에까지 손을 뻗친 덕분에《코스모폴리탄》에 실린 마루야마 도모히코의 짧은 인터뷰 기사를 발견하고 고토에게 사다 주기로 마음먹었다. 마루야마는 인터뷰에서 '좋아하는 사람하고는 한시라도 떨어지고 싶지 않죠. 제가 독점욕이 너무 강한 걸까요(웃음)'라고 말하고 있었다. 그러나 독점욕이 강한 애인을 가진 고토의 생활치고는 텔레비전을 보거나 머리끝을 손질하거나 눈썹을 뽑으며 지내야 하는 시간이 너무 많은 게 아닌가 싶다.

편의점을 나서면 우리가 사는 맨션이 코앞에 보인다. 차량들의 흐름이 끊기기를 기다렸다가 길을 건너 현관문을 열고, 정기점검 중인 엘리베이터를 지나 비상계단으로 올라갔다. 2층 층계참까지 올라갔을 때 위쪽에서 누군가 흐느끼는 소리가 들렸다.

나는 사람이 올라가는 것을 알리기 위해 일부러 발소리를 크게 내며 노래까지 흥얼거리면서 계단을 올라갔다. 4층으로 향하는 층계참을 돌자 교복 차림의 여고생 하나가 무릎을 껴안은 채 앉아 있었다. 그 여학생은 계단에 멈춰 선 내 얼굴과 맞닿은 높이에서 손수건으로 얼굴을 가리고 울고 있었다. 잠자코 지나가기에는 너무나 좁은 계단이었지만, 그렇다고 며칠 전처럼 괜히 말을 걸었다가, "상관하지 마세요!" 하고 소리라도 지른다면 그것 역시 곤혹스러운 일이 아닐 수 없다. 단지, 오늘 울고 있는 여학생은 며칠 전 울고 있던 소녀와는 달리 스커트 길이도 보통이고 머리도 물들이지 않았다.

"저, 저어……."

우선 나는 애매하게 입을 열었다. '좀 지나갈게요'라고도 '괜찮아요?'라고도 해석할 수 있는 모호한 '저어'였다.

얼굴을 들고 나를 본 여학생은 깜짝 놀라 황급히 일어섰다. 그 바람에 무릎에 올려놓았던 가방이 떨어져 내 발밑까지 굴러왔다. 여학생의 시선을 놓치지 않으면서 가방을 들어올린 나는 "저어, 무슨 일 있었어요?" 하고 조심스럽게 물었다. 여학생은 가방을 낚아채더니 "아뇨, 아무 일도 없어요" 하며 나를 밀치듯이 지나쳐 계단을 내려가려고 했다.

순간 나도 모르게 여학생의 손목을 잡았다. 너무 세게 잡힌 탓인지 여학생은 뿌리치려고 흔들던 팔에서 포기한 듯 힘을 뺐다.

"저어, 나, 실은 요전에도 너처럼 우는 여학생을 여기서 봤는데 너도 402호에서 나온 거 맞지? 난 그 옆 401호에 살거든."

402호라는 말이 내 입에서 나온 순간 여자아이의 얼굴에 적이 긴장감이 스쳤다. 나는 그 얼굴을 들여다보며, "음, 혹 괜찮다면 상담에 응해줄 수 있는데"라고 말했다.

여학생의 속눈썹이 눈물에 촉촉하게 젖어 있었다. 그래서인지 속눈썹이 짙고 길어 보였다. 잡고 있던 손목을 천천히 놓아주자 여학생은 작은 목소리로 "괜찮아요"라고 중얼거렸다.

"그, 그래도⋯⋯."

평소의 나답지 않게 끈질기게 물고 늘어지는 내게 여학생
은 "정말 괜찮아요. 제가 원해서 온 거니까 할 수 없어요" 하고
는 교복 치마를 펄럭이며 좁은 비상계단을 뛰어 내려갔다. 따
라가 봤자 요전처럼 "내버려둬요!" 하며 밀쳐버리는 게 아닐까
싶어 다리가 움직이질 않았다.

나는 착잡한 기분으로 집으로 들어섰다. 고토는 이제 갈라
진 머리끝을 자르는 일에는 질렸는지 거울 앞에 앉아 열심히
눈썹을 뽑고 있었다.

"고토, 나 또 봤다."

"뭘?"

돌아보는 고토의 눈썹은 확연하게 좌우 굵기가 달랐다.

"그러니까 402호⋯⋯."

"중년 남자였어? 아님, 젊은 여자?"

"젊은 여자랄까? 아직 여고생이었어. 비상계단에 앉아 펑펑
울고 있더라."

"흐음. 울고 가는 아이가 있는가 하면, 깡충거리며 가는 아이
가 있다고도 하고. 역시 사람은 제각각인가 봐."

"어떻게 그렇게 태평스럽게 말할 수 있어? 옆집에서 매춘을
하잖아."

"매춘? 아직 확실한 건 아니잖아."

"402호에는 수상한 중년 남자 혼자 살고 있어. 거기 드나드 는 사람들은 대개 돈이 많아 보이는 아저씨들이나 가진 것 없 어 보이는 젊은 여자들뿐이야. 그런데 매춘 말고 또 뭐가 있겠 어?"

"하지만 내가 우연히 만난 여학생은 '감사합니다!' 하고 예 의바르게 인사를 하고 나가던걸. 매춘하는 아이라면 어떻게 '감사합니다!'라고 인사까지 하고 갈 수 있겠니? 혹시 사이비 종교집단이 아닐까? 하긴 남의 일에는 상관하지 않는 게 최고 지. 만약 옴진리교면 어쩌려고?"

주방으로 가서 냉장고 문을 열자 차를 담아놓은 유리병이 보였다.

"이거 고토가 끓여서 넣은 거야? 좀 마셔도 될까?"

그렇게 물으면서 이미 나는 컵에다 차를 따르고 있었다.

"아, 그거 마시지 않는 게 좋을 거야. 내 차가 아니라 나오키 거니까. 재스민차인지 뭔지 오늘 아침에 일부러 끓이는 것 같 더라구."

차가 동거인 중의 한 사람인 이하라 나오키의 것이란 말을 듣고 나는 병을 원래대로 되돌려 놓았다. 나오키라면 남은 분 량을 알 수 있도록 병에 선이라도 그어놓았을 게 뻔하다.

"나오키 형은 뭐라고 해? 402호에 대해서."

여전히 눈썹을 뽑고 있는 고토의 등에 대고 묻자 "응, 우리도 밀입국한 외국인들처럼 관리실 몰래 집단생활을 하고 있으니 피차일반이라고 하더라" 하고 대답했다.

"밀입국자라……."

나는 중얼거리면서 탄산이 다 빠진 콜라를 컵에 부었다.

어째서 내가 여기서 이런 공동생활을 하고 있는지는 한마디로 설명할 수 없고 할 마음도 없다. 학교 친구들을 포함하여 지금까지 여러 사람들에게 그런 질문을 받았다. 그러나 제대로 설명하려 하면 할수록 그 이유가 뭔지 점점 알 수 없어지는 느낌뿐이었다. 전에 고토에게도 같은 질문을 한 적이 있다.

"고토는 왜 여기서 여러 사람과 함께 사는 거지?"

고토의 대답은 극히 간단했다.

"그야 마루야마가 사무실 기숙사에서 생활하니까 같이 살 수가 없잖아."

요컨대 고토의 선택에는 '마루야마 도모히코와 산다' 혹은 '그 이외'라는 두 가지만 존재하는 듯싶었다.

이 맨션의 구조는 먼저 현관을 들어오면 바로 오른쪽에 화장실이 있고, 짧은 복도를 따라 나오면 왼쪽에 주방이 있다. 원룸의 작은 시스템 주방과는 달리 참치 정도는 간단히 배를 쪼개 손질할 수 있을 만큼 넓다. 주방 옆에 미닫이가 있고 그 안쪽이 다다미방으로 한 평이 조금 넘는 넓이의 남자들 방인데,

나오키와 내가 쓰고 있다. 남자 방에 있는 파이프 침대에서는 나오키가 자고, 나는 다다미 바닥에 이불을 깔고 잔다. 책상이 있긴 하지만 모두들 다리미대로 사용해서 요즘에는 교과서 대신 스프레이 풀과 분무기 나부랭이가 흩어져 있다. 방의 섀시 문을 열면 베란다가 나온다. 그리 좁지는 않지만 화분을 갖다 놓거나 우드 덱으로 장식하고 싶어질 만큼 넓지도 않다.

주방으로 돌아와 이가 잘 맞지 않는 유리문을 열면 두 평 정도 넓이의 거실이 나온다. 남쪽은 전면이 창이고 바로 아래쪽으로 고슈 가도가 지나고 있어서 다소 소음이 신경 쓰이지만, 볕이 잘 들어 고토의 속옷쯤은 한 시간 만에 마른다. 고토는 대체로 여기에서 하루를 보낸다. 휴대전화가 있으니 어디에 있든 상관없을 텐데도 거실에 있을 때 마루야마에게 전화 올 확률이 제일 높다며 움직이지 않는다(하루종일 거기 있으니 확률이고 뭐고 따질 것도 없다고 생각하지만……). 거실에는 아주 촌스러운 옅은 보라색의 인조가죽 소파와 유리 테이블이 놓여 있다.

거실 끝이 양식으로 된 두 평이 조금 안 되는 여자들 방이다. 특별히 남자 출입금지도 아닌 데다 미라이가 퍼더버리고 앉아 술 마시길 좋아하는 스타일이라 모두 모여 술을 마실 때는 보통 이 방을 많이 사용한다. 여자 방에는 미라이가 사용하는 세미 더블 침대가 있고, 고토는 나처럼 바닥에 이불을 깔고 잔다.

방 두 개짜리 맨션, 이곳에 우리 네 사람이 함께 살고 있다.

거실 소파에 앉아 김 빠진 콜라를 다 마신 나는 편의점에서 《코스모폴리탄》을 사온 사실을 떠올리고, 여전히 눈썹을 뽑고 앉아 있는 고토에게 "자, 이거" 하고 내밀었다.

고토는 이미 그 잡지를 샀는지 별 흥미 없이 술렁술렁 책장을 넘기다가 "아, 참. 아까 우메사키라는 사람한테 전화 왔었어" 하고 말했다.

"우메사키 선배한테서? 뭐래?"

"글쎄, 여행 어떻게 할 건지 묻는 것 같던데……."

동아리 선배인 우메사키 형이 다음 주말에 이즈 고원에 가지 않겠느냐고 전화를 했었다. 함께 가기로 약속했던 친구 커플이 갑자기 여행을 취소해 달리 부를 만한 사람도 없다면서 '여자친구도 데려 오라'고 했다.

얼굴을 찡그려가며 눈썹을 뽑고 있는 고토에게 "혹시 다음 주말에 시간 있니?" 하고 물어보자, "마루야마에게서 전화가 없으면"이라는 예상대로의 대답이 돌아왔다.

"그건 언제쯤 알게 되지?"

"언제쯤이라니? 다음 주말이겠지."

"다음 주 토요일이 지나고 일요일도 지난 시점에서야 알 수 있다는 뜻이야?"

"그렇게 되나?"

"어쨌거나 고토는 성격도 참 무던하다. 그렇게 줄곧 남자친구 전화만 기다리다 보면 인생을 낭비한다는 생각 안 들어?"

굳이 고토를 이즈 고원에 데리고 가고 싶은 건 아니었다. 그저 이쯤에서 주의를 주지 않으면 눈썹이 다 없어져 버릴 것 같아서 그렇게 물었다.

"그야 생각하지, 나도."

"오, 생각한다?"

"그야 당연하지. 올지 안 올지도 모르는 전화인데 하루종일 멍청히 기다리고 있으니까."

"그렇지? 의외로 고토도 냉정한 면이 있군."

"나? 물론이지."

냉정이란 참으로 무섭다는 생각이 들었다. 이미 차버린 여자가 내 전화를 줄곧 기다리고 있다. 그것도 냉정하게 눈썹을 뽑으면서……

"그럼, 함께 가지 않을래?"

"어디?"

"아까 그 전화 말이야. 우메사키 선배가 다음 주말에 함께 이즈 고원에 가자는 전화였어."

"근데, 내가 우메사키라는 사람 만난 적 있었니? 전화 받았을 때 '오랜만이야'라고 하길래 좀 당황했어."

"왜 요전에 세탁기 날라다 준 선배 있잖아."

"아, 그 좀 지적인 분위기의 남자?"

"그래, 그래. 그 지적인 분위기의 남자가 다음 주말에 이즈 고원에 같이 가지 않겠냐는 거야."

"이즈 고원? 고원에 가서 뭐하게?"

"글쎄? 테니스?"

"지적인 분위기의 남자와 고원에서 테니스를 쳐?"

"그래, 가고 싶어졌지?"

"그럴 거라 생각해?"

"아니."

이제 그만해도 될 텐데 고토는 또다시 눈썹을 뽑기 시작했다. 오른쪽과 왼쪽의 가닥수를 완벽하게 맞추기라도 하려는 듯 보였다. 그쯤에서 부탁하기를 포기한 나는 들고 온 《코스모폴리탄》을 둥글게 말아 쥐고 소파에서 일어서며, "지금 베란다에 빨래 널린 거 있어?" 하고 물었다.

"비어 있어. 빨래할 거니?"

"응, 뭐 같이 빨 거라도 있으면 줘."

"있지, 있고말고."

그러더니 고토는 족집게를 손에 쥔 채 황급히 화장실로 달려갔다. 화장실에서 나온 고토는 남자 방으로 들어가려는 내 손에 구질구질해진 핑크빛 변기 커버를 쥐어주었다.

"이건 섬유 유연제는 안 넣는다. 알았지?"

순순히 변기 커버를 받아들고 남자 방으로 들어온 나는 문을 닫는 동시에 벽을 향해 힘껏 그 커버를 내던졌다.

1.3

더러워져 가는 세탁조 물 속에서 속옷과 셔츠에 섞인 핑크빛 변기 커버가 얼굴을 내미는 것을 바라보고 있자니 문득 신야 생각이 났다.

중학교 때부터 같은 학교를 다녔고, 고등학교 때는 농구부에서 함께 운동하던 에쓰코가 전화를 걸어 "너 들었어? 신야가 죽었대"라고 가르쳐준 것은 꼭 한 달 전의 일이다. 에쓰코가 전화를 걸어온 때는 새로운 관광명소로 등장한 '디즈니 시'가 오픈을 며칠 앞두었을 무렵이었다. 같은 농구부원이었던 에쓰코와 리키 둘이서 도쿄에 놀러갈 예정이니 오랜만에 얼굴이나 좀 보자는 용건으로 전화를 해 한동안 서로의 근황을 물은 후, "그럼 일정이 확실히 정해지면 다시 연락할게" 하고 전화를 끊으려 하던 바로 그때였다. '아, 참'이라는 서두와 함께 꺼낸 신야의 죽음을 알리는 에쓰코의 말투는 마치 '이웃집에 담이 생겼다'는 이야기를 하듯 너무도 가벼워 나도 하마터면 '아, 그래?'라고 무심히 대답할 뻔했다. 에쓰코의 말에 의하면 신야는 오토바이 사고로 죽었다고 했다. "너랑 사이가 별로 안 좋았지?" 하는 에쓰코의 말에 나는 "뭐, 그랬지" 하고 대충 얼버무리고 말았다.

신야는 중학교 동창생이다. 어느 학교에서나 그럴 거라고 생각하지만 남학생들은 대개 각각 위치한 자리에 따라 네 분류로 나눠지곤 한다. 먼저 교실 제일 앞줄에 앉는 명석한 두뇌의 우등생 그룹, 그다음 우등생 뒤에서 잠만 자다 가는 운동부 계통이 있다. 농구부였던 나도 아마 여기에 속했을 것이다. 교실 복도 쪽에는 좋게 말하면 문화 마니아 혹은 사이언스 마니아들이 모여 앉아, 쉬는 시간만 되면 이소룡이니 프로레슬링 이야기로 꽃을 피운다. 그리고 마지막으로 햇빛 좋은 창가나 뒷자리를 점령하는 불량배 그룹이 있다. 신야의 자리는 햇빛 좋은 창가의 맨 뒷줄이었다.

실제로 학교 내에서 나와 위치가 다른 그룹의 신야와 어울린 기억은 전혀 없다. 단, 둘 다 이지마 나오코의 열렬한 팬이어서 내가 가지고 있던 그녀의 사진집을 신야에게 강매당한 적이 있다.

가끔 시내에서 사복을 입은 신야를 보았지만, 아무리 보아도 같은 시기에 학교를 다니는 녀석이라고는 생각할 수 없었다. 벌써 한탕 뛰고 온 젊은 야쿠자 조직원이라고 하는 편이 훨씬 더 어울렸다.

그런 신야에게서 갑자기 집으로 전화가 걸려온 때는 중학교 3학년 여름방학이 끝난 지 얼마 안 되었을 무렵이다. "어, 잘 있었어?" 하는 말에 낮에도 교실에서 봤는데 잘 있고 말고가 어디 있냐는 생각을 하면서도, "어, 어어. 잘 있었지"라고 대답했다. 순간, 뭔가 호출을 받을 만한 실수라도 한 걸까 하는 의문이 떠올라 나는 텔레비전 드라마에서처럼 학교 뒤나 근처 공사장 같은 곳으로 끌려가 이지메를 당하는 아이처럼 주눅이 들었다.

"너, 오늘 어때? 한가한 편이니?" 하고 신야는 물었다. 왠지 조금 수줍어하는 듯한 말투였다.

"뭐, 뭐하게?"

갑작스런 호출에 긴장한 나는 조심스럽게 되물었다.

"아니, 저어 혹시 한가하면 우리 집에 놀러 왔으면 해서."

신야는 분명 '놀러 오라'는 말을 했지만 솔직히 감이 잡히지 않았다. 순간적으로 '놀다'라는 말이 불량 그룹 내에서 쓰는 은어일지도 모른다는 생각도 들었다. 내가 선뜻 대답을 못 하고 우물쭈물거리자, "아니, 거 뭐지…… 너 요즘 수험공부 하고 있지?" 하고 신야가 물었다.

"아, 응. 대충 하고는 있지만……."

겨우 중학생다운 대화가 시작되어서 우선 안심하고 그렇게 대답했다. 신야가 무슨 일로 전화를 걸었는지 모르겠지만 일단 학교 뒤로의 호출은 아닌 것 같아 안심했다. 어쨌거나 거절할 이유를 찾지 못했던 나는 전화를 끊은 후 곧장 자전거를 타고 그의 집으로 향했다.

신야의 방에 들어갔을 때 테이블 위에 올려져 있던 딸기 케이크와 홍차 때문에 나는 많이 놀랐다. 일부러 나를 위해 준비한 것 같았는데, 그 앞에 앉아 있는 신야의 얼굴에 눈썹이 없었다.

잠시 어색한 침묵이 흐른 후, 신야의 입에서 나온 말은 딸기케이크 이상으로 나를 놀라게 했다. "공부 좀 가르쳐주지 않을래?" 신야는 틀림없이 그렇게 말했다. 몇 번을 되물어도 "그러니까 공부를 좀 가르쳐줬으면 좋겠어" "공부 좀 가르쳐줘" "가르쳐달라고 하잖아!"로 점차 말투가 거칠어졌지만 그 의미만큼은 달라지지 않았다. 신야는 고등학교에 진학하고 싶다고 말했다. 달리 부탁할 만한 녀석이 없었다고도 했다.

그날부터 나는 학교가 끝나면 일주일에 몇 번씩 신야의 집을 찾게 되었다. 절대로 다른 아이들에게는 비밀로 해야 한다는 입막음을 당했기 때문에 아무도 그 사실을 알지 못했다. 농구부원들 사이에서는 나에게 여자친구가 생겼다는 엉뚱한 소문이 나돌기도 했다. '상대가 옆에 있는 여학교 앤데 엄청 못생겼대'라는 꽤나 구체적인 꼬리표까지 붙었었다.

신야에게 공부를 가르치고 싶은 마음도 없었고, 솔직히 나에게 누굴 가르칠 만한 실력도 없었다. 그래도 내가 신야의 집에 다녔던 이유는 그가 겉보기처럼 나쁜 아이가 아니라는 것, 나쁘기는커녕 우리 둘 다 이지마 나오코의 팬으로 이야기를 하면 할수록 마음이 잘 통한다는 점 때문이었다. 나는 신야가 초대할 때마다 기꺼이 그의 집에 갔지만, 아래층에서 부모님이 시끄럽다고 소리칠 때까지 둘이서 시시한 잡담만 할 뿐, 테이블에 쌓인 문제집에는 손도 대지 않았다. 나중에는 부르지도 않았는데 신야의 집에 가기도 했다. 아무런 도움도 안 되는 시시한 이야기에도 신야는 즐거운 듯이 웃어주었고, 설마 그가 자신의 장래에 대해 그렇게 진지하게 생각하고 있을 줄은 꿈에도 몰랐다. 천성이 명랑한 탓에 붙임성 좋은 게 화근이 되어, 친구들보다 한참 뒤처져버린 인생을 그는 필사적으로 되돌려 놓으려던 것이리라. 당시 나는 조그만 초밥 가게 아들로, 내 주변 누군가가 깊은 절망에 빠져 있다는 건 상상도 못 할 나이였다.

결국 신야는 어차피 쓸데없는 짓이라며 지망하는 학교에 원서조차 내지 않았다. 시험이라도 쳐보라는 말을 하고 싶었지만 일단 그의 가정교사 격인 나조차 합격하기 어려운 그 학교에 제자쯤 되는 그가 붙을 가능성은 전무했다.

신야는 절대 둔재가 아니었다. 만약 반 아이들 모두 집에서 따로 공부하지 않고, 학원에도 다니지 않고, 오직 학교 수업만으로 시험을 치렀다면 아마 신야는 누구보다도 좋은 성적을 얻었을지도 모른다. 그러나 세상은 그렇게 만만하지 않다. 토끼와 거북이의 경주에서처럼 거북이가 한 걸음 한 걸음 열심히 앞으로 나갔기 때문에 이긴 게 아니라, 한 걸음 한 걸음 기어가는 모습을 토끼에게 들키지 않았기 때문에 이길 수 있었던 것이다.

중학교를 졸업하면서 신야와의 만남은 끊겼다. 마지막까지 비밀로 하고 있었기 때문에 반 아이들이 보기에는 아무런 변화도 없었다.

내가 마지막으로 신야를 만난 것은 고등학교 졸업식을 일주일쯤 앞둔 어느 날이었다. 나는 겨우 그 학교에 합격했었다. 우연히 버스 안에서 그를 만났다. 정말 오랜만에 만난 우리는 한참 동안 이야기를 나누었다.

내가 "나 다음 달에 도쿄에 간다"고 하자, "이야, 대단하다. 도쿄 대학생이라니?" 하며 신야는 무척이나 부러운 눈길을 보냈다. 버스 정류장이 가까워져 자리에서 일어난 그가 승강구를 향해 걷다가 문득 잊어버린 말이 생각난 듯 멈춰 서서, "도쿄에 가면 열심히 해. ……어차피 난 양아치로 살아야겠지만 내 몫까지 열심히 살아"라고 말했었다.

신야의 죽음을 알게 된 후부터 지난 한 달 동안 밤에 잠자리에 들면 보지도 않은 사고 광경이 떠오르곤 한다. 외길로 쭉 뻗은 도로를 오토바이가 달린다. 그 길에 장해물이 있어 신야는 그것을 피하려다 균형을 잃고 쓰러졌을지도 모른다. 그러나 신야 정도면 어떻게든 자세를 바로했을 것이고, 굴렀다고 하더라도 죽음만은 피할 수 있었을 것이다. 신야는 운동 신경도 발달했고 머리도 좋았다. 단거리라면 육상부 아이들보다도 더 빨랐던 그를 보며 노처녀 음악 선생님은 제임스 딘을 닮았다고 했었다.

마지막으로 버스 안에서 만났을 때, "나 있지, 옛날에 너희 아버지를 속인 적이 있어" 하고 신야가 갑자기 미안한 듯 이야기를 시작했다.

"우리 집 앞에 야나가와라는 큰 집이 있었어. 초등학생 때였는데 친구들 몇 명이서 너희 가게에 전화해 '3초메의 야나가와입니다만, 최고급 초밥 4인분만 빨리 배달해주세요' 하고 장난 주문을 했었지. 하필이면 그날은 비가 엄청나게 내렸어. 너희 아버지는 오토바이를 타고 오셨는데 비옷이 흠뻑 젖은 채였어. 얼굴이 빗줄기에 그대로 드러났으니 얼마나 아프셨을까. 그래서인지 잔뜩 일그러진 얼굴로 우리 집 앞 언덕길을 올라오셨지. 우리는 커튼 뒤에 숨어 그런 너희 아버지를 보며 얼마나 웃었던지. 전혀 미안한 마음도 없이 그저 생쥐처럼 흠뻑 젖은 그 얼굴이 웃겼던 거야. 아직 철부지였을 때니까. 너희 아버지, 야나가와란 큰 집 문 앞에 오토바이를 세우더니 쪽문으로 몸을 구부리고 들어가셨어. 우린 어떤 얼굴로 나올까 잔뜩 기대하며 기다렸지. 얼마나 지났을까. 한참 뒤에 너희 아버지, 몇 번이고 고개를 숙이면서 또 쪽문으로 아까처럼 몸을 구부리고 나오셨어. 우리는 그쯤에서 장난 전화란 걸 알고 몹시 화가 나서 돌아가실 거라 생각했어. 그런데 너희 아버지, 그 쏟아지는 빗속에서 두리번거리며 이웃집 문패를 확인하기 시작하는 거야. 이웃에 '야나가와'란 집이 또 있는지 한 집 한 집 문패를 확인하며 돌아다니셨지. 그때까지도 우린 배꼽을 잡고 웃으며 구경했는데, 그 근방을 한 바퀴 돌더니 오토바이 앞까지 돌아와 또 다른 골목길로 들어가시는 거야. 더 이상 보고 있을 수가 없어서 우린 누가 먼저랄 것도 없이 창가에서 떨어져 이불 속으로 들어갔어. 가능한 한 창밖의 일을 생각하지 않으려고 애쓰며 다른 이야기를 시작했지. 너희 아버지, 그러고도 얼마나 더 찾아 돌아다니셨을까. 정말 추운 날이었는데."

대학 진학과 함께 상경할 당시 불안감 때문에 숨이 막힐 것 같았던 나를 바로 그 아버지가 공항까지 바래다주었다.

"요즘 세상에 고지식한 얘긴지는 모르겠지만 대학에 가면 좋은 선배를 찾아라. 평생 따르고 존경할 수 있을 만한 선배를 찾으라는 말이다" 하고 아버지는 말했다.

"싫어요. 평생 선배 심부름꾼밖에 안 될 텐데요"라고 말하며 나는 웃어넘기려 했지만, 아버지는 "모르는 소리 마라. 좋은 선배에게 귀여움 받는 놈이 좋은 후배에게도 존경을 받는 법이다"하고는 내 머리를 가볍게 쿡쿡 쥐어박았다.

우메사키 선배가 쓰던 세탁기를 가져다주었을 때 "어차피 줄 거면 좀 좋은 걸 주지"라고 내가 얄밉게 말하자, "완전 공짜에다 트럭으로 배달까지 해주는데도 그런 소릴 하냐, 이 녀석아"라며 선배는 언제나처럼 사람 좋게 웃었다.

우메사키 선배가 준 수동 세탁기는 탈수가 시작되면 진동 때문에 덜덜거리면서 베란다 이쪽 끝에서 저쪽 끝까지 이동한다. 배수가 잘되라고 바닥을 배수구 쪽으로 조금 기울어지게 만든 탓이다. 탈수가 끝날 무렵에는 마치 목줄에서 벗어나려는 개처럼 세탁기는 탱탱하게 늘어난 플러그와 코드를 끌어당긴다.

요즘 들어 신야의 이야기를 누군가에게 하고 싶다는 생각이 종종 든다. 그가 어떤 사람이며 어떤 가능성을 감추고 있었는지, 그가 어떤 식으로 살았고 어떤 식으로 죽었는지, 그가 버스 안에서 내게 무슨 말을 해주었는지, 그런 것들을 누군가와 진지하게 이야기하고 싶어진다. 그러나 지금 내게는 그런 이야기를 나눌 상대가 없다. 아무리 친한 친구여도 사쿠마에게 이야기할 수 있는 내용은 아니다. 이야기해봤자 '당구나 치러 가자'고 딴소리할 게 뻔하다. 반대로 진지하게 귀를 기울인다 해도 쑥스러워서 오히려 내가 어색할 것 같다.

함께 산다고는 하지만 고토와 미라이, 나오키 앞에서도 그런 센티하고 심각한 면을 내보이고 싶지는 않다. 어쩌면 이 집의 공동생활은 그런 것들을 끌어들이지 않기 때문에 가능한지도 모른다. 이야기하고 싶은 게 아니라 이야기해도 괜찮은 것만 이야기하기 때문에 이렇게 순조롭게 살아갈 수 있는지도.

빨래가 끝나기를 기다리며 또 베란다에서 거리를 내려다보고 있었다. 생각에 잠겨 있었던 탓인지 맨션 앞에 검은색 고급 승용차가 서 있는 것을 그제야 발견했다. 가로등 불빛을 반사시키는 검은 차체가 반딧불처럼 빛을 발했다. 세탁기를 돌아보니 어느새 탈수가 끝나 있었다.

그때 현관 쪽에서 우당탕 하는 소리가 들리고, 손에 도시락을 든 고토가 하얗게 질린 얼굴로 남자 방으로 뛰어 들어왔다.

"뭐, 뭐야? 왜 그래?"

나도 모르게 탈수기에서 꺼낸 바지를 고토에게 내밀었다. 고토도 어지간히 당황했던지 그 바지를 순순히 받아들며 "와, 왔어. 옆집에, 그, 그 사람이 왔어" 하고 떨리는 목소리로 말했다.

"그, 그 사람이라니. 누구?"

"왜, 텔레비전에 잘 나오는……."

"그러니까 누구?"

"이름은 몰라. 어쨌든 시즈오카인가 어딘가의 국회의원이고 텔레비전에 잘 나오는, 왜 내가 싫어하는 지난번 총리의 호위

병 같은 뻔질뻔질한, 저기…….”

“누구?”

“아이, 이름은 모른다니까. 아이구 답답해라. 왜 있잖아. 요코야마 노크 같은 얼굴의 저기…….”

“노구치 요시오?”

“맞아, 그 사람! 402호에 그 사람이 왔다니까.”

흥분이 좀처럼 가라앉지 않는 고토를 안정시키기 위해 나는 젖은 바지를 손에 든 채 그녀의 등을 떠밀어 거실로 나왔다. 물을 한 모금 마시게 한 뒤 들은 이야기에 의하면, 역 앞에서 도시락을 사온 고토가 엘리베이터에서 내려 복도를 지나 집 앞에 다다랐을 때, 갑자기 402호의 문이 열리며 안에서 노구치 요시오로 보이는 남자가 나왔다고 했다. 검정색 차가 맨션 앞에 서 있던 것이 생각났다. 하지만 선거운동원 여자를 성추행해 오사카 지사직에서 물러난 요코야마 노크 사건 이후 대머리를 연상시키는 문어를 못 먹게 되었다는 고토를 더 이상 흥분시키는 것도 좋지 않을 것 같아, 나는 “정말 노구치 요시오가 틀림없어?” 하고 물으며 믿을 수 없다는 표정을 지었다. 그러자 고토는 틀림없다고 몸을 바르르 떨며, “고발하자. 저런 바람둥이 대머리가 벽 너머에서 어린 여자아이들을 농락하고 있다고 생각하면 속이 울렁거려 잠이 안 올 것 같아”라면서 씩씩거렸다.

"자, 잠깐만. 조금 전까지 옆집은 매춘이 아니라 사이비 종교 활동을 하는 곳이라고 했잖아. 그리고 경찰에 고발하는 것도 좋지만 덩달아 우리까지 조사를 받게 돼 관리 사무실에 발각되기라도 하면 어떡할래? 당장 여기서 쫓겨나! 이 맨션은 아무튼 신혼부부용이니까."

"그럼 어째서 신혼부부용 맨션에 그런 바람둥이 문어 대머리가 출입할 수 있는 거니?"

그렇게 소리친 고토는 자신이 한 말이 우스웠는지 굳어져 있던 표정을 조금 누그러뜨렸다.

고토는 옆방에서 매춘 행위를 하고 있다는 사실이 아니라 옆방에 바람둥이 문어 대머리가 왔다는 사실에 더 분개하는 것 같았다.

밥맛이 떨어졌다며 고토는 기껏 사온 가라스 도시락을 내게 건네주었다. 가라스 도시락은 역 앞 도시락 가게의 인기 상품으로, '가라'는 '가라아게(튀김)', '스'는 '쇼가야키(생강 맛 나는 돼지고기 구이)'에서 따온 말로, 그 두 가지가 들어 있는 아주 싸고 맛있는 580엔짜리 도시락을 말한다. 이 쇼가야키 맛이 기가 막혀 오후 여덟 시가 지나면 종종 품절될 정도로 인기가 좋다.

1.4

대체 어쩌자는 건지 모르겠다. 이즈 고원에서 돌아온 후로 가슴이 답답해서 견딜 수가 없다. 따지고 보면 따라가지 않은 고토가 나쁘다. 아니, 고토 탓만으로 돌릴 수도 없다. 처음부터 고토가 이즈 고원에 가지 않을 거라는 건 알고 있었으니까. 우메사키 선배의 더블데이트 여행에 파트너도 없이 혼자 따라간 나에게 문제가 있다. 물론 처음에는 같이 갈 사람이 없으니 사양하겠다고 거절했었다. 그러나 마음 착한 우메사키 선배는, "그러면 혼자라도 와. 어차피 4인실이고 지금부터 구해봐야 함께 갈 만한 다른 친구를 찾기도 힘드니까" 하고 말했다.

아무리 그렇더라도 '아니, 가봐야 폐만 끼칠 텐데요'라고 거절하는 게 멋진 남자의 모습일 것이다. 그런데 나는, '그럼 함께 갈까? 어차피 할 일도 없는데'라며 넙죽 따라나서 버렸다.

이즈까지는 우메사키 선배의 차로 갔다. 우리 집까지 태우러 오는 건 번거롭다고 해서, 나는 니시고쿠 분지까지 모모코로 가서 차를 선배의 차고에 넣고, 선배의 차인 파젤로에 옮겨 탔다. 파젤로는 10킬로미터를 달려도 시동이 꺼지는 일 따위는 없었다.

우메사키 선배의 여자친구인 기와코는 전날 밤부터 선배의 방에 함께 있었던 것 같았다. 여느 때처럼 선배의 아파트 앞에 모모코를 세우고, 클랙슨을 몇 번 울리자 선배 얼굴 대신 기와코의 얼굴이 베란다에 나타났다. 그녀는 바람에 흩날리는 머리칼을 매만지며 채소가게에서 감자라도 고르는 듯한 얼굴로 나를 내려다보았다. 차창으로 얼굴을 내밀고 머리를 꾸벅 숙이자 그녀는 깜짝 놀라며 황급히 인사를 꾸벅했다. 느닷없이 감자에게 인사를 받으면 누구라도 깜짝 놀라는 게 당연하다. 그녀는 이따금 집 안쪽을 돌아보며 뭔가 이야기를 하는 듯 보였다. 내가 방으로 가는 게 좋을지, 그렇지 않으면 그냥 그대로 기다리는 게 좋을지 알 수가 없었다.

그날 아침, 선배와 함께 주차장으로 내려온 기와코와 처음 눈이 마주친 순간부터 마음이 끌렸다. 아마 이런 걸 두고 첫눈에 반했다는 표현을 쓰는지도 모르겠다. 물론 생전 처음 느껴 보는 감정이라 그것이 정말 세상 사람들이 첫눈에 반한다는 것과 같은 의미인지 어떤지는 잘 모르겠다. 만약 첫눈에 반한다는 것이 그 사람 앞에 서면 까닭 없이 가슴이 설레고 빨리감기를 할 때의 비디오 화면처럼 안정감이 없어지고, 그 사람 입에서 나오는 한 마디 한 마디를 오버해서 받아들여, '산책이나 할까?'라는 상대의 말에 부랴부랴 집에 전화를 걸어 '아버지, 저이제 결혼하게 될 것 같아요'라고 말할 정도로 긴장하는 거라면 나는 존경하는 선배의 여자에게 첫눈에 반한 게 틀림없다.

이즈 고원에는 공교롭게 비가 내렸다. 예약했던 테니스 코트도 흠뻑 젖었고, 온천도 없는 서양식 산장에서 달리 할 일이라곤 아무것도 없었다. 지붕 있는 테라스에서 먹기로 한 바비큐 저녁식사 시간을 기다리는 동안, 우리 세 사람은 산장 주변을 산책하거나 흠뻑 젖은 테니스 코트에 들어가 우산을 든 채 젖은 테니스볼을 손바닥으로 치며 놀았다. 이렇게 말하면 나와 선배가 빗속을 뛰어다니고, 기와코는 옆에서 조용한 미소를 머금은 채 장난꾸러기 남자들을 지켜보는 정경을 떠올리겠지만, 상상과 달리 누구보다 흙투성이가 되어 열심히 뛰어다닌 사람은 그녀였다. 오히려, 나는 '이봐요, 좀더 뛰어요'라는 주의까지 받았을 정도다.

흙투성이가 되어 산장으로 돌아와, 저녁 무렵 테라스에서 열린 바비큐 파티까지 끝나자 우리는 또 할 일이 없어졌다. 좁은 욕실에서 교대로 샤워를 하고 냉장고에 넣어둔 양주를 땄다. 우메사키 선배는 맥주 한 잔에 경량급 테크니션 복서 구시켄 요코가 되었고, 우롱차에 소주를 섞은 우롱하이를 마시고는 왕년의 챔피언 가쓰 이시마쓰가 되더니, 와인까지 마시자 한 주먹 하는 카를로스 리베라는 가볍게 뛰어넘어 급기야는 링에 쭉 뻗은 다코 하치로가 되고 말았다.

뭐, 그렇게 될 걸 알고 마신 선배에게 잘못이 있긴 하다. 그럴 줄 알면서 무리하게 마시게 한 나도 그리 잘한 건 없지만. 아니나 다를까 선배는 곧 뻗어버렸고 열 시쯤에는 침실에서 드르렁드르렁 코를 곯아댔다. 사용이 금지된 난로가 있는 거실에 남겨진 나와 기와코는 이따금 침실에서 들려오는 선배의 코고는 소리에 미소를 지으며 3인용 소파의 양끝에 앉아 있었다

기와코는 선배를 '그 사람'이라고 불렀다. 그날 밤, 두 사람만의 대화 중에 그녀의 입에서 얼마나 많은 '그 사람'이 나왔는지 헤아릴 수 없을 정도다. 기와코가 '그 사람이 말이야'라고 말할 때마다 나도 질세라 '우메사키 선배요' 하고 되받았다. 겨우 단 둘이서 이야기하게 되었는데 우리는 연신 코를 곯아대는 선배 이야기만 했다. 우리가 앉은 3인용 소파의 한 가운데 우메사키 선배가 여전히 앉아 있기라도 한 것처럼…….

이즈 고원에서 돌아온 지 오늘로 일주일째다. 이제 그만 생각하자고 마음먹었지만 문득 정신을 차리고 보면 기와코와 둘이서 보낸 산장에서의 밤을 떠올리고 있었다. 그때 내가 왜 그렇게 말했을까, 다음에는 이렇게 받아쳐야지 하면서 두 번 다시 일어날 수 없는 상황을 꼼꼼하게 분석했다.

기와코와 단 하룻밤을 보냈을 뿐이지만, 그녀가 정말 원하는 남자는 우메사키 선배 같은 타입이 아닐 거라는 필이 왔다. 따라서 우메사키 선배와 기와코는 가까운 시일 내에 반드시 헤어질 거라고 내 멋대로 추측을 하기도 했다. 내 나름대로 근거를 댈 만한 이유는 있었다. 우메사키 선배는 자크 켈아크나 보

리스 비안에 대해서는 전혀 흥미가 없었고, 〈록키 3〉를 벌써 다섯 번이나 봤다고 아무렇지도 않게 말하는 남자이기 때문이다.

기와코는 이미 그런 차이를 느끼고 있지 않을까. 단지 그만 만나자는 말을 꺼내지 못하고 있을 뿐인지도 몰랐다. 이것은 절대로 남의 여자를 짝사랑하는 놈의 자기 멋대로의 변명은 아니다. 세탁기를 가져다주던 날, '요즘 애인 생겼다면서요? 잘되어 갑니까?'라고 묻는 내게 선배의 대답은 이런 식이었다.

"잘되어 가긴 하는데, 좀 뭐랄까…….."

"좀 뭐랄까라니?"

"좀 적극적이랄까, 자유분방하다고 해야 할까. 그 여자는 펠라티오를 하고 싶다는 말 같은 걸 예사로 하거든."

나는 이번 생일로 만 스물두 살이 되지만 지금까지 펠라티오를 하고 싶다는 말을 스스럼없이 하는 여자를 만난 적은 없었다. 그때 선배는 기와코가 자기와 동갑이고(즉 나보다는 세 살 연상) 삿포로 출신이며 자신이 일하는 대기업 식품 공장의 파견 사원으로, 현재 대학 1학년인 남동생과 세다가야의 맨션에 산다는 말을 했었다. 그러나 실제로 만난 기와코는 그때 갖게 된 선입견(펠라티오를 하고 싶어하는 여자)과는 전혀 달랐다.

이즈 고원에서 돌아온 후 나는 벌써 세 번이나 우메사키 선배에게 전화를 걸었다.

"잘 지내요?"

"또 너냐?"

"시간이 나서요."

"용건은 뭐야?"

"별로 용건 같은 건 없어요. 꼭 용건이 있어야 전화합니까?"

선배는 천진하게 '하하' 하고 웃어주었다. 뭔가를 받을 때 말고는 내가 이렇게 자주 전화를 건 적은 없었다. 이렇게 빤히 들여다보이는 행동을 하는 후배의 속내를 순박한 선배는 전혀 알아채지 못하는 듯했다. "기와코 씨는 잘 지내죠?" 하고 내가 물었을 때 우메사키 선배는 "응, 잘 있어. 여행에서 돌아와서는 네 얘기만 한다"고 말했다. 선배에게 몹시 잔혹한 짓을 하고 있다는 죄책감이 가슴을 쳤다.

지난 한 주 동안 내가 매일처럼 기억을 되새기며 깊은 한숨을 내쉬는 것은 어째서 그날 밤 기와코에게 아무런 의사표시도 못 했던가에 대한 후회 때문이다. 솔직히 그날 밤 나는 자신이 있었다. 기와코도 틀림없이 내 마음을 눈치 챘을 것이고, 거부할 의사도 없어 보였다. 그런데 용기 없는 나는 아무런 의사표시도 못 한 채 우메사키 선배와의 대학시절 추억만 잔뜩 늘어놓고, 또 그녀와 선배의 연애담만을 묵묵히 들어주었을 뿐이다. 유감스럽게도 선배를 의식해서 절제한 건 아니었다. 그날 밤 분명 그녀의 입술에 운 좋게 키스를 할 수도 있었을 것이다. 그러나 그래봐야 비참해지는 쪽은 나일 거라는 생각이 들었다. 그곳에서 너무 쉽게 '좋아해요'라고 말해버리면 그야말로 내가 바람이나 피울 상대로 받아들여질 것 같았기 때문이다. 이즈에서 돌아와 일주일이 지난 지금까지도 나는 그것이 두려워 머리 싸매고 고민만 할 뿐 전혀 진도를 나가지 못하고 있다.

요컨대 나는 기와코의 심심풀이 상대는 되고 싶지 않다. 그렇다고 선배와 헤어져 달라고 말할 수 있을 만큼 그녀에 대한 사랑의 확증 같은 것도 없다. 단지 이대로 만나지 않고는 견딜 수가 없을 뿐이다. 도대체 어떻게 해야 좋을지 나도 모르겠다.

갑자기 노크 소리가 들렸다. 엎드려 있던 책상에서 얼굴을 들자 방 입구에 고토가 서 있었다. 이즈 고원에 가기 전에는 옆집 402호에서 정말 무슨 일이 벌어지고 있는지 그 진상을 알아내기 위해 잠입수사라도 하자고 한참 열을 올렸지만, 이즈 고원에서 돌아온 후에는 옆집에서 뭘 하건 그건 아무래도 상관없었다. 고토 역시 그 집에 바람둥이 대머리만 안 온다면 결국 별일도 아닐 것이다.

"무슨 일이야?"

내가 퉁명스럽게 묻자, "그냥. 혼자 방에 틀어박혀 뭐하는가 싶어서"라고 말했다.

"뭐하긴, 생각할 게 많아."

"흐음, 생각할 거라……."

방으로 들어온 고토가 느닷없이 책상에 엎드린 내 어깨를 뒤로 젖히더니 주무르기 시작했다.

"뭐, 뭐야?"

"저어, 노래방에나 갈까 해서."

"난 생각할 게 많다니까!"

조금 거칠게 손을 뿌리치며 고개를 들자 고토가 몹시 곤란한 표정을 지었다.

"대체 왜 이러냐구?"

"저기 실은 부탁을 받았어. 나오키와 미라이에게."

"뭘?"

"널 노래방에 데리고 가서 하마다 쇼고의 노래라도 열창하게 해주라고."

"왜? 대체 왜 나를 노래방에 데려가려는 건데?"

"왜라니? 역시 사실이었군."

"도대체 뭐가?"

"아니, 그러니까 노이로제란 역시 자기 자신은 깨닫지 못하는 거구나 싶어서……."

고토는 자기 자신의 이야기를 하고 있는 게 틀림없었다. '매일 방에 틀어박혀 전화벨이 울리기만 기다리지 말고, 가끔 노래방에라도 가'라고 미라이와 나오키가 충고하자 그걸 내 문제로 착각하고 있는 게 분명했다.

방을 나간 고토가 "돈이라면 잘 맡아두었으니까 너무 걱정하지 마" 하고 외치는 소리가 들렸다. 그리고 곧바로 "아, 그리고 일주일 내내 입고 있는 그 옷, 냄새 나니까 당장 다른 걸로 갈아입어. 기왕 벗을 바엔 샤워라도 해주면 더 고맙겠지만" 하는 말도 덧붙였다.

1.5

어젯밤 마루야마 도모히코가 드디어 에쿠라 료에게 버림받았다. 물론 드라마 속에서다. 처음부터 그녀가 인기배우인 오기와 도시야와 다시 결합할 거라는 것쯤은 쉽게 예상할 수 있었지만, 다이칸야마의 고급스러운 레스토랑에서 '안녕'이라는 말을 듣는 마루야마를 막상 보고 있으려니 어쩐지 남의 일같지가 않았다. 옆에서 함께 보고 있던 고토에게, "에쿠라 료는 남자 보는 눈이 없는 것 같아"라고 말하자, 중간 광고가 시작되기를 기다렸다가 "에쿠라 료가 아니라 작가의 남자 취향이 이상해"라고 고토는 말했다.

"맞아. 이 작가의 이야기에는 리얼리티가 없어."

"젊었을 때 인기가 없었을 거야. 그러니까 만날 이런 스토리가 되는 게 아닐까?"

나와 고토는 광고가 나오는 짧은 시간 동안 재빨리 교대로 화장실을 다녀왔고, 드라마가 다시 시작됐을 때는 같은 자세로 소파에 앉아 있었다. ……정말이지 텔레비전 드라마는 시시하기 그지없다.

"스기모토 군! 스·기·모·토!"

등 뒤에서 갑자기 소리를 질러 정신이 퍼뜩 들었다. 돌아보니 홀을 담당하는 아야코 씨가 전표를 펄럭펄럭 흔들면서 이쪽을 노려보고 있었다.

"뭘 멍청하게 서 있는 거야! 지금 내가 불러준 주문 내용, 제대로 들었어?"

"아, 죄송해요. 잠깐 어제 봤던 드라마 생각을 하다가……."

"기가 막혀. 지금이 드라마 타령할 때야! 엔칠라다와 타코스에 들어갈 치즈하고 콩 그리고 코로나 라임이 떨어졌잖아."

그때 등 뒤의 손님 테이블에서 부르는 소리가 들리자 아야코 씨는 내게 화난 표정을 지은 채, "네에, 곧 갑니다~" 하고 액소시스트에서 더빙을 한 오하라 레이코의 목소리처럼 대답했다.

시모기타자와의 작은 멕시코 레스토랑에서 요리사 아르바이트를 시작한 지 팔 개월째다. 처음부터 요리사를 하려고 면접을 봤던 건 아니었다. 물론 오너 쪽에서도, "우와, 피망에도 씨가 있군요!" 하고 놀라는 놈을 요리사로 채용할 생각은 눈곱만치도 없었을 것이다. 보세 옷을 사러 나간 길에 아르바이트 모집 광고를 보고 들어가 뜻하지 않게 음식점 일을 시작하게 되었다. 처음에는 서빙이나 설거지를 했지만, 보름도 지나지 않아 가게의 유일한 주방장이었던 마사하루 씨가 그만두는 사태가 벌어졌다. 오너와 사이가 안 좋은 것은 알고 있었지만 그렇게 갑자기 그만둘 줄은 몰랐다. 그 물벼락을 맞은 게 바로 나였다.

"마사하루 옆에서 설거지를 했으니 알겠지. 오늘부터 당장 만들어봐!"

음식문화를 무시하는 오너의 그와 같은 명령으로 나는 갑작스럽게 주방에서 일하게 되었다. 그다음 주에야 겨우 중화요리점 출신 주방장을 구했는데, 취미인 트라이애슬론 때문에 일주일에 사흘을 쉬어야 한다면서(그것도 토·일 포함) 그렇지 않으면 일할 수 없다고 으름장을 놓았다. '시모기타자와'는 주말이 가장 바쁘다. 그래서 결국 나는 주방 일을 계속하게 되었다.

중화요리점에서 배운 트라이애슬론 요리사와 시중에 나와 있는 요리책을 손에 든 학생이 주방에서 솜씨를 발휘하는 깜찍한 인테리어의 멕시코 레스토랑에는 그래도 젊은 고객이 끊이지 않고 찾아들었다. 정말 신기한 일이 아닐 수 없다.

마지막 주문 음식을 내고, 주방 뒷정리를 마쳤을 때는 이미 열한 시가 넘어 있었다. 모아둔 쓰레기를 묶어 밖으로 내놓고 뒷문 쓰레기장에서 평소에는 피우지 않던 담배를 한 대 입에 물었다.

가게로 들어오자 머리를 푼 아야코 씨가 멕시코에서 가장 인기가 좋다는 데카테 캔 맥주를 마시면서 전표 정리를 하고 있었다. 조리복을 벗으면서 "오늘 바빴으니까 한 십만 엔 들어 왔겠네요?" 하고 묻자 아야코 씨는 아무 말도 하지 않고 고개를 저었다. 문 닫을 시간쯤 오너가 얼굴을 비칠 때도 있었지만, 대부분 아야코 씨가 그날의 매상을 은행 야간금고에 맡기러 간다.

"아파트까지 태워다 드릴까요?"

옷을 다 갈아입은 나는 아야코 씨의 옆에 앉으며 물었다. 아야코 씨는 록 밴드에서 보컬을 하면서 생활비를 벌기 위해 이 가게에서 일했다. 올해 스물아홉 살, 진담인지 농담인지 모르지만 아야코 씨의 말에 따르자면 밴드 이름이 '리미트'라고 한다.

"아, 그렇지. 아야코 씨에게 좀 물어보고 싶은 게 있는데요."

계산을 도우면서 그렇게 말하자 아야코 씨가 조금 귀찮은 듯한 얼굴로 나를 보았다.

"뭔데?"

"저, 만약에 말입니다. 아야코 씨 애인이 있잖아요. 그 애인의 후배에게 사랑한다는 고백을 받는다면 어떻게 하시겠어요?"

"어떻게 하겠냐니, 뭘?"

"아뇨, 그러니까 뭐 귀찮다거나 기쁘다거나."

"그 후배란 사람이 근성이 있어?"

"근성……? 굳이 말하자면 없는 편일걸요."

"그럼 당연히 귀찮지."

"네?"

"근성 없는 사람한테서 사랑한다는 고백을 받으면 귀찮다는 뜻이야."

"그럼, 근성이 있다면요?"

"글쎄, 그 사람이 '더 후'나 '킹크스'를 들어?"

"아뇨, 아마 안 들을 거예요."

"그럼, 비틀스와 클래식 중 어느 걸 좋아해?"

그제야 아야코 씨가 보컬을 맡고 있는 밴드 이름이 정말로 '리미트'일 거라는 확신이 들었다.

가게를 나와 역 반대편에 있는 아파트까지 아야코 씨를 태워다주고 간나나 도로로 되돌아갔다. 원래대로라면 뒷길로 나가서 사사즈카를 빠져나가 고슈 가도로 가는 게 제일 빠르지만 최근 며칠 동안은 굳이 혼잡한 간나나 쪽으로 돌아가는 걸 선호하는 편이다. 이유인즉슨 간나나에서 조금 더 뒷길로 들어가면 기와코 씨가 동생과 함께 사는 맨션이 있기 때문이다.

선배의 이야기로는 원룸 맨션이라 기와코가 침실을 사용하고 동생은 거실 소파에서 잔다고 했다. 그녀의 방에 불이 켜져 있는 경우는 좀처럼 없었다. 아니, 내가 일을 마치고 돌아오는 길에 들러 그 창을 올려다보기 시작한 이후 아직 한 번도 불이 켜져 있는 날이 없었다. 우메사키 선배의 말로는 기와코의 남동생은 치바의 가시와 시에 사는 여자친구 아파트에 눌러 앉아 거의 집에 오지 않는다고 했다. 동생이 그렇다면 내가 이렇게 안타까운 마음으로 올려다보고 있는 이 밤에도 그 누나인 기와코는 우메사키 선배의 방에 가 있지 말라는 보장도 없었다.

모모코를 맨션 뒤에 세운 나는 차에서 내려 현관으로 돌아갔다. 자동 잠금 장치가 된 현관에는 모니터가 달린 인터폰이 설치되어 있었다. 한참 동안 거리 맞은편 자동판매기 앞에서 담배를 피우며 기다리고 있는데, 샐러리맨으로 보이는 남자가 취했는지 비틀거리며 맨션으로 들어갔다. 남자가 비밀번호를 누르고 자동문이 열리는 순간, 나는 성큼성큼 다가가 마치 타이밍 좋게 나타난 것 같은 얼굴을 하고 그 남자 뒤를 따라 안으로 들어갔다. 남자는 1층에 사는 사람인 듯 엘리베이터는 타지 않고 복도 끝 쪽으로 걸어갔다. 그 뒷모습을 보고 있는데 남자가 갑자기 휙 돌아보는 바람에 당황한 나는 꾸벅 머리를 숙였다. 남자는 '흥' 하고 코웃음을 치며 다시 갈지자를 그리며 걸어갔다.

엘리베이터를 타고 3층으로 올라갔다. 3층, 여기까지 온 것은 처음이 아니다. 단지 그때는 엘리베이터에서 내리지 않고 그대로 되돌아갔다. 첫 번째는 맨션 앞까지, 두 번째는 맨션 입구의 우편함을 만지작거리는 데까지, 그리고 세 번째는 마침 안에서 나온 여자 덕분에 현관까지 들어갔고, 네 번째 만에 겨우 엘리베이터를 탔다. 그리고 오늘밤이 다섯 번째다. 나는 마침내 기와코의 집 문 앞에 서 있었다.

문 앞에는 '마쓰니와 고지·기와코'라는 마치 부부처럼 보이는 문패가 붙어 있었다. 현관문에 귀를 기울여보았지만 안에서 인기척은 들리지 않았다.

어젯밤 이미 이불 속에 누워 있는 고토의 베갯머리에 정좌하고, "실은 나, 아르바이트 끝내고 돌아오는 길에 매일 기와코의 맨션 주변을 어슬렁거리고 있어"라고 괴로운 마음을 털어놓았다. 고토는 꽤나 졸린 듯 보였지만 "어머, 그거 변태 아냐?" 하고 웬일로 진지하게 상대해주었다.

"역시 그렇게 생각해?"

"그 정도는 스스로 자각했어야지."

"어떤 자각?"

"그러니까 변태로서의……."

내게 변태로서의 자각을 갖게 해서 어떻게 할 생각인지. 어쨌든 나는 이야기를 계속했다.

"나 말이야. 진지하게 사랑하는 것 같아, 기와코를."

"사랑하는 거야? 사랑하는 것 같은 거야?"

고토는 이상한 부분에 연연했다.

"그러니까, '같다'는 건 수줍어서 그러는 거야" 하고 나는 대답했다.

"넌 단순한 것 같으면서 의외로 복잡해" 하고 고토가 말했다.

"내가 단순한 것 같아?"

"미라이나 나오키도 그렇게 말하더라. 그건 됐고, 어쨌든 맨션 근처만 어슬렁거리지 말고 제대로 현관 벨을 누르고 들어가서 진지하게 고백을 해봐."

"고백을 해?"

"그래, '난 당신을 사랑하는 것 같습니다. 여기에서 '같다'는 표현은 수줍어서 그러는 것입니다' 하고."

"고백이라……. 아, 역시 무리다. 그래도 선배의 여자친구인데 어떻게."

내가 힘없이 중얼거리자 고토는 "그러면 얘기는 이미 끝난 거지, 뭐" 하고는 얼른 돌아누웠다.

고토는 연애 상담 기초의 '기' 자도 몰랐다. 연애 상담을 하는 사람이 피상담자에게 충격을 줄지도 모를 말을 하는 건 용서받기 힘든 행위라는 걸 모르는 눈치다. 그때 옆 침대에서 자고 있던 미라이가 "어이, 두 사람, 어두운 데서 소곤거리는 거

그만 좀 해라. 엄청 신경이 쓰인단 말이야" 하고 불평을 했다.

나는 미라이의 잔소리를 무시하고, "그 사람이 나한테 호감을 갖게 할 자신은 있어. 단, 그게 바람피울 상대로서의 호감이 될지도 모르지만" 하고 다시 이야기를 시작했다.

"물어보지?" 하고 고토가 졸린 목소리로 말했다.

"뭐라고?"

"그러니까……."

거기까지 말했을 때 침대에서 베개가 날아왔다.

"난 너희들과 달라. 내일도 아침부터 일 나가야 된단 말이야!"

미라이의 고함소리에 나는 얌전히 여자 방을 나왔다. 닫힌 문 저쪽에서, "도대체 저것들은 연애질밖에 관심이 없어"라고 짜증을 내는 미라이의 목소리가 들려왔다.

다섯 번째 방문으로 겨우 기와코의 집 현관문에 도달해, 문에 난 작은 구멍에 손가락을 넣어보고 있을 때, 등 뒤에서 엘리베이터 열리는 소리가 들렸다. 황급히 돌아보자 맙소사, 엘리베이터 안에 기와코가 서 있는 게 아닌가.

기와코의 얼굴에 '앗' 하고 놀란 표정이 떠올랐다. 물끄러미 이쪽을 보고 있는 기와코의 시선이 내 얼굴에서 어깨로, 어깨에서 구멍 속에 넣은 손가락을 향해 움직였다.

"무, 무슨 일이야?" 하고 그녀가 물었다.

"무, 무슨 일이라니요?" 하고 나는 되물었다.

기와코는 천천히 내 쪽으로 걸어왔다. 여행 갔을 때와 인상이 전혀 달라 보이는 건 아마도 정장 차림이기 때문인 듯했다.

"아직 내 동생 돌아오지 않았지?"

"아, 네에, 아직……."

"우리 집에 온 거 맞지?"

"어, 아니, 그렇긴 하지만……."

"어떻게 된 거야?"

"아니, 이 근처에 올 일이 있어서……."

만약 우연히 마주치는 일이 생겨도 이 말만은 결코 하지 않겠다고 맹세했던 대사가 끝내 버텨내지 못하고 허망하게 튀어나왔다. 기와코는 웃으면서 문을 열었다. 안에서는 전화벨이 요란하게 울어대고 있었다.

1.6

나는 지금 본관 534호 대강의실 제일 끝줄에 앉아 아무것도 적혀 있지 않은 흑판을 벌써 삼십 분째 바라보고 있다. 교실에는 나 외에 아무도 없다. 교실 전체가 흑판을 향해 경사져 있어서 제일 끝줄에 앉아서 바라다보면 질서정연한 책상의 파도가 교단을 향해 밀려가는 것처럼 보였다. 과연 이 나뭇결 파도의 절정에 선 나는 순조롭게 이 파도를 넘을 수 있을 것인가.

아들을 도쿄의 사립대학에 보내면서 우리 부모는 상당히 무리를 한다고 생각하는 것 같았다. 어릴 적에 어머니는 곧잘 이런 말을 했다. "초밥을 만드는 것은 훌륭한 일이다. 그래도 말이지, 아버지는 네가 이 초밥 가게를 물려받는 것보다 우리 집에 오시는 훌륭한 손님들처럼 되길 바라서"라고. 도쿄에서는 아직 한 번도 초밥 가게에 가본 적이 없다. 물론 회전초밥 같은 건 초밥 축에도 들지 않는다.

역시 여자는 남자보다 현실적으로 만들어졌나 보다. 처음에 내가 도쿄의 사립대학에 간다고 했을 때 어머니는 심하게 반대했다. 물론 외아들을 가까이 두고 싶어하는 어머니의 애정도 있었겠지만, 어머니는 내가 모아온 대학 안내 자료와 도쿄 생활 매뉴얼 등을 꼼꼼히 읽어보고 나서 만약 나를 도쿄로 보내면 대체 어느 정도의 돈이 필요할지를 철저하게 계산했다. 물론 초밥 가게의 안주인이니 다소는 부풀린 금액이었을지도 모른다.

어머니에게 돈 얘기를 듣고 솔직히 나도 반쯤 포기했었다. 수험료만 계산해보아도 '많이 응모하면 한 군데는 붙겠지' 하는 식의 도전이어서, 그 금액은 나의 불안정한 학력과 반비례하여 눈덩이처럼 커져갈 수밖에 없는 일이었다. 많은 학교에 원서를 내면 그만큼 숙박일수도 길어질 것이고, 설령 운 좋게 합격한다고 해도 입학금과 등록금 그리고 방값과 생활비로 나갈 돈을 생각하면 대책이 서지 않았다. 나도 모르게 어머니가 제시한 금액만큼 초밥을 만들어야 할 아버지의 모습을 상상하게 되었다. 그러나 난공불락이라 생각했던 어머니의 마음을 바꾼 것은 아버지의 한 마디였다.

아버지는 "저 녀석이 가고 싶다고 하면 도쿄든 어디든 보내" 라고 말했다고 한다. 물론 어머니는 '말이야 쉽지만'이라면서 우는 아이도 뚝 그칠 정도의 견적서를 아버지 앞에 보란 듯이 꺼내놓았다. 그러나 아버지는 그걸 보려고도 하지 않고 "이봐, 당신 자신을 한번 생각해봐. 친구라고는 모두 이 규슈에 사는 촌구석 사람들뿐이지?" 하고 말했다고 한다.

"그야 그렇죠. 모두 중학교나 고등학교 때 동창들뿐이니."

"그렇지? 나 역시 그래. 그렇다면 요스케만큼은 도쿄에 나가서 좀더 다양한 사람들과 친구가 되었으면 하는 생각을 안 해봤어? 아니, 이를테면 말이야. 고치 현에서 가다랑어를 잡는 집 아들이나 교토의 요정 집 아들, 아니면 홋카이도에서 낙농을 하는 집 딸이라도 괜찮아. 그렇게 여러 지방 사람들과 친구가 될 수 있다면 생각만 해도 기분 좋은 일 아냐?"

어머니는 묵묵히 듣고만 있었다. 그 이야기를 들으면서 그제야 상경할 내게 무엇을 챙겨줄지 진지하게 생각하기 시작했을 것이다. 아버지는 마지막으로 이런 말도 했다고 한다.

"어미와 달리 애비가 아들에게 해줄 수 있는 거라곤 이렇게 발로 차서라도 밖으로 내쫓는 것밖에는 없겠지."

아무 생각 없이 바라다보고 있던 흑판 옆의 문이 열리고 남학생 하나가 얼굴을 들이밀었다. 남학생은 대강의실 맨 뒷줄에 앉은 나를 보더니 "어, 마케팅론 여기서 하는 거 아니야?" 하고 큰 소리로 물었다. 나는, "아냐" 하고 똑같이 큰 소리로 대답했다. 남학생의 얼굴이 어딘지 낯익어 보였다. 전에 학교 식당 옆자리에 앉아 다 읽은《스피릿》을 준 녀석이었다.

"에이 뭐야, 여기가 아닌가?" 하면서 교실을 나가려는 녀석에게, 나는 "이봐" 하고 거칠게 말을 걸었다. 녀석이, "뭐?" 하며 귀찮은 듯 돌아보았다.

"저 말이야, 느닷없이 미안한데, 너희 아버진 무슨 일 하시니?"

그렇게 묻는 내 목소리가 대강의실 가득 울려 퍼졌다.

"우리 아버지?"

"그래."

"왜?"

"아니, 뭐 특별한 이유는 없어……."

"공무원이야."

“어디에서?”

“이시가와 현의 가나자와.”

대답을 끝낸 녀석은 고개를 갸웃거리면서 강의실을 나갔다. ……아버지, 우선 가나자와의 공무원 아들 하나는 확보했습니다.

손목시계를 보니 아직 아르바이트를 가기에는 이른 시간이었다. 모모코를 타고 시내를 드라이브하며 시간을 보내는 것도 괜찮지만, 요 며칠은 운전을 하고 있으면 왠지 마음이 자꾸만 어두운 쪽으로 흘러버리곤 한다. 물론 원인은 아르바이트를 마치고 오던 길에 스토커 짓을 하다가 들켜 결국 기와코의 집에 들어가게 된 그날 일이 자꾸 떠오르기 때문이다.

현관문을 열었을 때 울린 전화는 하필이면 우메사키 선배에게서 온 것이었다. 나는 기와코에게 등을 떠밀려 이미 집 안에까지 들어가 있었다. 우메사키 선배와 통화를 하면서, ‘거기 앉아’ ‘냉장고에 마실 것 있어’ 등등을 나타내는 기와코의 손가락 움직임을 얌전히 따르면서 숨을 죽인 채 통화가 끝나기만을 기다렸다.

기와코가 수화기를 내려놓았을 때, 나는 아주 중대한 사실을 깨달았다. 눈앞의 소파에 꿔다놓은 보릿자루처럼 앉아 있는 내가 있는데도 기와코는 그 사실을 우메사키 선배에게 말하지 않았다는 것이다. 나는 속으로 ‘그것 봐, 착각이 아니었어. 가능성은 있다니까, 가능성은' 하고 생각했다.

"내가 찾아온 건 얘기 안 하네요" 하고 나는 그녀의 눈을 보지 않고 말했다. 기와코는 "말해주길 원했어?"라고 반문하며 내게 의미심장한 시선을 던졌다.

"말해도 상관없잖아요. 서로 아는 사이이고, 뭐 별로 감출 것도 없으니까……."

기와코는 내 말을 완전히 무시한 채 봉지에서 꺼낸 주스와 과일을 냉장고에 넣는 일에 몰두했다.

거실 소파에는 남동생이 사용하는 듯한 남성용 헤어크림 냄새가 나는 베개와 구겨진 담요가 있었다. 하얀 문 안쪽이 기와코의 침실인 듯 조금 열린 틈 사이로 화장품이 가지런히 놓인 화장대가 보였고, 전에 미라이가 추천해서 본 적이 있는 〈샘서핏〉이라는 프랑스 영화의 포스터 액자가 걸려 있었다.

"아, 참. 방금 전화할 때 우메사키가 요스케에게 안부를 전해달랬는데."

"넷?"

나도 모르게 소파에서 몸을 벌떡 일으켰다. 기와코는 "거짓말이야, 거짓말" 하고 깔깔거리며 주방에서 걸어나왔다.

"우메사키가 알 리가 없잖아."

"그, 그야 그렇죠."

기와코와 함께 있으면 나는 아무래도 어린 남자답게 응석을 부리는 경향이 있었던 것 같다. 나중에 돌이켜보면 스스로 생각해도 구역질이 날 것 같은 느낌이 들었다. 원래가 귀여운 구석이라고는 없는 놈이라 아무리 변신하려 해봐야 뜻대로 되지도 않았다. 자신도 잘 알고는 있지만 그녀의 장난스런 거짓말에 속기라도 하면 그때처럼 엉겁결에 소파에서 일어서는 지나친 천진스러움을 계속 연출하게 되고 만다.

어쨌거나 결론부터 말하자면 그날 밤 나는 기와코와 잠자리를 같이 했다. 둘이서 맥주를 마시고 우메사키 선배 이야기를 하다가 졸음이 밀려와 안쪽에 있는 침실로 향했다. 고토가 거실에서 갈라진 머리끝을 자르는 것이나, 10킬로미터 정도를 달리고 나면 모모코의 시동이 꺼지는 것 같은 일상생활의 한 부분처럼 아주 자연스럽게 이어진 행동이었다.

고토와 미라이처럼 가까이 있는 여자들이 괴짜라서 한층 더 그렇게 느껴지는지도 모르지만 기와코와 이야기를 나누면 기분이 아주 편안해진다. 분명 그녀가 홋카이도 출신이기 때문일 거라고 멋대로 단정지어 버렸지만, 생각해보면 같은 홋카이도 출신이라도 내가 아르바이트를 하는 식당의 오너처럼 버터나 돼지뼈 국물 라면 같은 느끼한 인간도 얼마든지 있다.

어쨌거나 나는 기와코의 목소리를 좋아했다. 침대 속에서 서로의 몸을 안았을 때 그녀의 몸은 참 작게 느껴졌다. 꽉 껴안아주기에 그만인 기와코가 내 가슴에 안겨 뭐라고 중얼거렸

다. 설령 그것이 구구단을 외는 무의미한 말일지라도 내 가슴
으로 내뿜어지는 숨결은 뜨겁고 부드럽게 목덜미를 간질였다.
실제로 "저기, 뭐라고 말 좀 해봐요" 하고 내가 부탁했을 때 기
와코는 장난 삼아 구구단을 흥얼거리기도 했다.

"생각해봐. 선배의 여자친구와 예사로 자는 남자와 남자친
구 후배와 자는 여자의 멜로 영화 스토리……."

무슨 생각에선지 기와코는 이런 황당한 이야기를 가볍게 꺼
냈다. 물론 당황한 나는 근사한 대답을 찾지 못했다.

"요스케, 벌써 자는 거야?"

"으응? 왜?"

"아니, 그냥. 벌써 자나 싶어서."

"자려고 생각하면 금방 잘 수 있어. 난 눈만 감으면 5초 안에
잠드니까."

그 자리의 분위기를 얼마나 잘 파악하는가에 따라서 사회
계층이 결정된다면 나는 분명 착취에 착취를 거듭 당하며 인
간적 존엄 따위는 눈곱만큼도 보장받지 못하는 최하층이 될
게 틀림없을 만큼 내가 생각해도 엉뚱한 대답만 툭툭 튀어나
오곤 했다.

다음날 아침 눈을 떴을 때 기와코는 옆에 없었다. 방 구석에
떨어져 있는 팬티를 주워 입고 거실로 나가자, 웬 낯선 남자가
토스트에 버터를 바르고 있었다. 달랑 팬티 한 장 차림으로 거

실로 나가야 하나 아니면 되돌아 들어가야 하나 망설이는 나를 그는 몹시 무뚝뚝한 표정으로 쏘아보았다. 그때 주방에서 양손에 커피 잔을 든 기와코가 나타났다.

"잘 잤어?"

기와코는 그야말로 아침에 딱 어울리는 미소를 지으며 커피 잔을 젊은 남자 앞에 내려놓았다.

"얘는 내 동생이야. 아침에 들어왔어. 누나가 남자를 끌어들여 기분이 언짢은가봐."

나는 계란 프라이를 넣은 토스트를 입 속으로 밀어 넣는 동생에게 일단 머리를 숙여 보였다. 이쪽에서 호의를 표시하면 상대도 어느 정도는 호의를 나타내게 마련이다. 여전히 나를 쏘아보는 동생의 눈에서 우선 심각한 적의만은 사라졌다. 잠깐 망설이던 끝에 나는 팬티 차림 그대로 거실로 나왔다. 나는 내심 어젯밤 '침대를 함께 했던 사이'이니 기와코 옆에 앉으려고 했지만, 앞에 앉은 동생의 차가운 시선이 부담스러웠다. 대개 남동생이라는 존재는 누나에게 뭔지 모를 특별한 감정을 갖게 마련이니까.

괜한 신경을 쓴 탓에 나는 결국 기와코의 동생 옆에 앉게 되었고, 점점 더 멋쩍은 상황을 자초하고 말았다. 물론 동생은 자기 옆에 앉으려는 나를 한층 차가운 눈으로 쏘아보았다. 기와코는 어깨를 나란히 하고 앉은 나와 동생을 이상하다는 듯이 쳐다보았다.

스스로도 뭐가 뭔지 영문을 알 수 없게 된 것은 그다음부터였다. 나는 기와코가 구워준 토스트에 버터를 듬뿍 바르고, 딸기잼까지 발라 입에 넣었다. 그런 다음 차가운 오렌지 주스를 갈증 나는 목구멍 안으로 쏟아 부었다.

내 앞에서는 기와코가 뜨거운 커피를 천천히 마시고 있었고, 옆에서는 동생이 묵묵히 토스트를 씹고 있었다. 그때였다.

"요, 요스케, 우, 우는 거야?"

기와코가 그렇게 말할 때까지 나는 내가 울고 있다는 사실을 깨닫지 못했다. 그녀의 말에 옆에 앉은 동생도 놀란 눈으로 나를 쳐다보았다.

"뭐, 뭐야. 이 사람, 울잖아!"

"무, 무슨 일이야?"

분명 두 사람은 몹시 불쾌했을 것이다. 기분 좋은 아침, 버터를 바른 토스트와 뜨거운 커피가 놓인 식탁에서 팬티 차림의 젊은 놈이 느닷없이 울음을 터뜨리다니.

"아, 미, 미안."

나는 영문도 모르게 흘러내리는 눈물을 애써 참으려 했다. 그러나 짭짤한 눈물은 이미 볼 언저리를 지나 토스트를 물고 있는 내 입 안까지 흘러들고 있었다.

"어, 어, 정말 이상하네. 왜 이러는지……."

태연한 척하면 할수록 눈물에 젖은 내 목소리는 당장이라도 통곡을 쏟아놓을 것처럼 비통하게 일그러졌다. 당황한 기와코가 휴지를 건네주었다. 동생은 멍하니 입을 벌린 채 당장이라도 자리를 박차고 일어설 태세로 나를 노려보았다.

그날 아침, 기와코가 구워준 토스트를 먹으면서 나는 어째서인지는 모르지만 아버지의 얼굴을 떠올렸다. 한창 손님 맞을 준비를 하는 아버지의 모습과 초밥 냄새가 가득 풍기는 가게가 떠올랐다. 연이어 떠오른 건 신야의 얼굴이었다.

"도쿄에서 내 몫까지 열심히 살아"라면서 내 어깨를 툭 치고는 가볍게 손을 흔들고 버스를 내려가던 그의 모습. 나는 오렌지 주스를 마시면서 필사적으로 그 광경을 머릿속에서 쫓아내려 애썼다. 그러자 이번에는 세탁기를 가져다준 우메사키 선배의 얼굴이 떠올랐다.

"소파에 앉아 텔레비전을 보고 있으면 기와코가 내 다리 사이에 구부리고 앉는 거야. 내가 '이렇게 있는 게 제일 좋아'라고 하면 기와코가 '나도'라고 대답하지."

무거운 세탁기를 들고 수줍은 듯이 웃던 선배의 모습이 눈에 선연했다.

순간 나는 어젯밤 침대 속에서 나눈 기와코와의 대화가 생각났다. 아직 열기가 식지 않은 몸으로 서로를 껴안고 있을 때였다.

"이렇게 있는 게 제일 기분 좋아."

그렇게 말하자 기와코는 내 가슴에 뜨거운 숨결을 토하며, "나도"라고 대답했다.

어이없어 하는 남매 앞에서 나는 여전히 울고 있었다. 눈물이 끊임없이 흘러내렸다. 마치 자신과는 완전히 분리된 또 다른 내가 실재하는 나를 무시하고 멋대로 울어대는 것 같았다.

오코우치 고토미

23세
무직

2.1

후지 텔레비전에서 낮 열두 시에 방송하는 버라이어티 프로그램 〈와라테 이이토모〉는 역시 대단한 프로그램이라는 생각이 든다. 한 시간이나 앉아서 보았는데도 텔레비전을 끈 순간부터 누가 무슨 말을 지껄였고, 어떤 행동을 했는지 도무지 기억나는 게 없다.

텔레비전을 끄고 점심은 뭘 먹을까 고민하고 있는데 남자방에서 요스케가 나왔다. 잠이 덜 깬 얼굴에 바지춤에 손을 넣은 채였고, 머리에는 까치집까지 얹혀 있었다. 요스케는 잠버릇이 상당히 나쁘다. 같이 방을 쓰는 나오키는 만약 벽이 없다면 하룻밤 사이에 역 앞까지는 무리 없이 굴러갈 거라고 농담삼아 얘기하곤 했다.

"요스케, 점심은 뭐 먹을래?"

냉장고에서 우유를 꺼내 일단 냄새부터 한번 맡아본 후 마시기 시작하는 요스케에게 물었다. 요스케는 기다리라는 손짓을 하며 우유를 마저 마셨다.

"고토는?"

요스케의 트림 섞인 반문이 돌아왔다. 우유가 허옇게 묻은 그의 입가를 잠시 쳐다보다가 "KFC라도 갈까?" 하고 되물었다.

"KFC라……. 아, 그렇지. 고토가 가는 미용실 앞에 새로 우동집 생긴 거 알아? 거기 갈래?"

그렇게 말하더니 요스케는 또다시 바지 속에 오른손을 찔러 넣고 어딘가를 북북 긁어대며 화장실 안으로 사라졌다. 요즘 우메사키라는 선배의 여자친구를 목하 짝사랑 중일 텐데 최근 며칠은 전혀 그 이야기를 하지 않는다. 얼마 전 드물게 외박을 하고 온 요스케에게 어디서 잤냐고 묻자, '그녀의 방'이라고 대답하긴 했지만 처음 함께 밤을 보낸 사람치고는 그다지 기분이 좋아 보이지 않았다. 어쩌면 이미 실연을 당했을지도 모른다. 솔직히 나는 요스케 같은 대학생들의 풋사랑 따위에는 전혀 흥미가 없다. 설령 아직까지도 우정과 사랑 사이에서 고민하고 있다 해도 평소와 다름없이 그렇게 험하게 잘 수 있을 정도라면 걱정할 필요는 없을 듯하다.

이 맨션에서 살기 시작한 지 5개월, 처음 만났을 때부터 느꼈지만 요스케는 왠지 히라가나의 '후(ふ)'라는 글자와 잘 어울렸다. 특별히 축 처진 어깨도 아니고 얼굴에 '후'라고 쓰여 있는 것도 아닌데 말이다. 그런데도 요스케를 보고 있으면 이유도 없이 '후'라는 글자가 떠오른다. '불안정(후안테이)'의 '후'? '언짢음(후키겐)'의 '후'? '이상하다(후시기)'의 '후'? 아니, 그런 것과는 조금 다른 느낌이다. 후, 후, 후……. '얼간이(후누케)'의 '후'? 조금 근접한 느낌이다.

마침 요스케가 화장실에서 나오기에 "저기, 얼간이의 '후'는 어떤 한자를 쓰지?" 하고 물었다.

요스케는 씻지도 않은 손으로 테이블 위의 쿠키를 집더니 "얼간이의 '후' 자? 내장(內臟)이란 뜻의 한자 아닌가?"라고 말하며 한입 가득 쿠키를 집어넣었다. 나는 공동(空洞)이 된 요스케의 몸을 상상해보았다. 씹어 삼킨 쿠키 부스러기가 몸 안에서 눈처럼 흩날리는 게 보이는 듯했다.

요스케는 아르바이트를 나가는 저녁시간까지 아무런 스케줄도 없는 것 같았다. 쿠키를 우적우적 씹으면서 내가 아침 와이드 쇼부터 〈와라테 이이토모〉까지 보고 나서야 눈물을 머금고 겨우 끈 텔레비전을 다시 켰다. 이미 한낮의 와이드 쇼가 시작되어 오와 다바쿠의 넓적한 얼굴이 화면을 가득 채우고 있었다. 그런데 최근 요스케가 텔레비전을 켜면 이내 화면이 흔들렸다. 요스케가 "아, 또야!"라고 중얼거리며 텔레비전 왼쪽을 두들기려는 순간, "그쪽이 아니라 오른쪽을 세 번" 하고 재빨리 가르쳐주었다. 요스케는 시키는 대로 오른쪽을 세 번 내리쳤다. 그러나 화면은 여전히 흔들렸다.

"난 못 하겠다."

"너무 약하게 치니까 그렇지. 세게, 세게, 약하게. 더 증오를 담아서 내리쳐야 해."

"중고 텔레비전에 증오까지 가질 일은 또 뭐냐. 자, 고토. 네가 한번 해봐."

"싫어. 겨우 껐는데."

그런 말을 주고받는 사이, 텔레비전 화면은 저절로 원상태로 돌아왔다. 요스케가 들고 있던 리모컨으로 채널을 바꾸며 "오늘 〈데쓰코의 방〉에 출연하는 게스트가 누구야?" 하고 물었다.

"요스케, 저녁때까지 뭐할 거야?" 기껏 텔레비전을 켜놓고는 시들해졌는지 자기 방으로 돌아가려는 요스케에게 그렇게 묻자 "모모코 세차할 거야"라고 즐거운 듯이 대답했다. 차를 씻으며 즐거워할 수 있다니 정말 부러운 성격이다. 분명 고민 따위는 없는 사람임에 틀림없다, 아니 너무 없어서 스스로 찾아 나설 정도라는 생각이 들었다. 텔레비전에서는 우와누마 에미코가 먹음직스러워 보이는 영계 향초 구이를 만들고 있었다.

부모님에게는 요스케며 나오키와 한집에 살고 있다는 말은 하지 않았다. 별로 켕기는 일은 없지만 교양 있는 딸로 키워놓았다고 자부하는 그들에게 일부러 부조리한 현실을 들이밀 필요는 없겠다 싶어서였다. 실제 요스케나 나오키와는 켕기기는커녕 오히려 이상한 일이 너무 없어서 이상할 정도다. 물론 내가 이곳에서 처음 살기 시작했을 무렵에는 요스케의 시선이 뜨거운 화살이 되어 내 가슴에 꽂히곤 했다. 그러나 과녁을 빗나간 화살은 오락장 아주머니처럼 얼른 빼서 손님에게 되돌려주면 그만이다. 손님 역시 바보가 아닌 이상 화살이 뽑히면 자기가 과녁을 잘못 조준했다는 걸 이해하게 될 테니까. 그런데 세상에는 언제까지고 잘못된 화살을 꽂힌 채로 내버려두는 여자들이 많다. 그러니까 손님 쪽에서는 경품이 나오기를 기대하게 되고, 엉뚱하고 터무니없는 문제가 종종 발생하게 되는 것이다. 이 세상에는 이런 별 생각 없는 사격장 아주머니들이 너무 많아서 탈이다. 가슴에 무수한 화살을 꽂은 채 "난 아무래도 남자와는 친구가 될 수 없나봐"라고 말하며 적당히 취한 남자들의 호주머니나 노리는 부류의 여자들이 꽤 있다.

다행히 미라이가 그런 부류의 여자가 아니라서 내가 여기서 함께 살 수 있는 건지도 모르겠다. 물론 요스케나 나오키가 술에 취해 흥에 겨운 나머지 도가 넘치는 행동을 하곤 하는 유형의 남자들이 아니라는 점도 내가 여기서 살 수 있게 하는 데 일조하고 있다.

내가 이 집에서 살게 된 계기는 어느 날 갑자기…… 그렇다, 갑작스레 벼락이라도 맞은 것처럼…… 아니, 미친개한테 물리기라도 한 것처럼…… 어쨌거나 5개월 전 어느 날 밤의 사건으로부터 시작된다. 자주 가던 고향의 나이트클럽 플로어에서 춤을 추고 있는데 갑자기 음악이 멈추고 환하게 조명이 켜지면서 내 앞에 땀에 흠뻑 젖은 파트너의 모습이 드러났고, 나 역시 땀으로 흥건한 상태였다. "손님 여러분 죄송합니다. 스피커가 고장났습니다. 잠시만 기다려 주십시오"라는 당황한 DJ의 목소리가 부스에서 흘러나오자 사람들은 일제히 조소와 불평을 터뜨리며 비틀비틀 바의 카운터로 향했다. 내 앞에 서 있던 땀으로 범벅이 된 남자가 "뭐 좀 마실래?" 하고 묻는 순간, 정말이지 너무나 갑작스럽게 나는 어쩌면 세상 무엇에도 흥미가 없는 사람일지도 모른다는 사실을 깨닫게 되었다.

땀으로 범벅이 된 남자에게 관심이 생기지 않는다거나 마시고 싶은 게 없다거나 하는 사사로운 일뿐만이 아니었다. 이를테면 지방의 여자 고등학교에서 수학을 가르치는 아버지가 자신의 일에, 어머니가 가사에, 여동생이 배구에, 또 다른 여동생이 남성 5인조 그룹 '스맵'의 가토리 신고에게 가지는 정도의 흥미조차도 나에게는 없다는 사실을 깨달은 것이다. 홀로 남은 댄스 플로어에서 나는 진정 스스로에게 놀라고 말았다. 내가 지금까지 무의미한 세월을 보내고 있었다는 걸 그런 장소에서 어느 날 갑자기 깨닫게 되었다는 사실 때문에 가슴 깊이 충격을 받았다.

나는 2년제 대학을 졸업하고 순조롭게 제약회사의 지사에 취직했다. 마음 한구석 어딘가가 허전한 듯했지만, 월급을 타면 친구들과 프렌치 레스토랑에 가거나 티파니에 들러 액세서리를 사면서 그런 대로 즐거운 시간을 가졌다. 물론 그런 별것 아닌 기쁨에 백 퍼센트 만족했던 건 아니다. 그러나 가끔 서점에 들러《그 정도면 충분하다. 현재를 즐겨라》와 같은 제목의

책들이 쌓여 있는 것을 보며 '아, 역시 이걸로 된 건가' 하고 자족하게 되었던 것 같다. 내가 그 무엇에 대해서도 흥미를 갖고 있지 않다는 것을 깨닫게 된 것은 내게 있어서는 상당히 고무적인 사건이었다. 그렇다고 금세 흥미를 가질 만한 뭔가가 떠오른 것은 아니다. 고작 생각나는 거라곤 외국어를 배워볼까. 아니, 차라리 로마로 유학을 떠나볼까. 아니, 좀더 현실적인 것으로는 친하게 지내는 남자친구와 해외에서 결혼식을 올려볼까 하는 정도의 생각을 했다. 하지만 그런 것들은 내가 실제로 흥미를 가질 만한 것들이 아니라 만약 흥미를 갖게 된다면 분명 주위에서 부러워할 일들이었다.

이래봬도 고등학교 때는 남학생들이 주최하는 미인 콘테스트에서 여러 번 1위를 차지했던 전례가 있다. 그렇다고 내가 여자들에게 미움을 받는 스타일은 아니었다. "고토미는 좋겠다. 예쁘지, 성격 좋지" 하며 나를 부러워하는 친구들도 여럿 있었다. 그럴 때마다 "그렇게 비행기 띄운다고 떡고물 안 떨어진다" 하고 적당히 맞장구를 치는 내 자신에게 나름대로 만족했었다.

그런데 갑자기 스피커가 고장나 조명이 환하게 켜진 댄스플로어에서 "네게는 괴로움은 없다. 그러나 진정한 기쁨 또한 없다"라는 악마인지 천사의 것인지 모를 목소리가 나의 내면에 울려 퍼졌다.

"왜 그래?" 하고 묻는 땀투성이 남자의 말에 나도 모르게 "싫어!" 하고 소리를 쳤다. 물론 '왜 그래?'에 대한 대답이 아니라 '괴로움은 없지만 기쁨도 없다'라는 목소리에 대한 대답이었다.

남자는 '기분 상할 말이라도 한 건가?' 하는 표정으로 나를 바라보았다. 그때 불현듯 어떤 생각이 머리에 떠올랐다.

"얘, 너네 형 내일 트럭으로 도쿄에 간다고 했지?"

조금 전까지도 나를 유혹하려 들던 그 남자를 향해 물었다.

"응."

"그럼, 나 좀 태워달라고 할 수 있어?"

"도쿄에?"

"그래, 도쿄에."

"도쿄에 가서 뭐하게?"

"괴로워."

"뭐? 괴로워?"

"그래, 괴로워."

그는 이해할 수 없다는 듯이 고개를 갸웃거렸지만, 자기 형에게 나를 소개해주는 수고 정도는 해주었다. 그다음부터 그는 일체 내 옆에 다가오지 않았다.

도쿄에 가서 내가 할 일은 정해져 있었다. 인생에서 내게 유일하게 괴로움이란 걸 알게 해준 마루야마 도모히코와의 사랑을 다시 찾고 싶었다.

마루야마와는 대학에 입학해 처음 나갔던 미팅에서 만났다. 민망할 정도로 평범하기 그지없는 만남이었다. 미팅에 참가한 다섯 명의 여자 모두가 그를 1지망으로 꼽았다. 내 입으로 말하긴 뭣하지만(생각만 하고 숨기면 정나미가 더 떨어질 것 같아서 말하지만) 아마 남자아이들 중 몇 명(그래, 내숭떨지 말고 말하자. 아마 남자아이들 모두)은 내게 흥미를 가지고 있는 표정이 역력했다. 그러나 내게는 겉으로 내숭떨면서 뒷구멍으로 호박씨 까는 재주도, 퀸카로서 퉁기는 재주도 없었으므로 처음부터 적극적으로 마루야마를 공략했다. 어차피 계산이 더치페이라면 아무리 퀸카로서의 체면이란 게 있더라도 적극적으로 자기 어필을 할 권리는 있다고 생각했다.

마루야마에게서 전화가 온 건 미팅 다음날이었다. 그날 미팅은 남자들과 가볍게 2차까지 갔고, 그다음은 여자들만의 3차, 급기야 4차 노래방까지 발전했다. 봄베이 사파이어로 위(胃)를, 모리다카 치사토의 노래로 목청을 혹사하고 녹초가 되어 집으로 돌아온 시간은 새벽 다섯 시였다. 마루야마에게서 전화가 온 것은 그로부터 네 시간 뒤인 오전 아홉 시였다.

2차를 가는 도중 모두들 편의점에 들어가 캐러멜이나 껌을 사는 동안 가게 밖에서 마루야마와 단 둘이 있게 되었다.

"너도 사람의 치아 같은 데 관심이 많니?"

나는 별다른 생각 없이 그렇게 물었다. 비록 모두가 1차로 찍은 마루야마에게 선택을 받을 수는 없었지만, 어쨌든 그날 밤 모든 여자아이들이 귀가시간을 미룬 이유는 미팅에 나온 남자아이들이 장래 치과 의사가 될 사람들이기 때문이었다.

나의 별 뜻 없는 질문에 마루야마는 순간 말을 고르는 듯 보였다. 그러다가 "저, 미안해. 난, 아니야. 난 홈 센터에서 일하고 있어"하고 말했다.

순간 중학교 때부터 멜로드라마를 열심히 보아오길 정말 잘했다는 생각이 들었다. "사과할 거 없어. 나는 2년제 대학생인데, 뭐"하는 말이 마치 드라마 대사처럼 자연스럽게 내 입에서 흘러나왔기 때문이다. 하늘에는 보름달이 떠 있었고, 밤길에 우뚝 선 나와 마루야마의 등 뒤에서는 금방이라도 밀리언셀러가 되고도 남을 만큼의 달콤한 드라마 주제가가 흘러나올 것만 같았다.

"아, 그렇지만 다른 애들은 모두 진짜야. 진짜 치대생들이지."

마루야마는 황급히 그렇게 덧붙였다.

"싫다고 거절했는데 신고 녀석이, 왜 안경 긴 녀석 말이야, 그 녀석이 나랑 어릴 때부터 친구인데 괜찮으니까 억지로 가자고 해서 따라온 거야."

"아까 자기 소개할 때 '모두 대학 동기들입니다'라고 말한 사람도 신고였지?"

"그래. 어차피 들통나면 나만 망신당할 게 뻔한데…… 본의는 아니었지만 아무튼 미안해."

그 또래의 남자들이란 대개 꾸밈없는 순진한 얼굴을 하고 있지만, 실은 남자들이 더 질투심이 많을지도 모른다.

다음날 마루야마에게 전화가 왔을 때는 심한 숙취 때문에 무슨 이야기를 했는지 도무지 기억할 수 없었다. 그래도 다음에 만날 약속만은 제대로 했던지 기절한 듯 뻗어 있던 침대에서도 '토요일 7시 시민회관 앞'이라고 쓴 메모는 손에 꼭 쥐고 있었다.

마루야마와 데이트를 시작하면서 여자들이 꽤 노골적으로 지나가는 남자들을 품평한다는 사실을 알게 되었다. 여자들은 먼저 마루야마를 보고 나서 팔짱 낀 나를 확인하고 다시 그에게로 시선을 돌렸다. 또 마루야마와 사귄 덕분에 나는 태어나서 처음으로 남자 얼굴에 넋을 잃어 손을 부들부들 떠는 맥도널드 점원을 볼 수도 있었다. 분명 마루야마가 "가지고 갈 거예요"라고 말하긴 했지만, 가지고 가는 건 아가씨가 아니라 바닐라 셰이크 쪽이라고 말해주고 싶어질 정도로 넋이 나가 있었다.

"마루야마는 인기가 많은 것 같아."

가게를 나오며 내가 말했다. 마루야마는 "너도 마찬가지 아냐?"라는 기분 좋은 대답을 해줬다. 우리들이 점차 꼴불견 커플이 되어간다는 건 알았지만, 마루야마와 번갈아 빨아먹는 바닐라 셰이크 맛은 정말 최고였다.

*

점심 무렵, 여전히 머리에 까치집을 얹고 있는 요스케와 역 앞에 새로 생긴 우동집에 갔다. 개점 기념으로 전 상품 20퍼센트 할인판매를 하는 탓인지 가게 안은 빈자리가 없었다. 포기하고 나가려는 순간, 마침 4인 테이블이 하나 비었다. 가게 종업원은 조금 내키지 않는 듯한 표정을 지었지만, 나와 요스케는 상관하지 않고 그 자리에 앉았다. 아니나 다를까 물을 가져온 아주머니가 "죄송합니다. 나중에 합석을 하시게 될지도 모르겠습니다"라고 말했다. 그 말을 듣고 마주 앉아 있던 나는 요스케 옆으로 자리를 옮겼다.

요스케와 나란히 앉아 기대에는 못 미치는 돈까스 덮밥을 묵묵히 먹고 있던 중에 가게 아주머니 말대로 합석을 하게 되었다. 그런데 '맙소사!' 얼굴을 들자 우리 앞에 서 있는 사람은 바로 402호에 사는 중년 남자가 아닌가. 전에 복도에서 만났을 때와 마찬가지로 포마드를 발라 올백으로 넘긴 헤어스타일에 두터운 보랏빛 입술이 도드라져 보였고, 유난히 두꺼워 보이는 입 언저리 피부에는 수염을 깎은 흔적이 꺼칠꺼칠하게 남아 있었다.

　나는 고개도 들지 않고 돈까스 덮밥을 꾸역꾸역 입으로 밀어 넣고 있는 요스케의 옆구리를 팔꿈치로 쿡 찔렀다. 느닷없이 옆구리를 찔린 요스케는 '윽' 하는 짧은 비명을 지르며 "뭐야!" 하며 밥풀 묻은 입술을 삐죽거렸다. 마침내 그 시선이 테이블 옆에 선 402호 남자를 포착한 것 같았다. 요스케의 얼굴에 금세 긴장감이 돌더니 "여기요" 하고 아주머니를 불렀다. 요스케는 아직도 많이 남아 있는 물을 단숨에 들이키고는, "네, 네" 하며 냉큼 나타난 아주머니에게 "저기, 물 좀 주세요" 하며 컵을 내밀었다.

　402호 남자는 이미 우리 앞에 앉았다. 몇 번인가 복도에서 마주친 적이 있어 우리가 이웃 사람들이라는 것을 알고 있을 텐데도 전혀 모르는 척 시치미를 떼고는 가늘게 뜬 눈으로 벽에 붙은 메뉴만 쳐다봤다. 앞으로 쭉 뺀 목 위에 툭 튀어나와 있는 목젖까지 불쾌했다. 남자는 태연하게 '오색소바'를 주문했다. 눈앞에 있는 바로 이 남자가 매일 밤 나잇살이나 먹은 바람둥이 아저씨들에게 젊은 여자들을 알선하고 있다는 생각이 들자, 그나마 남아 있던 식욕마저 완전히 달아나버리고 말았다. 그릇에 남은 달걀노른자는 바람둥이 노인네의 이마에 붙은 혹처럼 보였고, 그릇 뚜껑에 송골송골 매달린 물방울은 바람둥이 노인네의 땀처럼 느껴져 구역질이 났다.

더 이상 참을 수 없어진 나는 요스케의 팔을 끌고 가게를 나가려고 했다. 요스케도 몸은 나가려고 했지만, 아껴두었던 돈까스 한 조각이 서운한지 팔이 잡아당겨지는데도 젓가락 끝의 그 돈까스 조각을 쉽게 포기하지 않았다. 테이블 위에 《주간실화》를 펼쳐놓은 402호 남자는 그런 우리를 히죽거리며 쳐다보았다.

카운터 위에 던지듯 돈을 놓고 가게를 나오자마자 나는 "봤니? 그 남자 얼굴? 정말 믿기지가 않아!" 하고 길 가는 사람들의 시선도 의식하지 않고 큰 소리로 떠들었다. 그때까지도 돈까스를 씹고 있던 요스케는 "그 사람, 우리가 옆집 사람들이란 걸 알았을까?" 하고 태평스러운 소리를 했다. "당연하지! 알면서도 태연하게 오색소바를 시키잖아! 아, 열 받아! 뭐, 오색?" 하고 나는 또다시 소리를 질러댔다.

요스케는 화가 나 씩씩거리는 나는 아랑곳하지 않고 무심히 길을 걸었다.

"잠깐! 넌, 화 안 나?"

나는 황급히 요스케의 어깨를 잡았다.

"어쩔 수 없는 일이잖아. 이 세상에는 각양각색의 사람들이 있어. 농사를 짓는 사람도 있고, 역에서 노래를 부르는 사람도 있고, 담배를 파는 사람, 기차를 운전하는 사람 다 제각각이야. 매춘을 알선하며 살아가는 사람이 있다고 해서 크게 이상할 건 없잖아."

"뭐, 뭐라구? 흥, 갑자기 이해심이 엄청 넓어지신 모양이지?"

"나오키 형이나 미라이 얘기 못 들었어? 세상에는 기꺼이 몸을 파는 여자도 있는 거야. 게다가 도시에서의 이웃 관계는 여간 예민한 게 아니잖아."

"너, 분명히 비상계단에서 울고 있는 여자아이들 봤지?"

"그야 봤지…… 그렇지만 미라이 말에 따르면 세상에는 일부러 울고 싶어하는 여자아이들도 많다더라."

"아무리 그래도 우리 바로 옆집에서 매춘을 하는데 그대로 방관할 수는 없잖아."

"그러니까 그것도 아직은…….""

"아, 정말 답답해 죽겠네. 자, 그럼 우리 분명히 해두자."

"뭘?"

"으음…… 그래, 요스케 네가 손님이 돼보는 거야."

"어, 내가? 싫어!"

"왜?"

"왜라니? 어쨌든 난 싫어."

"돈이 문제라면 내가 대줄게. 하지만 정말 그런 일을 하는 게 판명되면 익명으로라도 관리실에 통보하는 거야."

"정말이야? 정말로 돈 대줄 거냐구? ……아, 안 돼. 어쨌든 난 싫어."

"혹시 너 아직 매춘해본 적 없니?"

"없어!"

"어째서?"

"어째서는 뭐가 어째서야!"

결국 요스케는 매춘을 해본 경험이 없어 어렵고, 매춘을 해본 경험이 있을 거라 추측되는 나오키도 현재 애인은 없지만 옛날 애인인 미사키와 자주 만나고 있으니 그쪽도 어려울 것이라는 결론에 이르렀다. 결국 402호 이야기는 그냥 흐지부지돼버리고 말았다.

맨션 앞에 이르자 요스케가 물었다.

"모모코 세차하러 갈 건데 같이 갈래?"

"세차? 아르바이트 비 줄 거야?"

"일단 해보면 나중엔 오히려 나한테 돈을 주면서 한 번만 더 하게 해달라고 부탁하게 될걸."

속는 셈치고 따라오라고 하는 요스케의 말대로 나는 일단 한 번 속아보기로 했다. 방에 돌아가 봐야 어차피 따로 할 일도 없었다. 모모코가 있는 주차장까지는 요스케의 자전거 뒤에 매달려 갔다.

결론부터 말하자면, 요스케의 예언은 보기 좋게 적중했다. 나는 요스케에게 다음에 코인 세차장에 갈 때도 꼭 데려가 달라는 부탁까지 하고 말았다. 세차에 시간제한이 있다는 건 처음 알았다. 먼저 물로 씻는 데 3분, 그런 다음에 세제를 묻혀 차체를 씻는데, 잠깐이라도 손을 멈추면 어느새 '삐뽀 삐뽀' 하고 종료 30초 전임을 알리는 벨이 울린다.

"어이, 고토, 그쪽, 그쪽" 하는 요스케의 지시대로 겨우 차체를 다 씻고 나면 이번에는 물로 헹굴 차례가 된다. 물론 여기에도 시간제한이 있다. 흩어지는 물방울에 '꺄악 꺄악' 비명을 지르면서 머리, 얼굴 할 것 없이 흠뻑 젖은 채 세차를 완료했다. 세차를 마친 나는 요스케에게 이렇게 재미있는 일이었으면 왜 진작 같이 가자는 소릴 안 했느냐고 가벼운 불평까지 했다.

몰라보게 깨끗해진 모모코를 타고 9킬로미터 곱하기 2회의 드라이브를 한 후 집으로 돌아오니 벌써 다섯 시가 가까워져 있었다. 요스케가 아르바이트를 나간 후 나는 또 멍하니 마루야마를 생각했다. 정말이지 눈 깜짝할 사이에 지나가 버린 하루였다.

생각해보니 5개월 전 내가 나이트클럽에서 만난 남자의 형이 운전하는 대형 트럭을 타고 한밤중에 쓰키지에 도착했을 때, 모모코를 타고 마중 나와 준 사람이 요스케였다. 나이트클럽에서 만났던 남자와는 나이 차가 많이 나는지 트럭 운전사는 마흔 살 가까이 되어 보였다. 그는 사람 좋아 보이는 낯으로 "나니까 망정이지 다른 놈 차에 탔더라면 지금쯤 뒷자리에서 봉변을 당했을 거다" 하면서 쓴웃음을 머금었다.

도중에 시즈오카의 고속도로 휴게소에서 집으로 전화를 걸었다. 춤추러 간다고 외출한 딸이 느닷없이 옛날 남자친구를 만나러 트럭으로 도쿄로 향하는 중이라는 말을 듣자, 엄마는 너무나 놀란 나머지 "뭐, 도쿄에?"라는 한 마디를 내뱉고는 할 말을 잃었다.

"회사에는 나 대신 엄마가 몸이 아프다고 대충 둘러대 줘"라고 하자 체념한 듯 엄마는 "그래, 언제 돌아올 거니?" 하고 물었다. 나는 아직 모른다고 대답할 수밖에 없었다.

"아빠에게는 뭐라고 해야 되는 거니?"

"미안하지만 그건 엄마가 알아서 해."

"이런 망할 것! 그나저나 너 정말 트럭으로 가는 거야? 비행기나 기차가 아니고?"

"정말이야, 엄마. 트럭이야."

"세상에, 트럭으로……."

쓰키지에 내린 나는 당장 마루야마에게 전화를 걸었다. 그러나 아무도 받지 않았다. 열 번, 스무 번 계속해서 벨이 울렸지만 자동응답기로 바뀌지도 않았다. 그때 고향을 떠나 처음으로 불안감이 밀어닥치며 눈물이 흘러내렸다. 나는 눈물을 줄줄 흘리면서 도쿄에 사는 유일한 친구인 미라이에게 전화를 걸었다.

"눈물 콧물 다 짜면서 말하면 내가 뭔 말인지 하나도 못 알아들잖아!"

여전한 미라이의 목소리에 나는 마음이 놓여 한층 더 우는 소리를 했다.

"그래서 뭐? 내가 제대로 들은 건 '트럭 운전사에게 휴게소에서 우동을 얻어먹었다'는 말뿐이야."

나는 울면서도 끝까지 세세한 설명을 했다. "바보 아냐!"를 연발하면서도 겨우 상황을 파악한 미라이는 "전철도 끊겼으니까 같이 사는 요스케한테 차로 마중 나가라고 할게"라고 말했다.

겨우 마루야마와 연락이 닿은 것은 맨션에 온 지 닷새째 되는 날이었다. 형식적이었는지 모르지만 마루야마는 내가 도쿄에 온 걸 몹시 환영해주었다.

그는 밝은 목소리로 "뭐야? 어떻게 갑자기 도쿄에 오게 됐어?"라고 물었고, "네가 보고 싶어서"라는 내 솔직한 대답에 깔깔 소리 내어 웃기까지 했다.

전에 언젠가 마루야마가 다니던 교외의 홈 센터로 그를 만나러 간 적이 있었다. 마루야마는 식목 코너에서 일하고 있었다. 녹색 앞치마에 장갑 낀 손으로 고객의 차가 세워진 주차장까지 화분을 나르고 있는 그를 볼 수 있었다. 남자가 일하는 모습을 보고 가슴이 메어왔던 것은 그때가 처음이었다. 주차장에서 가게로 돌아온 마루야마에게 손을 흔들자 그는 아주 잠깐 당혹스러운 표정을 지었다. 그래도 내 옆에까지 달려오더니 "뭐야? 언제부터 보고 있었어?"라며 조금 과장스럽긴 했지만 기쁜 표정으로 나를 맞아주었다.

마루야마와는 1년 7개월 정도 사귀었다. 마루야마가 일하던 홈 센터는 연중무휴인데다, 여름·겨울 방학 시즌이면 더욱 바빠서 연휴조차 얻어낼 수 없었다. 그래도 시간만 나면 둘이 함께 지냈다.

마루야마는 어머니와 단 둘이 살고 있었다. 나는 그의 어머니가 그다지 건강이 좋지 않은 분일 거라 짐작할 수 있었다. 그는 데이트 중에도 틈만 나면 집과 집주인에게 전화를 걸었고, 내가 아무리 달콤한 말로 유혹해도 절대로 아침까지 호텔에서 보내려 하지 않았기 때문이다.

1년 7개월을 사귀면서 딱 한 번 하룻밤을 온전히 같이 보낸 적이 있다. 어딘가로 여행을 갔는데 우리가 숙박을 한 곳은 에어컨도 없는 싸구려 민박집이라 1층에서 밤새도록 아기 울음소리가 들려 잠을 설쳤다. 그렇지만 아마도 그 민박에서 보낸 하룻밤 때문에 나는 지금까지도 이렇게 마루야마를 그리워하고 있는지 모른다.

어릴 적부터 상대가 말하지 않는 것을 먼저 물어서는 안 된다고 생각해왔던 나는 그때까지도 그의 어머니에 대해 아무것도 묻지 않았다. 그런데 그날 밤 불꽃놀이를 하자고 해서 따라

나간 모래사장에서 나는 그에게 "만약 내가 뭔가 도울 수 있는 게 있다면 말해줘"라고 말했다. 처음에 그는 무슨 말인지 못 알아들었는지 들고 있던 불꽃을 하늘로 향해 든 채 "응? 뭐라구?" 하고 되물었다.

"그러니까 가령 어머니 일 같은 거……."

내가 그렇게 중얼거린 순간, 마루야마가 들고 있던 통 속에서 보라색 불꽃이 날아올랐다.

마루야마가 내 생각에 나름의 대답을 겨우 해준 것은 불꽃도 사라지고, 둘이서 팔짱을 끼고 민박으로 돌아오던 언덕길에서였다.

"우리 홈 센터 사장에게 나랑 동갑인 아들이 있어. 아직 열아홉 살인데 BMW를 타고 다니지. 그 녀석이 가끔 사장과 둘이서 각 지점을 둘러보러 와. 우리 점장이나 플로어장이나 꽤 나이를 먹은 사람들인데도 그 녀석에게 허리를 굽히지. 뭐, 어찌 보면 당연한 일인지도 몰라. 사장 아들에게 종업원들이 머리를 숙이는 거니까. 그렇지만 난 그게 정말로 당연한 일인가를 생각할 때가 많아. 난 말이야, 음, 머리가 나빠서 잘 설명할 수는 없지만 사장이 높은 사람이란 건 알아. 하지만 사장 아들은 사장 아들일 뿐이잖아. 사장 아들이 높은 건 아니란 뜻이야. 쉬는 시간에 플로어장에게 그런 얘기를 했어. 그랬더니 플로어장은 '차기 사장이니까 당연히 높은 것 아닌가!'라고 하더군.

그것도 맞는 말이긴 하지만 말이야."

나는 마루야마가 무슨 이야기를 하려 했는지 알 수 없었다. 그저 아련한 바다 냄새를 맡으며 그의 품 안에 꼭 안겨 있었다.

"북한이란 나라가 있잖아. 잡지에 북한의 김 뭔가 하는 사람의 아들 이야기가 실린 적이 있어. 그 아들이 스위스의 기숙사제 사립학교에 다녔나봐. 아마 초등학교 때부터였던 것 같아. 그런데 말이지, 그때 그 김 뭔가의 아들이란 사람을 돌봐주는 역할로 같은 나이의 남자아이도 함께 유학을 보냈대. 기숙사제 학교의 종으로 말이야. 그 기사를 읽었을 때 정말로 소름이 끼쳐 식욕을 잃어버렸어. 어쩌면 너무 비약한 건지도 모르지만, 난 역시 그렇게 생각해. 사장 아들에게 머리를 굽실거리는 것은 당연한 일은 아니라고. 세상 사람들이 당연하다고 생각하는 것 중에 실은 당연하지 않은 일이 너무나 많다고."

그와 함께 민박집으로 향하는 언덕길을 천천히 걸으며, 초등학교 교실에서 어느 남자아이가 떨어뜨린 지우개를 얼른 바닥에 엎드려 대신 주워주는 무표정한 소년의 모습을 상상했다.

민박으로 돌아온 우린 교대로 샤워를 했다. 밖에서 망을 보던 마루야마가 나를 놀라게 하려고 목욕탕 안을 들여다보다가 민박집 주인에게 몽둥이로 등을 얻어맞았다. "정말이라니까요! 안에 있는 여자는 제 여자친구란 말예요!"라고 비명을 지르는 그를 구해주기 위해 나는 욕실 창으로 얼굴을 내밀고 "아저씨, 정말이에요" 하고 소리쳤다. 그때 내 얼굴이 빨갛게 달아올랐던 건 단지 뜨거운 온수 탓만이 아니라 모래사장에까지 들릴 만큼 큰 소리로 "안에 있는 여자는 제 여자친구란 말예요!"라고 질러대는 그의 외침 때문인지도 몰랐다.

"우리 어머닌 가정부였어. 왜, 고토도 알지? 우리가 처음 만났을 때 함께 나왔던 신고라는 친구. 우리 어머니는 그 녀석 집에서 줄곧 가정부를 했어."

마루야마가 홈 센터를 그만두고 도쿄로 갔다는 이야기를 나는 다른 사람을 통해 전해 들었다. 내가 2년제 대학을 막 졸업했을 때였다. 그 당시는 이미 마루야마와 헤어지고 난 후였다. 결국 나는 그에게서 도망친 거였다. '그'라는 말에 어폐가 있다면 그를 둘러싼 환경을 버리고 달아난 거라고 해도 관계없다.

처음 그의 어머니를 보았을 때의 충격은 아직도 내 피부에 선연하게 남아 있다. 그의 어머니는 하반신에 아무것도 입지 않은 채로 아파트 계단에 걸터앉아 있었다.

그 모습을 본 마루야마는 나를 밀치듯 제치고는 황급히 그의 어머니 곁으로 달려가 상의를 벗어 하반신을 덮어주었다. 그리고 멍한 표정으로 밤하늘에 뜬 달을 바라보는 그녀를 일으켜 세워 어깨를 부축하고 한 걸음 한 걸음 아파트 계단을 올라갔다.

그 자리에 우두커니 서 있던 나는 그들 뒤를 따라가야 할지,

그대로 발길을 돌려야 할지 망설였다. 그들을 따라가야 한다고 손을 잡아끄는 나의 분신이 있었다. 그리고 빨리 집으로 돌아가라고 윽박지르는 또 하나의 분신도 있었다. 두 분신에게 각각 손을 하나씩 맡긴 채 극심한 혼란에 빠진 나는, '그날 그 모래사장에서 뭔가 도울 수 있는 게 있다면 말해달라고 했던 나는 도대체 어느 쪽인가' 스스로의 내면을 향해 물었다. 그러나 그때 미안한 듯, 정말이지 미안해서 어쩔 줄 모르는 듯 손을 치켜든 쪽은 "집으로 돌아가!"라고 윽박지르는 분신이었다.

다음날 아침 일찍 전화가 왔다. "어제는 미안했어"라고 사과하는 마루야마에게 나는 "괜찮아, 사과할 것 없어"라고 대답했다. 그러나 밀리언셀러가 될 것 같던 드라마 주제가는 더 이상 들려오지 않았다.

그 후로는 그와 볼링을 치러 가도, 바닐라 셰이크를 마셔도, 아니 그저 "마루야마 전화야"라는 여동생 목소리만 들어도 그의 어머니 모습이 떠올랐다. 이제 그와 교제하는 게 그의 어머니와 교제하는 것을 의미하게 되고 말았다. 헤어지자는 말을 먼저 꺼낸 건 그였지만, 그 말을 하게 만든 사람은 나였다. 그 무렵 나는 갓 스물이 된 여대생으로 사람들을 만나 웃고 싶었고, 삶을 최대한 즐기고 싶었다. 그때는 천사의 분신, 악마의 분신 구분 없이 내 주위를 떠돌며 "다음엔 뭐하고 놀 거야? 다음에는? 그다음에는?"이라며 부추겼고, 나 역시 그저 들뜬 기분으로 멋대로 살고 싶었을 뿐이다.

*

빠르면 아홉 시쯤 나오키가, 열 시쯤 미라이가 돌아온다. 나오키는 조그만 독립 영화사에 다니고 있다. 업무 내용을 얼추 듣긴 했지만 너무 복잡해서 제대로 이해할 수는 없었다. 반대로 미라이의 일은 아주 간단하다. 수입 잡화를 취급하는 가게의 직원이라 가끔 해외로 물건을 사러 가기도 한다. 하지만 미라이의 말에 의하면 그건 어디까지나 생활을 위한 임시방편일 뿐이고, 본업은 아티스트라고 했다. 오모테산도 거리, 요요기 공원 입구, 심지어 이노가시라 공원 연못가에서도 천을 펼쳐 놓고 행인들에게 직접 만든 일러스트를 파는 미라이를 몇 번이나 따라다녔는지 모른다.

아르바이트가 끝나면 곧장 집으로 돌아오는 요스케와 달리, 나오키와 미라이의 귀가 시간은 전혀 예측 불가능이다. 일 탓만은 아니다. 두 사람 모두 술을 좋아해 긴자, 아카사카, 롯본기, 신주쿠 가부키초까지 술에 취해 뒹굴어보지 않은 길이 없다고 피차 호언장담하는 처지다. 그러나 똑같이 술에 취해 귀가해도 나오키는 그나마 다루기 쉬운 편이다. 한참 동안 화장실에서 들려오는 구토 소리만 잠잠해지면 그다음은 장소를 상관하지 않고 엎어져서 코를 골기 때문이다. 단, 그런 날은 대개 잠꼬대가 심상치 않다. 어느 날 밤에는 물을 마시려고 주방으로 가는데 주방 바닥에서 양복을 입은 채 잠들어 있던 나오키가 갑자기 "아, 밟지 마!" 하고 소리를 쳤다. 내가 밟을까봐 그런 줄 알고 "알았어. 안 밟을게" 하고 부드럽게 대답했다. 그러자 벌떡 일어난 나오키가 "요만한, 요만한 놈이 있다니까" 하고는 엄지손가락과 검지손가락을 벌려 보였다.

"응? 뭐라구?"

"그러니까 요만한 녀석이 거기 있으니까 밟지 말라구."

나오키는 그렇게 말하며 내 발밑을 두리번두리번 둘러보더니 다시 바닥에 쓰러져 눈을 감았다. 놀란 것은 내 쪽이었다. 10센티 정도 크기의 뭔가가 있다? 어디야! 어디 뭐가 있다는 거야! 하고 어두운 주방에서 한참을 혼자 껑충거리며 뛰어다녔다.

다음날 아침 요스케의 말을 들어보니 그것은 나오키의 꿈에 나오는 조그만 요정 이야기라고 했다. 요스케는 그 요정을 불러내는 주문까지 들은 적이 있다고 했다. 그러나 이런 나오키의 주사는 미라이에 비하면 귀여운 편에 속한다. 미라이는 취해서 귀가한 후부터의 시간이 길다. 화장실에서 토하는 것도 아니고 마루에 털퍼덕 엎어져 자는 것도 아니지만, 그날 밤 들렀던 술집에서 부렸던 재주란 재주는 다 기억해내서는 곤드레

만드레가 된 몸으로 우리 앞에서 다시 한 번 재연하려 하기 때문이다. 물론 나나 요스케는 그런 그녀가 돌아오면 즉시 각자의 방으로 도망친다.

혼자 거실에 남은 미라이는 그래도 도저히 그냥 잘 수는 없는지 세라 마사노리의 '야도나시'를 춤을 춰가며 새벽녘까지 연습하곤 했다. 노래의 어느 부분이 잘 안 되는지는 모르지만, 어차피 그런 옛날 노래를 기억하는 사람도 없으니 상관없는 일일 테지만 말이다.

어쨌든 나는 이곳 생활이 마음에 든다. 여기 있으면 즐겁다. 물론 남들과 함께 사는 것인 만큼 적당한 긴장감은 있지만, 상황이 바뀌면 언제든지 마음이 내키는 대로 떠날 수 있다는 점도 매력이다. 아마 내가 "내일 여기 나갈 거야"라고 말해도 불평하는 사람은 아무도 없을 것이다. 만약 미라이가 나간다 해도 나 또한 혼자 여기에 남아 생활할 수 있을 것 같다.

나는 컴퓨터를 만지는 것조차 두려워하는 컴맹이어서 직접 경험해보지는 못했지만, 인터넷을 즐겨 하는 대학 시절 친구들이 말하던 '채팅'이니 '게시판'이니 하는 것들이 어쩌면 이곳 우리들 생활상과 비슷한 게 아닐까 하는 생각이 들었다. 내가 인터넷에 손을 대지 않는 이유는 물론 컴맹이기 때문이기도 하지만, 개인이 익명으로 글을 쓰고 이야기를 나눈다는 점 때문이다. 처음에는 평소에 못 하던 욕이나 푸념 같은 걸 맘 내키는 대로 토로할 수 있겠다는 생각이 들었지만, 내가 그렇게 생각하면 남들도 그렇게 생각할 게 당연한 이치니, 결국 숨어서 서로 남의 욕이나 하며 시간을 보낼 거라는 결론을 내리게 되었다.

친구의 말을 들어보면 모두 그렇게 악의에 가득 찬 게시판만 있는 건 아닌 듯했다. 개중에는 적당한 거리를 두고 다정하고 진지하게 대화를 나누는 사이트도 있는 듯했다. 친구의 표현대로라면 그런 곳은 '선의로 넘치는 장소'인 듯하다. 그런 사이트에서는 서로에게 고민을 털어놓고 진심으로 동정과 성원을 보낸다고 한다. 때로는 "나도 그렇게 힘든 때가 있었어요. 기운내세요" "모두들 그렇군요. 정말 고맙습니다"라는 등의 진지한 이야기를 나누는데 느닷없이 사이코 같은 사람이 나타나 "으흐흐, 내 페니스를 빨고 싶지"라고 지껄여댈 때도 있지만, 물론 그런 족속들은 철저히 배척당하는 모양이다. 그곳은 선의를 가진 사람만이 출입할 수 있는 자유로운 공간이라고 한다.

어쩌면 우리가 살고 있는 이 집도 그런 장소일 거라는 생각이 든다. 싫으면 나갈 수밖에 없다. 그러나 있을 거라면 웃으며 생활할 수밖에 없다. 물론 인간인 만큼 모두들 선의와 악의를 동시에 가지고 있을 것이다. 아마 미라이도 나오키도 요스케도 여기서는 모두 선인인 척 연기를 하고 있는지도 모른다. 이런 걸 두고 '계산된 교제'라고 하는지도 모르겠다. 어쨌거나 내게는 이 정도가 딱 좋다. 물론 이런 생활이 평생 지속되리라는 생각은 하지 않는다. 오히려 단기간으로 한정되어 있기 때문에 순조로울 수 있고 나름대로 의미도 있는 게 아닐까 생각한다.

텔레비전을 켜면 서로 소리 지르고 저주하는 싸움판뿐이고, 신문을 펴면 온갖 이권다툼뿐이고, 친구들과 이야기하다 보면 속물스런 남자 쟁탈뿐이었다. 솔직히 나는 인간의 아니, 이 세상의 악의라는 모든 악의에 완전히 질려버렸다. 물론 내가 질려 하든 말든 간에 이 세상에 악의는 존재할 테고, 그렇다고 눈을 질끈 감고 외면하면 그건 너무 방관적인 태도가 아니냐고 비웃는 사람이 있을지도 모르겠다. 그러나 나는 그렇게 비웃는 사람의 그 악의마저도 이제는 진절머리 나게 싫다.

ㄹ.ㄹ

민주당 후보 후치노 도요코의 유세 차량 때문에 달콤한 잠에서 깨어났다. 주소지를 이전하지 않아 여기서는 투표를 할 수 없지만, 만약 할 수 있다면 반드시 '후치노 도요코 이외'라고 써넣을 것이다. 내가 선거에 관심을 가지게 되다니, 나도 모르는 사이에 단조로운 일과에 푹 빠져버린 느낌이다.

잠옷 차림으로 거실로 나오는 순간, 욕실 문이 열리며 허리에 목욕타월을 감은 낯선 남자아이가 나왔다. 깜짝 놀랐지만 어차피 요스케의 후배일 게 뻔해 "안녕" 하고 말을 걸자, "아, 안녕하세요" 하고 남자아이도 수줍은 듯 인사를 했다.

이미 열 시가 가까운 시각이었다. 새벽 네 시가 지나서였을까, 엉망으로 술에 취한 미라이가 우당탕탕 방으로 들어와 "이제 안 돼! 더는 못 마셔! 춤도 이제 그만 출 거야!"라고 떠들어대며, 자고 있던 나를 넘어 자기 침대 위에 쓰러지던 기억이 났다. 숙취가 꽤나 심할 텐데 미라이는 멀쩡하게 일어나 이미 출근한 것 같았다.

젖은 머리 그대로 멍하니 서 있는 남자아이에게 "드라이어는 저기 있어" 하고 선반을 가리키고는 남자들 방문을 열어보았다. 두 사람 다 나가고 없었다.

"요스케는?"

돌아보며 묻자 드라이어로 머리를 말리고 있던 남자아이가 "아, 예. 그러니까 두 사람 다 한 시간 전에 나갔는데요" 하고 대답했다.

"너, 오늘 수업 없니?"

"수업? 나요? 없는데요."

"그럼 좀 물어보겠는데 오늘 스케줄 어때?"

"스케줄? 별 거 없는데……."

"그럼, 요스케가 돌아올 때까지 여기 있어라."

내가 자기한테 늘어붙으려는 줄 알았는지 남자아이는 조금 경계하는 표정을 지었다.

"싫어? 그냥 갈 거야?"

"아니, 별로 상관은 없지만……."

"정말?"

"네, 네에."

"잘됐다. 나도 남들한테는 별로 지루하지 않다고 하지만, 사실 하루종일 집에 혼자 있으면 스트레스가 엄청 쌓이거든."

남자아이는 '그러면 어디든 나가면 되지' 하는 얼굴로 갑작스레 수다를 늘어놓는 내 얼굴을 빤히 쳐다봤다. 내가 어떤 생활을 하고 있는지 요스케한테서 아직 듣지 못한 것 같았다.

어쨌든 나는 그 남자아이와 함께 마실 커피를 새로 밭치기로 했다. 나오키가 출근 전에 마신 듯한, 싱크대 주변의 바나나 주스 컵 따위를 먼저 치우고 나서, 가볍게 아침식사를 하려고 토스트와 계란 프라이를 준비했다. 그 동안 남자아이는 옷을 입었다. 젖은 목욕타월을 어떻게 해야 하는지 묻기에 세탁물이 가득 담긴 요스케의 세탁 바구니에 던져 넣으라고 시켰다.

그 남자아이는 오늘 아침 이 거실에서 벌어진 난리통이 어지간히 신기했던지 커피를 홀짝이는 동안 마치 태어나서 처음으로 장수하늘소를 맨손으로 잡은 아이처럼 신이 나서 떠들었다.

"저는 이 소파에서 자고 있었거든요. 일곱 시쯤이었을까. 갑자기 저 문이 열리더니 남자 하나가 나오면서 '넌 누구야' 하기에 '사토루라고 합니다'라고 했더니, '화장실에 누가 들어갔지?' 하고 묻고는 대답도 기다리지 않고 얼른 화장실로 들어가는 거예요. 볼일을 보고 나와서는 '오늘 무슨 요일이지?' '이 셔츠에 이 넥타이는 안 어울리겠지?' '아! 빨랑 후지 TV 틀어봐. 오늘의 운세 코너 시작했겠다'라면서 다른 사람들이 아직 자고 있는데도 우당탕탕 소리를 내며 이리저리 돌아다니는 거예요. 전 어제 과음을 해서 머리가 많이 아팠지만 할 수 없이 포기하고 일어났죠. 그랬더니, '숙취냐? 바나나 주스 마셔' 하면서, 보세요, 저기 있는 셰이커를 윙윙 돌려 만들어줬어요. 그런데 난 과음한 다음날 아침에 바나나 주스를 마시면 오히려 더 토할 것 같거든요."

"못 들었니? 나오키에 대해서."

나는 커피를 더 부어주면서 물었다.

"못 들었어요. 혼자 사는 거라고 철석같이 믿었죠. 바나나 주스를 억지로 마시고 났더니 그 사람이 나왔어요."

"미라이?"

"네, 미라이 씨. 그런데 정말 최악이더군요. 나보다 숙취가 심한 것 같았어요. 아니, 그때까지도 완전히 술에 취한 상태였어요. 나를 보더니 '누구야, 너'라고 묻기에 '사토루입니다!'라고 했더니, 자기가 물어놓고는 '근데 뭐야? 왜 그렇게 퉁명스러워!' 하면서 되레 나한테 화를 내는 거예요."

"그래서 둘 다 출근한 거야?"

"네, 나갔어요. 나오키 씨가 '오늘은 산양좌. 최고 행운의 날이야' 하면서 먼저 나가고, 미라이 씨는 욕조에 30분 정도 들어앉아 있더군요. 가끔씩 '우~워!' 하는 곰 울음소리가 들려서 깜짝 놀라 '괘, 괜찮으세요?' 하고 욕실 문 가까이 가서 물었더니, 안에서 '이러면 술기운이 다 빠져나가' 하고 태연하게 말하는 거예요. 그러는 사이 요스케 씨가 나왔어요. 어지간히 나쁜 꿈을 꾸었는지 방에서 나와 나하고 눈이 마주치자마자 '결론적으로 난 나쁜 놈이야'라며 결의에 찬 얼굴로 말하는 거예요. '결론적이라니……'라고 중얼거리면서 나도 모르게 시선을 돌릴 수밖에 없었어요. 그때 욕실에서 나온 미라이 씨가 '나 좀 하라주쿠까지 태워줘' 하고 부탁하니까 요스케 씨는 아직 시간은 있는 것처럼 보였지만, '다음번에 모모코한테 기름 넣어주면'이라는 조건을 내걸고는 아홉 시가 지나서 둘이 나란히 나갔어요."

사토루의 이야기는 나에게는 그다지 재미있진 않았다. 그저 이 거실에서 매일 아침 되풀이되는 평범한 일상일 뿐이었다.

"두 사람이 나간 뒤에 좀더 잘까 했지만 더 이상 잠이 올 것 같지 않아 할 수 없이 취기를 깨려고 샤워를 하고 나오는데 고토미 씨가 나와 '안녕' 하고 인사를 하는 거예요. 근데 이 집에는 대체 몇 명이 사는 거죠? 더 나올 사람 있어요?"

나는 "이제 없어" 하고 웃으며 계란 프라이의 노른자로 지저분해진 접시 둘을 포갰다.

샤워를 한 후 나는 사토루를 데리고 역 앞의 파친코 가게로 갔다. 최근 나는 '파친코에서 대박이 나면 마루야마에게서 전화가 온다'는 근거 없는 징크스를 믿고 있는데, 피버를 한 사람은 오히려 사토루 쪽이었다.

돌아오는 길에 사토루와 함께 초코민트를 먹고 편의점에 들러 마루야마의 기사가 가끔 실리는 잡지 신간이 나오지 않았나 이리저리 찾고 있는데, 사토루가 "저, 이제 그만……" 하며 머뭇거렸다. 이 아이를 보내고 나면 밤까지 또 혼자 지내야 한다는 생각에 나는 재빨리 사토루의 말을 자르며, "야, 집에 가서 '바이오 해저드 2'나 하자" 하고 억지로 집으로 끌고 왔다.

막 집으로 들어서는 순간, 전화벨이 울렸다. 8일 만에 마루야마에게서 걸려온 전화였다. 내게는 파친코의 피버보다 더한 대박이었기 때문에 전화를 끊자마자 엉겁결에 뒤에 서 있던 사토루를 껴안고 말았다. 그때 나는 그에게서 묘한 냄새를 맡았다. 목덜미에서 나는 냄새 같았는데, 달콤하지도 그렇다고 감귤처럼 시큼하지도 않은, 땀내 같기도 하고 마른 흙내 같기도 한 그런 묘한 냄새였다.

엉겁결에 나에게 안긴 사토루는 처음에는 얼떨떨해했지만 "남자친구를 만나기로 했어! 갑자기 스케줄이 비었대!" 하고 기뻐하는 내게 "조, 좋겠네요" 하며 가벼운 미소를 지어 보였다.

서둘러 옷을 갈아입고 정성껏 화장을 한 후 방을 나오자 사토루가 역까지 함께 가자며 소파에서 일어섰다. '바이오 해저드 2' 하자고 데려와 놓고는 나는 그가 거실에 있는 사실조차 까맣게 잊고 있었던 것이다.

나는 미안한 마음에 "요스케도 이제 곧 돌아올 텐데 여기서 기다리지?" 하고 말했다.

그는 조금 낭패스러운 표정을 짓더니 "괜찮아요, 같이 나가요" 하고 대답했다.

신기한 듯 말똥말똥 쳐다보는 사토루에게 왜 그러느냐고 물었더니, 트레이닝복을 벗고 다른 옷을 입으니까 훨씬 보기 좋다는 듣기 좋은 말을 했다.

치토세가라스야마에서 게이오 선을 타고 신주쿠까지 나가서 사토루와 헤어졌다. "또 놀러와"라고 말하자 사토루는 "정말요?" 하며 기쁜 표정을 지었다.

"그럼, 정말이지. 다음에는 진짜 '바이오 해저드 2' 같이 하자"라고 말하며 우린 서로 기분 좋은 미소로 헤어졌다.

마루야마와는 보통 에비스에 있는 작은 호텔에서 만난다.

그가 사는 기숙사는 그곳에서 걸어서 5분 거리인 시부야구 히가시 3초메에 있다. 뭐라고 설명해야 할까…… 아니, 내가 직접 말하면 아무래도 불필요한 핑계나 불안이 섞여 진실성이 결여될 것 같으니 대신 미라이의 말을 인용하기로 하자. 미라이는 "콜걸이면 제대로 돈이라도 받아올 테니 차라리 그쪽이 현명하겠다"고 표현한다. 마루야마와 아주 잠깐 호텔에서 보내며 할 일이라고는 그것밖에 없으니 한정된 시간 안에 몇 분간 샤워, 몇 분간 전희, 몇 분간은…… 늘 그런 식으로 나도 모르게 머릿속으로 계산하면서 미라이가 말한 '콜걸'의 모습이 떠오르지 않았다면 거짓말이다. "인기배우가 옛날 애인을 러브호텔로 부른다. 그것도 갑자기 시간이 비었을 때만"이라면서 미라이는 빈정거렸다.

분명 그게 전적으로 틀린 말이라고 할 수는 없지만, 나는 콜걸과는 다르다. 미라이가 나를 '돈은 필요 없어요, 화대는 당신의 사랑만으로 충분해요'라고 말하는 '신종 콜걸'이라고 아무리 깎아내려도 나는 결코 우리는 그런 관계가 아니라고 단언할 자신이 있다.

첫째, 콜걸을 회사 동료나 상사에게 소개하는 남자는 이 세상에 없다. 마루야마는 매니저와 사무실 사장 부부에게 나를 소개했다. 나는 세 번이나 사장님 댁에서 식사 대접을 받은 일이 있다. 사장 부부는 코미디언 도니타니와 여배우 출신 장관

오우기 지카게를 꼭 닮은 사람들이었다. 마루야마는 그들에게 나를 '애인'이라고 소개했다. 사장 부부는 못 들은 척했지만, 식사가 끝나고 주방에서 설거지를 거들자 오우기 지카게를 닮은 부인이 "전부터 아가씨 이야기는 많이 들었어. '내게는 마음속의 연인이 있다'고 마루야마 군이 종종 얘기했었지"라고 말했다. 마음속의 연인을 콜걸로 다루는 남자는 아마 없을 것이다.

그리고 마루야마가 자신의 숙소인 기숙사가 아니라 호텔로 나를 불러들이는 이유는 따로 있었다. 기숙사에는 그의 어머니가 있기 때문이다. 말이 기숙사이지 그곳은 방 세 개짜리의 그럴 듯한 맨션으로 반년 전까지는 다른 배우 지망생과 함께 살았다고 한다. 그런데 마루야마가 먼저 화려하게 데뷔를 하자 마치 여자아이처럼 질투를 해대며 화를 내고는 고향으로 돌아가 버렸다고 한다. 그래서 지금 그곳에는 마루야마와 어머니 단 둘이서 살고 있다. 만약 내가 사장 부부를 만나보지 않았다면, 나 역시 마루야마가 연애 프로덕션 기숙사에서 병든 어머니를 모시며 살 생각을 했다는 걸 믿을 수 없었을지도 모른다. 그러나 사장 부부의 고매한 인격을 경험한 후로는 마루야마가 그들을 믿고 도쿄로 상경해 열심히 살아보겠다고 결심하게 된 이유를 어렴풋이 짐작할 수 있었다.

사장 부부는 마루야마가 고등학교에 다닐 때부터 눈독을 들이고 있었다고 한다. 역시 마루야마는 그때부터 이미 맥도널드 점원을 꼼짝 못하게 만들 정도의 매력을 지닌 남자였던 모양이다. 아무리 지방도시라고는 하지만 '그 학교에 괜찮은 남자애가 있대'라는 여고생들 사이의 소문이 연예 프로덕션 사장의 귀에까지 들어가는 일은 그리 어렵지 않았을 것이다.

유감스럽게도 마루야마 어머니의 병세는 그때보다 더 나빠진 것 같았다. 병원에서는 갱년기 장애에서 오는 중증 우울증이라는 진단을 내렸다고 한다.

"컨디션이 좋을 때는 우리 어머니가 세계 제일이라는 생각이 들어. 그렇게 멋진 어머니는 아마 없을 거야. 그런데 어머니의 병세가 악화되면…… 글쎄 뭐랄까, 내가 세계 제일의 아들이 되어야 한다…… 뭐 그런 생각을 하게 돼."

사장 부부의 온정으로 마루야마의 어머니는 현재 일주일에 한 번씩 전문의를 만나 카운슬링과 가능한 범위의 모든 치료를 받고 있다고 한다. 물론 마루야마에게 일이 있을 때는 사무실 직원이 기숙사에 머물며 돌봐주고 병원에도 모시고 다닌다.

"그렇게 해주는데도 뜨지 못하면 난 평생을 노력해도 사장님과 사모님에게 진 빚을 갚을 수 없을 거야"라며 마루야마는 웃었지만, 뭐랄까 그가 이미 일생을 걸고 고락을 함께할 수 있는 인물을 찾았다는 사실이 나에게는 내심 무척이나 부러웠다.

마루야마는 내가 아무리 부탁해도 어머니가 있는 기숙사에는 한 번도 나를 데려가지 않았다. 물론 또다시 "도울 일이 있으면 뭐든 말해" 하고 생각 없이 말할 생각은 추호도 없다. 하루하루가 즐겁고 편안하기만을 바라며 비겁하게 도망쳤던 몇 년 전의 내가, 이제 와서 도와주고 싶다고 교만하게 나서자는 게 아니라 이제는 그의 어머니를 순수하게 마주할 수 있지 않을까 하는 생각이 들기 때문이다.

내가 어머니를 만나게 해달라고 부탁하면 마루야마는 "너한테 또 차이면 난 재기불능이 될 거야"라며 죽고 싶을 정도로 듣기 싫은 농담을 했다. 그러나 나는 그땐 정말 미안했었다고 사과할 수도 없다. 내가 사과를 하면 마루야마는 그때의 어리석은 나를 용서해야만 할 테니까 말이다.

"왜 날 다시 만나준 거야?"

도쿄에서 마루야마와 재회한 두 번째 데이트에서 나는 용기를 내 물었다.

"어째서라니? 아직 널 좋아하니까. 느닷없이 전화해서 '도쿄에 있어'라고 말했을 때 얼마나 기뻤는지 넌 모를 거야."

마루야마는 그렇게 말해주었다.

"그런 식으로 헤어졌는데도?"

"그런 식이라니?"

"그러니까……."

"우리 어머니를 보고 달아난 거?"

"……."

"처음부터 착한 얼굴을 하는 사람을 난 어릴 때부터 신용하지 않아. 이건 연예계에서도 통용되는 진리 같아."

마루야마는 자신이 미남배우라는 걸 몹시 수줍어하는 듯한 미소를 지었다.

*

신주쿠 역에서 사토루와 헤어져 에비스 호텔에 도착한 것은 마루야마에게 전화를 받은 지 꼭 두 시간 후였다.

프런트에서 방 번호를 묻고는 느려터진 엘리베이터 때문에 조바심을 치면서 방으로 향했다. 그런데 몇 번을 노크해도 대답이 없었다. 나는 프런트로 다시 돌아가 방에 전화를 걸어달라고 부탁했다.

17일 만에 만난 마루야마는 누적된 피로 때문에 잠에 곯아 떨어져 있었는지 볼에 베개 커버의 레이스 자국이 선명했다. 지난번 만났을 때 이야기는 들었지만, 드디어 데뷔 곡 '흙'(도저히 팔릴 것 같지 않은)의 레코딩 작업에 들어갔다고 했다. 마루야마는 재킷과 프로모션 비디오 촬영, 잡지 인터뷰, 심야 라디오 출연, 게다가 준 주연급으로 출연이 결정된 다음부터는 드라마의 사전협의까지 참석하는 바람에 하루를 분 단위로 쪼개 바삐 움직이고 있었다.

그렇게 바쁜 와중인데도 갑자기 반나절 시간이 비었다며 내게 전화를 준 것이다. 미라이, 나오키, 요스케가 뭐라고 하건 마루야마는 아직 여자 아나운서와 붙어 다니지도 않고 조금씩 불어나는 여성 팬들에게도 손을 뻗치지 않고 있다. 그러나 이런 확신은 유감스럽게도 우리 두 사람의 사랑 때문이 아니라 그가 보여준 스케줄 수첩을 보고 내린 결론이었다. 어머니의 간병과 일로 가득 찬 그의 스케줄 수첩에는 어느 페이지를 펴도 바람은커녕 야한 비디오 한 편 볼 시간도 없다고 적혀 있는 듯했다.

우리는 서로를 껴안고 키스를 나누자마자 이내 침대로 뛰어들었다. 아직 옷도 벗지 않았는데 마루야마의 페니스는 벌써 단단하게 발기해 있었다. 내가 농담 반으로 "대단한데" 하고 놀리자, 그는 조금 쑥스러운 듯 "피곤해서 그래"라며 웃었다. 솔직한 것도 좋지만 "보고 싶었어"라고 말해주면 얼마나 좋을까.

"새로 시작하는 드라마에서는 어떤 역을 맡았어?"

나는 이불 속에서 옷을 벗으면서 물었다.

"팔꿈치 고장으로 프로야구 선수가 되기를 포기한 스포츠 카메라맨……."

그가 옷을 벗으면서 대답했다. 조금 전까지 자고 있었던 탓인지 살짝 와 닿는 그의 어깨가 뜨거웠다.

"다른 사람들은 누가 나오는데?"

"으음, 마쓰시마 나나코."

"뭐, 마쓰시마 나나코? 만나봤어?"

"물론 만났지."

"어땠어? 예뻐?"

"예쁘고말고. 숨도 못 쉴 정도로 예쁘더라."

마루야마는 아주 긴 키스를 했다. 그는 키스를 좋아해 내가 등 뒤에서 안는 걸 싫어했다. 섹스에도 궁합이라는 게 정말 있다면 우리는 합격점을 받을 수 있을 것이다. 남에게 보이고 싶다는 말은 아니지만 보여주어도 부끄럽지 않을 정도로 대단하다고 생각한다. 최근 그는 콘돔을 몇 초 만에 착용할 수 있는가하는 그다지 품위 있다고 할 수 없는 일에 열중해 있다. 물론 내게 시간을 재달라는 부탁까지 하는 건 아니지만, 착용한 후 얼른 손목시계를 보며 웃는 그를 보면 기록을 갱신해 가고 있음을 한눈에 알 수 있다.

샤워를 한 후 그는 돌아가야 할 시간까지 침대 안에 있기로 했다. 그의 몸은 아직 조금 젖어 있었고, 머리카락에서는 호텔에 구비된 싸구려 샴푸 냄새가 났다.

그의 손가락을 만지작거리면서 의자에 던져진 옷가지를 멍하니 바라보고 있는데 "요전에 일 끝내고 밤중에 기숙사로 돌아갔더니 내 침대에 낯선 여자가 누워 있는 거야" 하고 그가 불쑥 이야기를 꺼냈다.

"거짓말!"

너무 놀라 갑자기 벌떡 일어서다가 머리로 그의 턱을 정확히 치받고 말았다.

"아야야. 혀, 깨물었어, 혀."

마루야마는 새빨간 혀를 내밀었다. 나는 그의 혀를 만지면서 "팬이었어?" 하고 물었다.

"아마……. 정말 몸에 실오라기 하나 걸치지 않았더군."

나에게 혀를 맡긴 채 말을 하던 마루야마는 헛구역질이 나는지 몇 번인가 컥컥거렸다.

"그래서 어떻게 했어?"

"물론 안아줬지."

마루야마가 입 안으로 혀를 굴리며 능청스럽게 대답했다.

"거짓말!"

나는 눈에 힘을 주며 마루야마를 노려보았다.

"정말이야. 팬이잖아."

"아무리 팬이라고 해도 제멋대로 남의 방에 들어와 알몸으로 누워 있는 여자가 어딨어?"

"벗기는 고생 안 해도 되고 좋잖아."

그렇게 말하며 웃음을 터뜨리는 그를 보고 나서야 거짓말임을 알아차렸다. 나는 한 번 더 혀를 깨물게 만들려고 그의 턱을 치받았지만, 그가 재빨리 얼굴을 피했다.

마루야마는 멋대로 방에 들어와 알몸으로 침대에 누워 있는 여성 팬을, 옆방에서 자는 어머니가 깨지 않게 조심해 가며, 무려 두 시간이나 설득했다고 했다.

다행히 말귀는 알아듣는 여자라 "당신은 너무 순수해요. 좀 더 계산이 빠른 여자가 되어야겠어요. 좋아하는 남자를 일부러 무시해서 관심을 끈다거나 하는 식이 낫지 않겠어요?" 하고 설득하는 마루야마에게 "난 연애할 때 줄다리기하는 게 제일 싫어요"라고 버티다가 결국 두 시간 후 순순히 방을 나갔다고 했다.

나의 걱정은 개의치 않는 듯 마루야마는 "분명 지금쯤 그 여자는 텔레비전 앞에서 애써 나를 무시하고 있을 거야" 하며 웃었다. 그러고는 한 술 더 떠 "난 그 여자에 관해서 모두 알고 있어. 좋아하는 음식, 색, 영화……" 하고 자랑을 늘어놓기에 "좋아하는 영화는 뭔데?" 하고 내가 물었다.

마루야마는 조금 긴장한 얼굴을 하더니 "〈밤비〉래"라고 중얼거렸다. 차라리 〈미저리〉라고 대답해주는 편이 대처하기 쉬웠을 텐데. 그는 별일 아닌 듯 웃어넘기고 있지만 상당히 무서웠을 거란 생각이 들었다.

슬슬 떠나야 할 시간이 가까워오자 마루야마의 페니스가 다시 단단해졌다. "앞으로 20분 안에 시부야의 스튜디오에 도착하려면 뭘 생략하면 될까?"라고 물으며 그가 웃었고, 나는 "처음과 마지막 키스는 생략하지 마" 하고 대답했다.

결국 남은 시간 동안 그는 내게 처음과 마지막 키스만을 해주었다. "너무 퉁기는 거 아냐?" 하고 놀리자 "그걸로 돈 버는 걸"이라며 콧구멍을 벌렁거리며 익살스런 표정을 지어 나를 웃겼다.

방을 나와 엘리베이터를 타고 1층으로 내려오는 도중 마루야마는 갑자기 진지한 표정을 지으며 "요전에도 말했지만 한동안 이런 상태가 계속될 거야. 기왕 시작한 일이니까 열심히 하고 싶어. 그래서 지금은 미래에 대해서 아무런 약속도 할 수 없어. 그래도 좋아?" 하고 물었다. 나는 전에 말했던 대로 "그래도 좋아" 하고 단호하게 대답했다.

"집에서 매일 뭐하고 지내니?" 하고 그가 물었다. '전화 기다려'라고 대답하고 싶었지만, 그가 '휴대전화 있으니까 외출할 수도 있잖아?'라고 하면 할 말이 없을 것 같기도 하고 그렇다고 '외출하고 싶은 곳이 없어'라고 대답하면 틀림없이 그에게 무거운 짐처럼 느껴질 거라는 생각에, "같이 사는 친구가 일러스트를 한다고 했잖아. 그 친구를 돕고 있어" 하고 거짓말을 했다.

"생활비는?"

"직장 생활할 때 저축해둔 게 꽤 있어."

"그래도 계속 버티진 못할 텐데?"

"돈 떨어지면 다시 일을 시작할 거야."

호텔을 나오자 마침 빈 택시가 두 대 서 있었다. 우리는 서로 모르는 사람들처럼 따로따로 택시를 탔다. 택시 운전사가 앞 차를 타는 마루야마를 보며 "아가씨, 저 사람 혹시 탤런트 아닌 가요?" 하고 묻기에 "글쎄요" 하며 나는 짐짓 모르는 척 고개를 갸웃거렸다.

"틀림없어요. 요전에 에쿠라 료에게 차인 남자 맞아요."

운전사는 그렇게 스스로 확신한 후에야 겨우 핸들을 꺾어 차를 출발시켰다. 마루야마는 이제 젊은 여자아이들 사이에서 만이 아니라 택시 운전사까지도 알 정도로 유명 배우가 되어 있었다. 평소보다 힘이 넘쳤던 마루야마의 성기를 떠올리자 나는 왠지 갑작스레 불안해졌다.

나는 택시 안에서 "계속 버티진 못할 텐데?"라고 묻던 마루 야마의 말을 떠올렸다. 솔직히 이미 통장은 바닥을 드러내고 있었다. 계속 버티지 못하는 것은 "꼭 하고 싶은 일이 있어. 부 탁이니까 나를 믿어줘" 하는 딸의 말에 속은 부모님이 보내주 는 생활비였다. 엄마는 내가 옛 남자를 쫓아 집을 나온 것을 알 고 있기 때문에 가끔 전화에다 "사람이란 건 말이다, 따라가면 달아나는 법이야"라고 충고를 하기도 하지만, 그래도 그런 엄 마가 월말이 되면 돈을 보내주도록 아버지를 설득하는 것은 잘되면 결혼할 거라는 일반적인 골인 지점을 생각하고 있기 때문일 것이다. 그렇기 때문에 나는 상대가 현재 잘나가는 배우라는 말을 차마 내 입으로 뱉을 수가 없었다. 생활비가 끊기는 건 고사하고, 당장이라도 고향에서 나를 데리러 올 게 틀림없으니까.

솔직히 나 스스로도 어떻게 하면 좋을지 모르겠다. 갑작스럽게 시간이 비면 호텔로 불러낼 뿐, 함께 사는 것도 아니고 그렇다고 미래가 예식장의 빨간 주단으로 이어지리란 확신도 없다. 그렇기 때문에 내가 가장 싫어하는 질문은 바로 "그래서 도대체 어떻게 하겠다는 거야?"이다. 그런 질문을 받으면 나는 죽은 척할 수밖에 없다. "미래가 안 보여" 하고 나오키는 말했다. 미라이도 "시간 낭비일 뿐이야"라고 말했다. 오로지 한 사람 요스케만은 "알아, 그 기분. 너무 잘 알지"라고 말해주었다. 그러나 요스케의 위로가 유감스럽게도 나에게 그다지 힘이 돼주지는 못했다. 속 편한 대학생인 그에게만큼은 별로 위로받고 싶지 않다는 생각 때문이었다.

집에 돌아온 시각은 밤 여덟 시가 지나서였다. 거실로 들어가자 오랜만에 모두들 모여 앉아 있었다. 나를 보자마자 "그 남자애, 네가 데려왔니?" 하고 미라이가 험악한 표정으로 물었다.

"그 남자애라니, 어떤 남자애?"

아랫도리 쪽으로 마루야마의 온기가 되살아나는 듯한 아련한 느낌에 빠져 있던 나는 태평스럽게 되물었다. 언제 다시 만날 수 있을지 모른다. 가능하다면 이 온기를 그때까지 남겨두고 싶었다.

"거봐, 고토는 보지도 못했어" 하고 미라이가 말했다.

"고토가 일어났을 때는 이미 나가고 없었나?" 하고 요스케가 말했다.

"난 바나나 프로틴까지 대접했어."

그렇게 말한 건 나오키였다.

세 사람은 섹스의 여운에 빠져 있는 나를 무시한 채 심각한 얼굴로 대화를 나눴다.

"난 요스케의 후배라고 생각했지" 하고 나오키가 덧붙였다.

"나도 그렇게 생각했어" 하고 미라이가 말하자, 두 사람은 요스케 쪽으로 얼굴을 돌렸다.

"글쎄 모른다니까. 본 적도 없어. 난 또 미라이가 취해서 어디서 데리고 온 아인 줄 알았단……."

요스케는 황급히 화살을 미라이에게 돌리려고 했다. 그러나 이미 미라이와 나오키는 "그런데 정말 잃어버린 건 없니?" 하고 말을 돌렸다.

아무리 섹스의 여운에 푹 빠져 있던 나였지만, 세 사람이 사토루 이야기를 한다는 것쯤은 이내 알아차릴 수 있었다.

"잠깐만, 지금 사토루 얘기하는 거야?"

그 말에 세 사람은 동시에 나를 올려다보았다. 그들 얼굴에는 '옳지, 너로구나' '어떻게 된 거야?' 하는 성급한 표정이 떠올랐다.

"지금 사토루 얘기하는 거 맞지?"

나는 머뭇머뭇 한 번 더 그렇게 물었다.

"네가 데려온 거야?"

"뭐야, 고토가 아는 사람이었어?"

"너도 참 의외다. 그렇게 어린애를?"

아무래도 세 사람이 뭔가 착각하는 것 같아서 "잠깐만. 난 몰라" 하고 황급히 부인했다.

"지금 사토루라고 분명 이름까지 말했잖아" 하고 미라이가 추궁하듯 말했다.

"그, 그러니까 오늘 아침 여기에 있었던 애 말이지?" 하고 나는 재차 물었다.

"그래, 그 애."

"요, 요스케 후배 아니었어?"

내가 요스케에게 도움을 요청하자 '아니라니까!' 하며 시선을 돌렸다.

"잠, 잠깐 그게 무슨 말이야? 그러면 누구야, 그 아이. 난 아침까지 해 먹인데다 파친코까지 같이 갔단 말이야."

"파친코?"

세 사람이 기가 막힌다는 듯 합창을 했다.

나는 나오키와 요스케 사이에 비집고 앉아 조금 전까지 소외되어 있던 테이블 앞에 심각한 표정으로 끼어들었다.

왁자지껄하던 네 사람의 대화는 어젯밤 마지막으로 귀가하여 문 잠그는 것을 잊어버린 사람은 누구인가 하는 한심한 죄의 추궁에서 시작해 평소의 방범 의식 결여, 범죄 도시 도쿄에서 사는 마음가짐에까지 이어졌다.

도중에 몇 번이나 "정말로 아무것도 도둑맞지 않았니?" 하고 누군가가 말을 꺼내 모두 황급히 각자의 방으로 돌아갔고, "역시 도둑맞은 건 없어" "오백 엔짜리 동전 저금통도 그대로야"라고 중얼거리면서 각자 제자리로 돌아왔다.

혹시라도 나중에 잃어버린 물건이 발견되어 경찰에 신고할 경우를 대비해 몽타주를 그리기로 했다. 가장 오랫동안 함께 있었다는 이유로 죄인 취급을 받던 나는 일단 본업이 일러스트레이터인 미라이에게 사토루의 얼굴 특징을 자세히 이야기했다. 완성된 그림을 보고 나오키가 "아침에 잠깐 만났을 때도 생각했지만, 역시 누군가를 닮았단 말야" 하고 말하자, 이번에는 누구를 닮았는가 하는 이야기로 시간을 보내게 되었다.

"맞다. 〈작은 사랑의 멜로디〉란 영화에 나오는 남자아이와 닮지 않았어?" 하고 미라이가 말했다. 듣고 보니 확실히 닮은 것 같기도 했다. 단지, 〈작은 사랑의 멜로디〉에 나오는 아이와 같은 또래는 아니었다. 그 점에서만은 모두의 의견이 일치했다. 그렇다면 그는 대체 몇 살 정도일까? 한참 의견을 낸 끝에 열일곱 살, 즉 고등학교 2학년쯤 됐을 것이란 결론을 내렸다.

나이가 정해지자 그가 어떻게 여기에 있게 되었을까, 하는 이야기가 다시 전개되었다. 도중에 나오키와 미라이가 와인을 따려고 했지만, 나와 요스케가 병을 빼앗았다.

"보통은 내가 화장실 간 사이 도망치겠지" 하고 나오키가 말했다.

"그래, 어떻게 도둑이 두 번씩이나 잠을 자고 고토가 일어날 때까지 집에 남아 있어. 말도 안 되지."

요스케의 의견은 설득력이 있었다.

"역시 미라이가 취해서 데리고 온 게 아닐까?"

내가 벌써 몇 번째 같은 의견을 말하자, 미라이가 "아니라니까!" 하고 강하게 부정하면서도 "그런 영계가 뭐 때문에 나를 따라오겠어" 하며 조금 잘난 척하듯 턱을 내밀었다.

"어젯밤에 어디서 마셨어?" 하고 나는 미라이를 향해 물었다. 미라이는 먼 과거라도 거슬러 올라가듯 더듬더듬 어젯밤 일을 이야기하기 시작했다.

"어제는 오후 근무라 마지막까지 가게에 있다가 아홉 시에 나왔어. 사장이 밥 먹으러 가자고 해서 아카사카의 오키나와 요리점에 갔지. 왜 전에 나오키하고도 같이 간 곳."

"아, 고야(오키나와 특산물)에서 쓴맛이 나지 않았던 가게?"

"고야가 쓰지 않은 가게도 있어?"

"됐어 그만! 오키나와 요리점에 갔다가?"

"그리고 아, 그래. 거기서 많이 마셨어. 아와모리가 잘 넘어가는 거야. 그다음에는 사장과 함께 시모기타의 바에 갔지. 왜 거기 말이야. 요스케 친구가 아르바이트하는……."

"브로츠키?"

"그래, 그래. 거기에서 또 보드카를 마셨어. 그런데 거기에서 우연히 마리네 마담을 만났지 뭐야. '어머나, 여기서 뭐하는 거야, 오랜만이네' 어쩌고저쩌고 하다가 그대로 신주쿠에 있는 마담 가게로 직행했지."

"그래서?"

"그래서? 그다음이 좀 모호하다고나 할까……. 그때부터 필름이 끊겼는지 기억이 나지 않아."

"거봐, 역시 거기서 그 아이를 데리고 온 거야."

"아니야, 그런 일은 절대로 없었다니까. 아까 마리네 마담한테도 물어봤어. 그랬더니 그런 아이는 없었대. 두 시가 넘은 시각에 라우라하고 시르바나에게 안기듯 해서 나갔다던데."

"라우라라면 연예인 오다 무도 닮은 사람?"

그렇게 묻는 요스케에게 "안 돼, 그렇게 말하면! 본인이 얼마나 그 말을 싫어하는데" 하며 미라이가 야단을 쳤다.

'그럼 내가 빈집털이범하고 파친코에 갔었다는 건가?' 나는 서서히 공포가 밀려오기 시작했다. 게다가 "또 놀러와"라고까지 말했던 게 떠올랐다.

다시 원점으로 돌아와 드디어 동북지방 구가(舊家)에 산다는 신 '자시키와라시'가 아닐까 하는 이야기로까지 나아가자, 모두들 결국 이 화제에 질린 듯한 표정을 지었다. 자칫하면 자꾸 이상한 설에 휘말릴 우려가 있으니 우선 오늘밤은 이쯤에서 끝내기로 하고 차례대로 목욕이나 하자는 결론을 내렸다. 갑자기 초인종이 울린 것은 바로 그때였다.

막 일어서려던 모두는 얼른 다시 자리에 앉으며 서로 얼굴을 쳐다보았다.

"설마 또 온 건 아니겠지?"

"설마."

이럴 때야말로 남자들하고 같이 살길 정말 잘했다는 생각이 든다.

"여, 열쇠 잠겨져 있지?" 하고 일단 확인하면서도 용감한 나오키가 선두로 나서고 요스케가 그 뒤를 따르고, 이어 미라이와 내가 딱 붙어서 팔짱을 낀 채 현관으로 향했다.

방범 렌즈로 바깥을 내다본 나오키가 "이, 있어. 밖에 왔어" 하고 우리 쪽을 돌아보았다. 요스케는 그 자리에 있던 우산을, 집을 게 없는 나와 미라이는 급한 대로 양손을 공수도 포즈로 바꾸었다.

"뛰어나가서 잡을까?"

목소리를 잔뜩 낮추며 말하는 나오키에게 '열어' 하고 요스케가 신호를 보냈다. 그때였다. 현관 저쪽에서 "미라이 씨!" 하고 부르는 사토루의 천진한 목소리가 들려왔다.

"뭐? 나?"

미라이가 엉겁결에 공수도 포즈로 방어자세를 갖추었다. 계속해서 "안 계세요? 고토미 씨! 요스케 씨! 나오키 씨!" 하고 우리들의 이름이 잇달아 불렸다.

처음 몸을 움직인 사람은 나오키였다. 체인을 건 채 문을 연 나오키는 "좀 물어볼 게 있는데, 너 오늘 아침 어떻게 여기에 들어왔니? 문이 열려 있었니?" 하고 단도직입적으로 물었다.

문 저편에서 "미라이 씨가 열쇠로 열어서 들어왔는데" 하고 머뭇머뭇 대답하는 목소리가 들렸다. 문 이쪽에서 우리는 일제히 고개를 돌려 미라이를 노려보았다. 물론 나는 팔짱을 끼고 있던 미라이의 팔을 밀쳐냈다.

"거짓말이야! 거짓말!"

미라이는 머리를 쥐어뜯는 시늉을 하며 어디선가 본 듯한 신파극 연기를 하기 시작했다. 술에 취한 미라이가 같이 마시던 손님을 집에까지 데려온 일은 전에도 몇 번 있었다.

나오키는 이미 체인을 벗기고 문을 열었다. 체념이 빠르지 않은 미라이는 "증거를 대! 증거를!" 하고 여전히 서툰 연기를 계속했다.

"증거라니······."

현관 앞에 선 사토루가 "아, 라우라라는 사람도 함께였어요" 라고 말했다. 요스케가 "라우라라는 사람은 어떻게 생겼지?" 하자 사토루가 "화장한 오다 무도 같은 사람"이라고 대답했다.

"어, 어디서 만난 거야!"

미라이는 그래도 꼴사나운 연기를 계속할 생각인 듯했다.

"어디서라니요? 어젯밤 내가 공원에 서 있는데, '찾았다!'라 면서 미라이 씨가 갑자기 껴안았잖아요. '누구세요? 놓아주세 요' 하면서 젖 먹던 힘을 다해 소리쳤는데도 어떤 술집으로 억 지로 끌고 갔잖아요."

"라우라도 같이?"

"도중까지요."

"정말 내가 널 여기까지 데려왔단 말이지?"

"네."

"억지로?"

"함께 택시를 타지 않으면 소리를 지를 거라고 했잖아요. 야 스쿠니 거리 한복판에서."

우리는 너무나 어이가 없어 어깨를 늘어뜨리고 거실로 돌아 왔다. 결국 미라이가 마리네 마담 가게에서 나온 후 공원에 있 던 사토루를 붙잡아 같이 술을 마시다가 억지로 데리고 온 게 틀림없었다.

"자, 누가 먼저 욕실 쓸래?" 하고 요스케가 물었다. "사토루라고 했지? 괜찮으니까 이리 와" 하고 나오키가 손짓으로 불렀다. 나는 여전히 시침을 떼고 서 있는 미라이를 보면서 "얘는 아직 한참 더 여기서 연극 연습을 할 모양이니 내버려두고 들어가자" 하고는 사토루를 데리고 거실로 돌아왔다.

소우라 미라이

24세
일러스트레이터 겸 잡화점 점장

3.1

요즘 세상엔 2주일 정도만 시간적인 여유가 있으면 세계일주를 하는 것도 꿈이 아니다. 부산떠는 게 체질에 맞지 않아 배낭여행을 하는 사람이라면 버스로 베트남 농촌을 돌아보며 열심히 일하는 농민들의 모습에서 '자아 찾기' 취미를 즐길 수도 있다. 물론 어떤 형태의 '진정한 자아'를 발견하는가는 내 알 바 아니고, 놀랄 만큼 진부했던 '진정한 자아'를 발견하고 꽁무니를 빼듯 일본으로 도망쳐 돌아온다 한들 그 역시 내 알 바 아니다.

나는 스스로도 내가 정말 정나미 떨어지는 여자라고 생각한다. 그러나 '자아 찾기'를 위해 베트남 농민을 견학하러 가는 배낭여행자가 존재하는 한, 나는 정나미 떨어지는 여자로 계속 남고 싶다. 그들이 바로 나를 이런 여자로 만든 셈이다. 이왕 말이 나온 김에 소박한 베트남 농민들 대신 한마디 하고 싶다.

"남 일하는데 논두렁에서 어슬렁거리고 다니지 좀 마!"

이 일본에서 끝까지 인도주의를 관철하고자 한다면, 정나미 떨어지는 여자가 될 수밖에 없다.

어쨌든 2주일만 있으면 여러 가지 일을 할 수 있게 된 세상이다. 서점에 가면《2주일 만에 시력회복》《쉽고 편한 2주일간의 덴마크식 계란 다이어트》《당신도 2주일이면 남자친구의 스웨터를 뜰 수 있다》《2주일로 영어검정 1급 패스》심지어는 《인간형성 의학은 등교거부 학생 90퍼센트를 2주일 만에 반드시 등교하게 만든다》고 호언장담하는 책까지 널려 있다.

이렇게까지 자신만만한 걸 보면 2주일이라는 건 정말 대단한 시간이다. 2주만 있으면 내가 니키 드 생팔이 되지 못하리란 법도 없다.

2주일……. 내가 술에 취해 데리고 온 사토루라는 소년이 이 맨션에서 살기 시작한 지 어느새 2주일이 다 되어간다.

∃.ㄹ

새벽에 갑자기 생각이 나서 냉동실의 성에를 걷어내고 있는데 어느새 나왔는지 등 뒤에 요스케가 서 있었다. 어지간히 그 일에 몰두해 있었던지 요스케가 나온 것도, 등 뒤에 서서 물끄러미 나를 바라보고 있는 것도 전혀 눈치 채지 못했다.

"무섭잖아. 있었으면 인기척이라도 해야지!" 하고 내가 주의를 주자, 요스케는 "오히려 내가 무서워서 아무 말도 못했어!" 하며 되레 나를 나무랐다.

확실히 새벽 네 시 반에 캄캄한 주방에서 냉동실 성에를 걷고 있는 여자라면 무서울 수도 있다. 그러나 이 정도 여자를 무서워한다면 평생 결혼 따위는 꿈도 꾸지 말아라, 하는 생각도 들었다. 우리 엄마는 "오늘 저녁은 뭐 먹고 싶니?" 하는 대사를 삼십 년간 하루도 빠짐없이 했다.

요스케는 냉장고에서 생수를 꺼내더니 꿀꺽꿀꺽 들이켜기 시작했다. 저 정도의 수분 보급을 필요로 하는 고약한 잠버릇은 대체 어떻게 생겨난 걸까? 생수를 냉장고에 다시 넣은 요스케가 "뭐하는 거야?" 하고 새삼스럽게 물었고, 나는 "보면 몰라?" 하면서 냉동실 속에 꽁꽁 얼어붙은 성에를 떼어냈다.

"성에 제거?"

"그래. 그게 아니면 내가 뭘 하는 것 같아 보이는데?"

나는 조금 뒤틀린 감정으로 대답했다. 그러자 잠옷 차림의 요스케가 가볍게 내 어깨를 주무르더니 "안심이야" 하고 영문 모를 소리를 했다.

"그건 또 무슨 뜻이야?" 하고 물었지만, 요스케는 하품을 하면서 아무런 대답도 없이 자취를 감췄다. 하긴 "냉동실 안에서 이상한 소리가 나서"라고 말했다면 더 불안해 했을지도 모른다.

아무리 그래도 새벽 네 시에 주방에서 성에 제거를 하는 여자에게 "무슨 일 있니?"라고 묻기는커녕 "성에 제거하고 있어"라는 대답에 안심까지 하는 요스케도 어지간히 눈치 없고 멍청한 녀석이긴 마찬가지다. 인생은 짧다. 멍청한 녀석 상관까지 하며 살 시간은 없다. 그러나 그런 멍청한 녀석이 썩 싫은 건 아니기 때문에 그냥 내버려두고 있다. 그 순간 옆에 얼어붙어 있던 거대한 성에가 툭 하고 시원스럽게 떨어졌다.

거실 소파에 아직 사토루의 모습은 없었다. 고쿠보 사토루 열여덟 살, 현재 '밤일'에 종사. 겨우 이 정도의 정보만으로 다들 아무런 의문도 갖지 않고 침식을 함께하며 완전히 터놓고 지내고 있다.

언제였던가. 사토루가 없을 때 마침 다른 사람들이 거실에 모여 있어서 "있잖아, 너희들은 그 애가 어떤 일을 하는지 궁금하지 않아?" 하고 물어보았다.

"밤일이잖아" 하는 나오키의 대답에 "그러니까 그 밤일이 뭔지 알아?" 하고 내가 묻자 "바텐더 같은 거 아닐까?" 하고 고토가 말했다.

"어디, 어떤 가게에서?"

집요하게 물고 늘어지는 내게 매니큐어를 바르는 고토의 모습을 물끄러미 지켜보던 요스케가 "신주쿠. 모모코로 몇 번 태워다 준 적이 있어" 하고 말했다.

그 후 나오키가 조깅을 나가버려 이야기는 그쯤에서 중단되었다.

사토루가 숨기고 있으니 내가 뭐라고 떠들 일은 아니지만 나는 그를 2초메에서 만났다. 사토루가 서 있던 신주쿠의 그 공원은 호객한 손님이 샤워를 하는 동안 지갑째 돈을 훔쳐가 곤 하는 남창들의 소굴쯤 되는 곳이다. 마리네 마담 말로는 그 공원에 있는 소년들 모두가 그렇게 나쁜 것은 아니고 개중에 는 정말 착한 아이들도 있다고 했다. 나 역시도 그런 착한 남창 들을 몇 명 알고 있어 공원 주변에서 가끔 마주치면 사이좋게 술을 마시러 가기도 한다. 모두 열일곱, 열여덟쯤 되는 유쾌한 아이들이다.

내가 지난 2주일 동안 사토루를 보아온 바로는 남창이라고 해도 그리 나쁜 아이 같지는 않았다. 그러나 아무런 의심도 없 이 거실 소파를 제공하는 이 집 사람들이나 심지어 그의 '직장' 까지 태워다 주는 요스케의 무신경함에는 또 다른 의미의 경 계심이 필요하다는 생각도 들었다.

냉동실 성에를 완벽하게 제거했을 때는 이미 날이 훤하게 밝아 있었다. 새벽 다섯 시, 창을 열어 조금은 차가운 바람을 맞 으며 기분 좋은 성취감에 잠겨 있는데 현관에서 달그락거리는 소리가 나더니 편의점 봉투를 든 사토루가 들어왔다. 그가 "일 어난 거예요, 아니면 안 자고 있었던 거예요?"라고 물으면서 톳, 연근, 두부 등 어지간히 살림꾼 티가 나는 반찬들을 테이블 위에 죽 늘어놓았다.

"어때? 어젯밤에는 좀 벌었니?"

나는 별 관심 없는 척하며 물었다. 내 쪽을 흘긋 본 사토루가 순간 말할까 말까 망설이는 것 같더니 결심을 한 듯 옅은 웃음을 띠며 손가락 세 개를 펼쳐 보였다.

"세 명이란 말이야? 3만 엔이란 말이야?" 하고 나는 물었다.

사토루는 의미심장한 미소를 띠며 "세 개란 말이죠" 하고 웃었다.

내 입으로 말하긴 뭣하지만 난 사람을 보는 안목이 있다. 쓸데없는 설교 따위는 하지 않아도 이 사토루라는 소년이 나와 나오키와 고토 그리고 요스케에게 누를 끼치는 일은 없을 거라는 생각이 들었다.

∃.∃

나는 대체로 남자들의 몸을 소재로 한 일러스트를 그린다. 예를 들면 수염이 아무렇게나 난 턱이나 배꼽 주변까지 털이 난 아랫배, 팔의 이두박근, 허리뼈, 발등 같은 남자의 몸 일부를 썩은 과일과 더럽혀진 눈(雪) 등으로 콜라주해서 일러스트하길 좋아한다.

일러스트 작업에는 언제나 여자 방에 있는 맥킨토시를 이용한다. 새벽까지 일에 열중할 때도 있는데 작품이 마음에 들지 않으면 괜히 프린터나 마우스에 화풀이를 해대거나 머리를 쥐어뜯으며 끙끙 앓는다. 그럴 때도 고토는 옆에서 쿨쿨 잠만 잘도 잔다. 아마 섹스 피스톨스의 '아나키 인 더 U.K.(Anarchy in the U.K.)'나 베토벤의 '9번 교향곡'을 틀어도 그녀는 깨어나지 않을지 모른다. 무신경하다고 치부하면 그뿐이지만, 고토에게는 뭔가를 두려워하는 감정이 결여된 게 틀림없다. 낯선 남자의 트럭을 타고 느닷없이 상경한 것도 그렇고, 낯선 남자가 두 명이나 있는 이 집에 아무런 주저도 없이 살기 시작한 것도 그랬다.

고토는 어릴 적부터 누구에게나 예쁘고 귀엽다는 칭찬을 들으며 자랐고, 학교에서는 남학생들의 동경의 대상이었다. 고토에게는 확실히 그런 인생을 살아온 여자만이 가질 수 있는 낙천성이 있다.

어느 날 밤, 고토와 둘이서 해초 팩인가 뭔가에 관해 이야기를 나누고 있었다. 나는 침대에서, 고토는 바닥의 이불 속에서였다. 이제 그만 자려고 할 때쯤 "그만 불 꺼" 하고 고토가 말했다. 전기 스위치까지는 분명 내 쪽이 가깝긴 했다. 그러나 침대에서 몸을 빼는 것이 여간 귀찮은 게 아니었다.

"있지, 형광등에 다는 긴 끈 같은 거 있잖아. 우리도 그걸 사서 달자."

내가 그렇게 제안하자 "손잡이에 작은 돌고래 같은 게 달린 거?" 하고 고토가 물었다.

"꼭 돌고래가 아니어도 상관은 없지만, 그런 게 있으면 꽤 편리하지 않을까? 굳이 침대에서 일어나지 않아도 되고."

평소라면 '괜찮겠다'라고 쉽게 동의했을 고토가 이 제안에 대해서만은 드물게 반대 의견을 냈다. "그런데 말야, 편리한 것들은 대체로 품위가 없어"라고.

이 좁은 방에서 고토와 싸우지 않고 지낼 수 있는 이유를 한 가지만 들라면 나는 망설임 없이 그날 밤 고토의 대사를 꼽을 것이다.

언제였던가, 고토는 "난 여기 생활이 인터넷에서 채팅하는 것처럼 느껴져"라고 말한 적이 있다. 그때는 또 영문 모를 소리를 꺼내나 보다 해서 상대도 하지 않았는데, 다시 생각해보니 확실히 그런 느낌이 없진 않다. 여기서의 생활이라기보다도 거실에서의 상황이 그것에 가까운 것 같다.

예를 들어 여자 방에서 나와 거실로 가면 대부분 누군가가 있다. 고토와 요스케가 텔레비전을 보고 있거나 요스케와 나오키가 팔씨름을 하고 있을 때도 있다. 물론 아무도 없어서 나 혼자서만 멍청히 소파에 앉아 있을 때도 있다. 그러나 앉아 있으면 누구든 반드시 들어온다.

단지 채팅 방에는 기본적 권리로 익명이 부여되지만 여기에서는 모든 게 오픈돼 있다. 본인은 물론 부모의 이름까지 알고 있다. 익명이라는 악마……. 세상 사람들은 대체로 익명을 부여받음으로써 인간의 본성을 드러낼 수 있다고 믿고 있다. 그러나 과연 그럴까? 만약 내가 익명으로 뭔가를 할 수 있다면 나는 절대 진정한 자신을 드러내지 않을 것이다. 오히려 과장에 과장을 덧붙인 위선적인 자신을 연출할 것이라고 생각한다. 요즘 세상에서는 '있는 그대로 산다'는 풍조가 마치 미덕처럼 여겨지고 있지만, 있는 그대로의 인간이란 나에게는 '게으르고 칠칠맞지 못한 생물'의 이미지로밖에 다가오지 않는다.

어쩌면 고토는 바로 이런 점을 말하고 싶었는지도 모른다. 이곳에서 잘 살아가려면 여기에 딱 알맞게 적응할 수 있는 모습을 연기할 수밖에 없다. 그러나 그리 심각한 연기를 요구하지는 않는다. 만약 심각한 연기를 하고 싶다면 이곳을 떠나 '문학좌'나 극단 '엔(円)'에 입단하는 수밖에 달리 방법이 없다.

말하자면 이렇다.

여기서 살고 있는 나는 틀림없이 내가 만든 '이 집 전용의 나'이다. '이 집 전용의 나'는 심각한 것은 접수하지 않는다. 따라서 실제의 나는 이 집에 존재하지 않는다. 이곳에 함께 사는 요스케, 고토, 나오키, 사토루가 나처럼 '이 집 전용의 자신'을 만들지 않았다고 단언할 수는 없다. 그렇다면 그들도 실제로는 이 집에 존재하지 않고, 결국에는 아무도 존재하지 않는 것이 된다. 만약 이곳이 '무인의 집'이라면 아무것도 신경 쓸 필요가 없다. 굳이 '이 집 전용의 나' 따위를 만들어낼 필요도 없고, 나는 나로서 당당하게 거리낌없이 지낼 수 있다. ……아니, 그렇지 않다. 당당하고 거리낌없이 살 수 있는 이유는 여기가 무인의 집이기 때문이다. 그런데 이곳이 무인의 집이 되기 위해서는 여기에 '이 집 전용의 우리'가 존재해야 한다. 다시 말해 '이 집 전용의 우리'를 만들어낼 수 있는 것은 역시 우리밖에 없으므로 결국 이 집은 잠버릇 나쁜 요스케, 텔레비전만 보는 고토, 아침부터 프로틴을 마시는 나오키, 어린 주제에 톳나물을 좋아하는 사토루 그리고 내가 반드시 존재하는 답답할 정도로 꽉 찬 만실(滿室) 상태가 된다. 실제로는 꽉 찬 만실이면서도 텅 빈 공실(空室). 그러나 비어 있기 때문에 가능한 꽉 찬 상태. ……잘 모르겠다.

∃.4

오후 근무라서 한낮이 되어서야 일어났다. 샤워를 한 뒤 주방에 남아 있던 주먹밥을 손에 든 채 출근하려고 현관으로 가는데 벗어 던져진 신발들 사이에 쭈그리고 앉아 우편함 구멍으로 바깥을 내다보고 있는 고토의 모습이 보였다.

"지금 뭐하니?"

내가 말을 걸자 고토가 당황한 표정으로 돌아보며 "쉬잇!" 하고 검지손가락을 입술에 댔다.

"뭐, 뭐야? 누가 있어?"

"쉬잇!"

고토는 그러면서 다시 또 우편함에 얼굴을 들이댔다. 엉덩이로 고토의 몸을 밀치고는 나도 옆에 쭈그리고 앉아 밖을 내다보았다. 복도에서는 요스케와 402호 남자가 뭔가 이야기를 나누고 있었다.

"요스케 아냐? 뭐하는 거야?"

내가 고토의 귓가에 대고 나지막이 속삭이자 "잠입수사를 시켰어" 하고 고토가 〈화요 추리극장〉에 나오는 형사 같은 표정으로 대답했다.

"뭐야, 잠입수사라니?"

"그러니까 요스케를 손님으로 가장시켜 402호에 보냈다는 말이야. 아, 쉿!"

고토에게 등을 떠밀린 나는 나오키의 운동화 위에 엉덩방아를 찧고 말았다.

"그럼 다음 달 4일에."

문 저편에서 요스케의 목소리가 들렸다. 402호 남자는 방으로 돌아간 것 같았다. 고토가 일어서서 천천히 문을 열며 역시 〈화요 추리극장〉에 나오는 신참형사 같은 표정의 요스케를 맞아들였다.

"어떻게 됐어?"

"성공!"

"그럼 그쪽이 순순히 인정한 거야?"

"처음에는 내가 이미 다 알고 왔다는 식으로 넘겨짚는데도 '무슨 말입니까?' 하면서 시치미를 떼는 거야. 그래서 내가 '관리 사무실에 들통나면 안 좋을 텐데요?'라고 했더니, '할 수 없군. 하지만 젊은 남자 손님은 받지 않습니다. 게다가 영업시간은 만월(滿月) 전후 사흘과 신월(新月) 전후 사흘뿐이라 이번 달은 벌써 예약이 꽉 차 있습니다'라는 거야. 그러면서 '다음 달 4일이면 괜찮습니다만'이라고 하기에 그날로 예약하고 왔어. 그때 가보면 진상이 명확해지겠지."

"그렇겠다. 아, 그러면……."

"뭐가?"

"아니, 그러니까, 그쪽이 이미 인정을 했으니 굳이 잠입수사를 할 필요가 없을 것 같아서."

"뭐? 그럼 안 할 거야?"

고토와 요스케의 대화를 나는 아직 현관 바닥에 엉덩방아를 찧은 채 듣고 있었다. 발밑에 우스꽝스럽게 넘어져 있는 나를 그제야 봤는지 "뭐 해?" 하고 아는 체를 해주는 요스케의 손을 잡고 일어나면서 "너희들 바보 아냐?" 하고 내 솔직한 느낌을 말했다.

그러나 두 사람은 나를 무시하고 거실로 들어가면서 "그래, 얼마래?" "사실은 삼만 엔인데 옆집 사람이니 이만 엔에 해주겠대" "뭐가 그렇게 비싸!" 하는 말들을 주고받았다.

구두를 다 신은 내가 "다녀올게" 하고 안쪽에 대고 큰소리로 말했지만, '다녀와'란 말 대신에, "비싸!" "싸!" 하고 티격태격하는 두 사람의 목소리만 들려왔다.

두 사람은 어떤지 모르겠지만 나는 이웃집에서 매춘을 하든 해적판 비디오를 만들든 상관하지 않는다. 단, 밤중에 세탁기를 돌리거나 쓰레기 분리수거를 제대로 하지 않는다면 그때는 단호히 따지러 갈 것이다.

3.5

내가 근무하는 수입 잡화점에서는 주로 인도네시아 자바 섬을 중심으로 생산되는 무늬염색제 바틱이나 천을 직조하기 전에 실의 일부를 묶어 염색하는 이카트를 취급하고, 그 외에 인도나 발리 산 장식품이나 액세서리를 팔고 있다. 하라주쿠에 두 군데, 가와사키와 혼모쿠에 각각 한 군데씩 가게가 더 있는데, 나는 하라주쿠 2호점의 점장을 맡고 있다.

4년 전, 오모테산도 커피숍에서 사장인 신지 씨와 면접을 했는데, 당시 그는 어지간히 누군가와 이야기를 나누고 싶었는지 자기가 살아오면서 고생한 이야기를 무려 한 시간 반이나 떠들어댔다.

대학을 졸업하고 처음 취직한 의류 회사가 도산한 뒤 심기일전한 신지 씨는 가까스로 부모에게 돈을 빌려 멕시코 산 가죽 제품 수입회사를 열었는데, 이번에는 동업자였던 친구가 배신해 자금을 몽땅 들고 도망을 가버렸다. 도망간 친구는 고교 시절부터 사귀어 평생지기로 생각하고 있었다고 한다. 도망간 친구를 찾기 위해 아사가와를 이 잡듯이 헤매 다니던 겨울날, 신지 씨는 지쳐 어느 라면 집에 들어갔다.

"후루룩거리며 뜨거운 면을 삼키고 있는데 분한 마음에 어찌나 눈물이 나오는지……"라는 그의 이야기를 듣다가 나도 모르게 눈물을 흘리고 말았다. "울지 말아요"라고 말하면서 사장도 함께 울었다. "그래도 다행이네요. 지금은 이렇게 훌륭하게 성공했으니"라고 말하고는 나는 내쳐 울었다.

아마 그런 광경을 보고 우리가 면접 중이라는 사실을 알아챈 사람은 아무도 없었을 것이다.

내가 밤이면 밤마다 술을 마시며 돌아치게 된 건 신지 씨 탓이 크다. 처음 아오야마의 '블루 노트'에 데려간 사람도 그였고, 긴자의 고급 술집들, 신주쿠 골든가 2초메, 심지어는 하코네의 '고우라 화단'까지 갓 스물의 지방 출신인 내게 어른들의 이런저런 유희를 가르쳐준 장본인이 바로 그였다. 혹 사람들이 오해할 수도 있지만, 나와 신지 씨 사이에 육체적인 관계는 전혀 없다. 물론 그런 유혹이 있었다면 내 쪽에서 단호히 거절했을 것이다. 그런 걸 거절했다고 신지 씨와 내가 찜찜하게 될 관계라면 나는 진작 잡화점을 관뒀을 것이다.

처음 신지 씨를 따라 신주쿠 2초메에 갔을 때 좀 진부한 표현이지만 마치 천국에 온 듯한 충격을 받았다. 신지 씨가 처음 나를 데려간 곳이 마리네 마담의 가게였다. 가게 안의 카운터와 부스에는 그야말로 한창 제철을 만난 과일 같은 남자들이 수두룩하게 앉아 있었지만, 그중 누구 하나 내게 시선을 주지 않았다. 그 해방감을 무엇에 비유하면 좋을까! 설령 내가 그곳에서 순식간에 알몸이 된다고 해도 한번쯤 흘깃 돌아보기야하겠지만, 곧 나 같은 건 무시하고 '저번에 회사 동료 집에 갔더니 지방시 울트라 마린이 있더라' 따위의 이야기를 떠들어댈 분위기였다.

만약 고토가 그곳에 갔더라면 필시 '어머, 싫어. 온통 남자들 천지에 여자라고는 나 혼자뿐이잖아' 하며 곧바로 경계심을 드러냈을지도 모른다. 그러나 나는 경계심은커녕 마치 아무리 나쁜 사람이라도 드나들 수 있는 문턱 낮은 천국에 들어선 느낌이었다.

문턱 낮은 천국에 입장할 때 제출하는 신청서 성별란에는 '남'과 '여'뿐만이 아니라 '사람'이라고 쓰인 난도 있다.

3.6

이삼 일 전, 드물게 휴일이 겹친 나오키와 둘이서 역 앞 한국식 식당에 갔다. 그는 육회에 노른자를 섞으면서 "난 말이야. 전철 안에서 워크맨을 듣고 있는 여자를 보면 묘하게 흥분이 돼" 하고 말했다. "어째서?" 하고 묻자, "글쎄 뭐랄까…… 아마 일종의 페티시즘이겠지만, 바깥의 소리와 일체 단절된 여자 뒤에 서 있다 보면 귀 언저리부터 목덜미까지 천천히 핥아주고 싶어져" 하고 진지한 얼굴로 고백했다.

"그러면 타워 레코드나 버진의 시청(試聽) 코너 같은 곳은 니 입장에서 보자면 일종의 할렘 같겠다?"

물론 농담으로 한 말이었는데 나오키는 갈비를 상추에 싸면서 "아, 그렇군!" 하고 몹시 감탄한 듯한 표정을 지었다.

지금 우리가 살고 있는 이 집은 원래 나오키와 미사키가 임대했다. 물론 둘은 연인 사이였으니 달콤한 밀월의 시절도 있었겠지만, 내가 동거인으로 들어왔을 때 이미 두 사람은 각방을 쓸 만큼 사이가 나빠진 다음이었다. 미사키는 신지 씨를 통해 알게 되었는데 우린 서로 마음이 잘 통하는 술친구 사이다.

어느 날 밤 마리네 마담의 가게에서 "곧 아파트 계약 갱신인데 요전에 차 사고를 내서 돈이 하나도 없어" 하고 내가 푸념을 늘어놓자 마리네 마담이 "그래, 그러면 우리 집으로 와. 방이 하나 비어 있으니까" 하고 말했다. 그러자 그 옆에서 듣고 있던 미사키가 "우리 집도 괜찮아. 당장 방을 비워줄 수 있어" 하고 말했다.

마리네 마담의 집에는 나를 눈엣가시로 생각하는 사나운 고양이가 있었다. 그러나 미사키 집에는 나처럼 술 좋아하고 성격도 온화한 나오키가 있었다. 미사키가 가끔 마리네 마담의 가게에 데리고 온 적이 있어서 나오키와는 이미 안면이 있었다.

한번은 나오키가 마리네 마담에게 "당신이 만약 같은 남자끼리 한다면 어떤 스타일이 좋아?"라고 묻자, 마리네 마담이 "글쎄. 만약 꼭 해야 한다면 롤랑 바르트나 미셸 푸코 같은 지성파가 좋겠지" 하고 대답했던 기억이 난다. 동성애를 하는 남자들은 대부분 이런 질문에 지성파가 아니라 격투가의 이름을 대는 경우가 많다는 것을 나는 알고 있다.

"근데 왠지 침대 안에서 설교라도 들을 것 같지 않아?"라고 말하며 마담은 피식 웃었다.

"마담은 지성보다는 육체 쪽을 좋아할 것 같은데"라며 나오키가 함께 웃자, "그래, 늘 살들하고만 잤더니 콜레스테롤이 쌓여"라고 마담이 말했다.

"그렇지만 소문에 듣자하니 신선한 살만 고른다던데" 하고 내가 옆에서 끼어들자 "그야 물론이지. 하지만 신선한 살은 값이 비싼 게 탈이야"라면서 마담이 웃었다.

"또 시작, 그렇게 돈을 많이 벌면서……. 그램이 아니라 킬로 단위로 산다는 얘길 들었어요."

그렇게 말한 사람은 나오키였다.

실제로 이날 밤의 대화를 떠올렸던 것은 아니지만, 나는 난폭한 고양이와 온화하고 멋을 아는 나오키를 저울질하다 결국 미사키를 향해 살살거리는 목소리로 "그럼 다음 달부터 신세를 져도 되겠지?"라고 했다.

대기업 화장품 회사에서 비서로 근무하는 미사키와 독립 영화사에 근무하는 나오키 그리고 잡화점에 근무하지만 본업은 일러스트레이터인 나, 이 세 사람의 공동생활은 당초 예상과는 달리 신기할 정도로 순조로웠다. 카메라도 삼각이어야 서지 이각만으로는 뒤로 자빠져 버리는 원리와 같은 것일까.

처음에는 지금의 여자 방을 미사키와 나오키가 사용했다.

나 혼자 현재의 남자 방을 썼지만 잠꼬대가 신경 쓰인다며 미사키가 나오키를 지금의 남자 방으로 쫓아내 내가 미사키와 여자 방을 쓰게 되었다.

나오키가 대학 후배의 후배라는 요스케를 데리고 온 것은 셋이 살기 시작한 지 반년 정도 지난 어느 날이었다. 나나 미사키나 동거의 이유쯤은 물어볼 법한데도 "오, 대학생이야?" 하고는 약간 어리버리해 보이는 요스케를 룸메이트로 받아들이는 데 두말 없이 찬성했다. 지금 생각해보면 그 무렵 이미 미사키는 나오키와 헤어질 것을 염두에 두고 있었던 것 같다.

그 무렵 미사키는 같은 회사에서 일하는 중년의 독신남과 사귀기 시작했다. 미사키가 그 남자 집에서 대부분의 시간을 보내게 되었을 때 나는 과감하게 "괜찮은 거야?" 하고 나오키에게 물었다. 그러자 나오키는 "나는 괜찮지만 미라이가 문제 아냐?"라고 되레 내게 반문했다.

"무슨 뜻이야?"

"미사키가 나가면 여긴 남자 둘에 여자 하나가 되잖아."

"그러니까 그런 식으로 세지 마."

"그럼 어떻게 세지?"

"그냥 세 명이라고 하면 되잖아, 세 명!"

미사키는 정말 나갔다. 이사하는 날, 나오키가 트럭을 빌려 오고 나와 요스케는 조수 노릇을 했다. 그러나 미사키는 심심하면 한번씩 이곳에 놀러온다. 마음 내키면 거실 소파에서 며칠 동안 머물다 가는 적도 있다.

요스케조차 "미사키하고 나오키 정말로 헤어진 거 맞아?" 하고 물을 정도로 두 사람의 현재 관계를 설명하기란 쉽지 않다. 하긴 설명하기 쉬운 관계란 건 있으나마나 한 것이겠지만 말이다. 아무리 그렇다고 해도 미사키가 가끔씩 찾아오는 걸 순수하게 받아들이는 나오키도 별나고, 다른 남자와 살면서 옛날 남자 집에 찾아와 "역시 여기가 제일 편해"라며 쉬고 가는 미사키도 별종임에는 틀림없다.

∃.7

지독한 숙취 때문에 생수통을 안고 거실 소파에 쓰러졌다. 테이블 위에는 '미용실 다녀올게'라고 쓴 고토의 메모가 남겨져 있었다.

초인종이 울린 것은 점심시간이 조금 지났을 때였다. 기다시피 현관으로 가서 문을 열자 제복 차림의 경찰관 두 명이 서 있었다.

자다 일어난 부스스한 머리, 지저분한 잠옷, 게다가 절대 봐

줄 만하다고 할 수 없는 나의 안색을 본 그들은 내가 무슨 중병에라도 걸려 병상에 누워 있는 환자라고 생각했을지도 모른다. 짧게 방문 목적을 설명한 경찰관은 "그럼, 몸조리 잘 하시기를" 하고는 두 사람이 동시에 경례를 붙이고 돌아갔다.

경찰관은 최근 이 주변에서 귀가하는 여자를 느닷없이 등 뒤에서 덮쳐 얼굴을 마구 구타한 사건이 잇달아 두 건이나 일어났다고 했다. 첫 번째 여자는 다행히 가벼운 상처로 그쳤지만 며칠 전에 당한 두 번째 여자는 코뼈가 부러지는 중상을 입었다고 했다. 두 건 다 범행 현장은 역 반대쪽이지만 밤길에 혼자 다니지 말고 가능하면 남자를 동반하는 것이 좋을 거라는 당부도 덧붙였다.

나는 거실 소파로 돌아와 테이블에 놓인 메모를 보며 "고토에게도 주의하라고 말해둬야지"라고 혼잣말로 중얼거렸다. 그러고는 "아차차!" 하고 이번에는 큰 소리를 질렀다.

좀 전에 경찰관이 "혼자 사십니까?" 하고 물었을 때, "아뇨, 친구와 함께요"라고 대답했다. 경찰관이 "여자분 둘뿐입니까?" 하고 물었는데 "아뇨, 남자 둘에 여자 둘, 모두 합쳐서 네 명이에요" 하고 대답했던 게 떠올랐다.

나는 테이블 위의 메모를 들어 뒷면을 봤다. 거기에는 '한가해서 따라감'이라고 덧붙인 어린아이 같은 사토루의 글씨가 적혀 있었다.

3.8

어차피 팔리진 않겠지만 고토를 꼬여서 이노가시라 공원 연못 주변에서 일러스트를 팔기로 했다. 검은 천을 깔고 남자의 배꼽을 중심으로 한 최근 작품을 진열한 뒤 손님이 오기를 기다리고 있는데 백발이 섞인 점잖은 초로의 남자가 다가와 한 점 한 점 내 작품을 찬찬히 살피기 시작했다.

고토를 옆에 앉혀두면 언제나 많은 남자들이 몰려들었다. 물론 작품을 보는 척하며 고토를 훔쳐볼 목적인데, 그 초로의 남자는 앞에 있는 고토에게는 시선 한번 주지 않고 오로지 내 작품만 감상했다.

"마음에 드시는 게 있으세요?"

너무나 진지한 남자의 태도에 감동해 평소 같으면 모르는 척했을 텐데 나도 모르게 말을 걸었다. 그런데도 남자는 고개도 들지 않고 내 작품만 계속 감상했다.

결국 남자는 아무런 느낌도 말해주지 않은 채 우리 곁을 떠났다. "뭐야, 저 사람?" 하고 고토가 투덜거리기에 "마음에 들지 않았겠지" 하며 나는 애써 태연한 척 대답했다.

내가 얼마나 남에게 인정받고 싶어하는지 이때만큼 절실하게 깨달은 적은 없다. 실은 내 작품을 보고 간 남자가 긴자나

아오야마의 화상이거나 뉴욕에 주재하는 큐레이터여서 나의 재능을 최초로 발견해줄 사람이 될지도 모른다는 간절한 기대를 품고 있었다.

지금까지 공원이나 노상에서 내 작품이 팔린 적은 없다. 가끔 술에 취한 남자들이 취기로 내 작품을 사려고 할 때가 있었지만, 그런 경우에는 내 쪽에서 정중히 거절했다. 그럴 때마다 난 아직 멀었다는 생각을 한다. 언젠가는 술 취한 남자들이 살 수 없을 정도가 아니라 똑바로 쳐다볼 수도 없을 정도로 근사한 작품을 그려보고 싶은 게 내 소망이다.

아무 말도 없이 사라졌던 그 초로의 남자가 다시 우리에게 돌아온 것은 한 시간 후의 일이다. 그는 우리 앞에까지 오더니 또 아무 말도 하지 않고 그저 내 작품을 열심히 감상하기 시작했다. 얼마나 시간이 흘렀을까. 문득 고개를 든 남자가 "이거, 배꼽?" 하고 물었다. 나는 당황하며, "네, 네네" 하고 얼른 대답했다.

"뭐야, 배꼽이었어? 듣고 보니 정말 배꼽 같군."

남자는 그렇게 말하더니 그대로 어디론가 가버렸다.

"배꼽이었어라니" 하고 고토가 웃음을 터트려 나도 따라 웃었다. 그냥 웃어넘기는 것 말고 분한 감정을 극복할 적절한 방법은 따로 없는 걸까.

3.9

어젯밤 갑자기 요스케가 모두를 집합시켜 전원이 거실에 모여 앉았다. 물론 나와 나오키는 취해 있었고, 고토는 요즘 한창 빠져 있는 '바이오 해저드 2'를 사토루와 함께 하면서 요스케 이야기를 들었다.

요스케의 말인즉슨 이번 주말에 세탁기를 준 우메사키 선배의 그녀를 집에 초대하여 함께 식사를 하기로 했으니 각자 스케줄을 조정하여 꼭 참석해달라는 것이었다.

모두들 "그러지 뭐" 하고 입을 모아 동의한 후 각자 방으로 돌아가려고 하자 "아, 잠깐만. 부탁하고 싶은 게 그것만이 아냐" 하며 요스케가 황급히 좌중을 다시 붙들어 세웠다.

"뭐야 또?" 하고 나는 초조하게 물었다.

"설마 우메사키에게서 그 여자를 빼앗는 데 협조하라는 건 아니겠지?" 하고 나오키가 말하자, 고토가 그 말을 받아 "우리가 그녀한테 뭔가 말해줬으면 하는 게 있는 거지?" 하고 물었다. "이를테면 요스케는 '이런 점이 아주 훌륭해' 하고 띄워달라거나" 하고 사토루가 덧붙였다.

순간 요스케의 기가 단번에 꺾이는 듯 보여서 고토의 예상이 훌륭하게 적중했음을 알았다.

"그래, 뭐라고 해주면 좋겠어?" 하고 내가 웃으면서 묻자, 고토가 "남자답고 믿음직하다고?"라고 말을 받았다.

나오키가 "뭔가 해줬음 하는 말이 있으면 죽 적어봐" 하고 웃으면서 남자 방으로 돌아가려는 순간, "아, 있어" 하고 요스케가 뭔가 잔뜩 타이핑된 종이를 꺼내들었다.

요스케는 이미 그날을 위한 대본까지 복사해둔 것이다. A4 용지로 다섯 장이나 되는 역작으로 기와코라는 여자를 모두에게 소개하는 데서부터 시작했다. 각 대사마다 친절하게 발언자의 이름까지 붙어 있었다.

물론 나와 나오키는 "유치해"라는 한마디로 일축하고는 방으로 돌아갔지만, 한가한 사람들은 역시 무서웠다. 고토와 사토루는 굉장한 의욕을 드러냈다. 서로 1인 2역까지 맡아가며 "좀 진부해!" "지금 한 거 다시 한 번 해봐!" 하면서 열정을 아끼지 않았다. 그들은 요스케의 엄중한 주의까지 받아가며 밤늦게까지 연습을 계속했다.

방으로 들어온 나는 가능한 거실의 학예회 연습에 신경을 끊고 일러스트에 몰두하려고 했지만, "요스케는 좋아하는 사람이 가장 좋아하는 것까지 사랑하는 면이 있어요" 하는 대사를 반복하는 고토의 목소리가 몹시 신경에 거슬려 도무지 작업을 할 수 없었다. 좋아하는 사람이란 아마 우메사키라는 선배를 가리키는 말이리라. 아무리 생각해도 이런 대사가 오가는 식탁에서 식사를 대접받을 기와코라는 여자가 너무나 불쌍해 견딜 수가 없었다.

한참 일러스트에 열중하고 있는데 마치 다카라즈카 극단의 무대에라도 선 듯한 목소리로 "난 가끔 그런 생각을 해요. 자기만 좋으면 되는 거라고. 그렇게 살아갈 수 있는 사람이 되고 싶어요." 하고 외치는 사토루의 목소리가 들렸고, 그 소리에 이어 수면을 방해받은 나오키가 "시끄러워!" 하고 고함치는 소리가 들려왔다. 나오키는 내일 아침 프랑스에서 오는 감독을 마중하러 나리타 공항에 나가야 한다.

나는 잠을 이루지 못하고 이리저리 뒤척이고 있을 나오키의 모습을 상상하면서 며칠 전 일러스트에 참고하려고 찍은 요스케와 사토루의 등 사진을 책상 위에 늘어놓았다.

3.10

작년까지 마리네 마담의 가게에는 겐야라는 늠름한 이름의 여장 남자가 일하고 있었다. 나는 겐야와 아주 친해서 이 맨션에 오기 전, 그러니까 내가 아직 유덴지에서 혼자 살고 있을 때 유부남 애인에게 버림받은 겐야를 식솔로 들인 적이 있다.

어젯밤은 겐야의 세 번째 기일이었다.

겐야는 술에 만취해 가게 바깥으로 뛰쳐나갔다가 택시에 치여 죽었다. 언제나 그랬듯 유부남 애인에게 비참하게 버림받고 몹시 괴로워하는 중이었다. 가게 밖에서 퍽 하는 둔탁한 소리가 나서 마리네 마담과 가게에 있던 손님들이 황급히 밖으로 나가 보니 도로 한가운데 정차해 있는 택시 앞에 여장 차림의 겐야가 쓰러져 있었다. 낮은 비명을 지르며 달려간 모두를 향해 딱 한 번 눈을 뜬 겐야는 "괜찮아요, 괜찮아" 하고 웃었고 그 길로 의식을 잃었다.

"전봇대 옆에 겐야의 빨간 하이힐이 떨어져 있었지" 하고 마리네 마담은 말했다.

겐야의 고향인 센다이에서 치른 장례식에는 나도 참석했다. 마담과 겐야의 친구도 함께 갔었는데, "겐야가 부모님께는 광고 대행사에서 일한다고 속이고 있었나 봐. 그러니까 너만 들어가서 우리 몫까지 기도하고 와"라고 해서 결국 나를 제외한 나머지 사람들은 장례식장 바깥에서 관이 나가는 것만 지켜보게 되었다.

화장이 끝나길 기다리는 동안 로비에서 담배를 피우고 있는데 겐야의 누나가 말을 걸어왔다. 나는 멀리 도쿄에서 온 유일한 여자였다. 나에 대해 어떻게 소개할지 몰라 망설이고 있는데 "알고 있어요" 하고 그녀가 먼저 말을 꺼냈다.

"물론 아버지는 모르지만 나와 어머니는 그 아이가 어떤 일을 하는지 어렴풋이 눈치 채고 있었어요……. 장례식장 밖에 친구들이 많이 오셨죠? 인사를 드리러 가야 하는데 그저 마음뿐이고……. 아까 어머니가 이런 말을 했어요. 저리 많은 친구들에게 둘러싸여 지냈으니 겐야는 행복했을 거라구요."

나는 묵묵히 이야기를 듣고만 있었다. 정작 이 자리에 있을 사람은 마리네 마담이라는 생각을 하면서.

겐야의 누나에게서 '동생이 일하던 가게에 한번 가볼 수 없을까요' 하는 전화가 걸려온 것은 장례를 치른 뒤 꼭 반년 후의 일이었다. 어머니와 둘이 도쿄에 와 있다고 했다. 나는 당장 마리네 마담에게 연락을 취했다.

가게에 걸려 있는 간호사 차림의 겐야 사진을 보고 역시 처음에는 어머니도 누나도 긴장했지만, 두 사람 다 술이 센지 겐야가 늘 마시던 '포 로지스' 검은 병을 함께 비우는 동안 점차 분위기도 누그러져 갔다. 급기야 술에 취한 마리네 마담이 "겐야는 유부남을 좋아했다가 번번이 차이고 말았어요. 한번 당했으면 정신을 차려야 할 텐데 도무지 세상 사는 요령을 몰랐어요" 하면서 거칠 것 없이 말했는데도, 겐야의 어머니는 "아아, 그건 우리 집 혈통이에요. 나도 남의 남자를 빼앗아 그 애 아버지와 결혼했으니까요" 하며 아무렇지도 않게 대꾸했다.

겐야에 대한 추억 더듬기는 밤늦게까지 계속되었고, 겐야의 어머니와 누나는 마리네 마담의 가게를 아주 마음에 들어 하며 센다이로 돌아갔다.

어젯밤 마리네 마담 가게에서 열린 겐야의 3주기에도 두 사람은 참석했다. 내가 처음 가게에 데려갔던 밤과는 다르게 겐야의 어머니는 카운터에 들어가 마담과 함께 직접 손님의 술을 만들기도 했고, 누나는 누나대로 내가 겐야와 듀엣으로 즐겨 부르던 윙크의 노래 '보이스 돈 크라이(Boys don't cry)'를 거침없이 함께 노래하며 춤췄다.

센다이에서 겐야의 장례식을 마치고 돌아온 날 밤, 나는 그 슬픔을 어떻게 달래야 좋을지 몰라 때마침 함께 살기 시작한 요스케에게 부탁해 모모코로 드라이브를 했다.

요스케에게는 내 소중한 친구가 죽었다는 이야기를 하지 않았다. 그냥 10킬로미터마다 멈춰도 좋으니 어쨌든 아침까지 달려달라고 부탁했다. 요스케는 조수석에서 흐느껴 우는 내게 아무것도 묻지 않았고, 내가 부탁한 대로 잠자코 드라이브를 계속해주었다. 꼭 한 번 하루미의 주유소에서 기름을 넣을 때 "역시 술을 많이 마시는 사람은 눈물을 쏟는 것도 다르다"며 농담 삼아 말했다. 나는 지금도 그날 밤의 요스케에게 감사하고 있다. 그가 곁에 있어주어 내겐 정말 큰 위로가 되었다.

그러고 보니 두 달 전쯤인가, 웬일인지 요스케가 먼저 드라이브를 하자고 해서 새벽까지 여기저기 따라다닌 적이 있다.

묵묵히 핸들을 잡고 있는 요스케에게 "무슨 일 있니?" 하고 몇 번인가 물었지만 "없다"고만 대답했다. 이윽고 요스케가 "저, '디즈니 시'는 언제 오픈한대?" 하고 묻기에 "한번 가보게?" 하고 되묻자, "아니, 중학교 때 친구가 보러 온다고 해서"라는 대답이 돌아왔다. 나는 그런 것에는 관심이 없어 모르겠다고 말했다. "어, 그래?"라고 했을 뿐, 요스케도 더 이상 아무 말도 하지 않았다.

3.11

도시락 가게에서 가라스 도시락을 사들고 집에 왔더니 거실에서 고토와 사토루가 역 앞 상점가의 거리 이름 짓기에 응모하려고 진지하게 아이디어를 짜내는 중이었다. 뽑히면 상금이 백만 엔이나 된다고 했다.

"치토세가라스야마(千歳烏山), 까마귀란 말이 들어 있으니까 '까악까악 거리'는 어때?"

"그런 이름이라면 아마 백 명 정도는 생각했을 거야."

낮 동안 줄곧 함께 있어서인지 사토루와 고토는 요즘 들어 사이가 아주 각별했다. 그러고 보니 지난 주일에는 엄마에게서 전화가 없었다. 날마다 전화가 오면 성가시다가도 전화가 없으면 없는 대로 걱정이다. 엄마에게서 마지막 전화가 온 것은 한 열흘 정도 전인 것 같다. 퇴근하고 돌아오자 "오늘 낮에 어머니한테 전화 왔었어" 하고 고토가 알려주었었다.

"뭐래?" 하고 물었더니 "별 말씀 없으셨는데 좀 취한 것 같으셨어. 즐거운 일이라도 있는지 깔깔거리며 웃으시던데" 하고 아무렇지도 않게 말했다.

낮 두 시에 술에 취해 전화를 건 나의 엄마를 고토는 즐거워 보였다고 했다.

이따금 모든 일이 코미디라면 좋겠다는 생각을 한다. 아버지가 난폭하게 문을 닫는 소리에 겁을 집어먹던 엄마의 모습, 술냄새 나는 입김을 토하는 엄마의 팔을 잡고 야단치던 아버지의 모습, 그곳에서 뛰쳐나와 2층 방에서 울고 있는 내 모습 같은 장면들에, 바보 임금으로 분한 코미디언 시무라 켄이 등장할 때처럼 황당무계한 백 뮤직이라도 틀어주면 좋을 거라는 생각을 가끔 한다.

고등학교 때였던 것 같다. 나는 거부하는 엄마를 우격다짐으로 눕히고 관계를 가지던 아버지가 "마누라는 이럴 때 쓰라고 있는 거 아냐?"라며 낮은 목소리로 협박하는 걸 주스를 마시러 주방에 갔다가 우연히 들은 기억이 있다.

3.12

휴일 아침, 오랜만에 기분 좋게 눈이 떠져 겨울옷 정리를 하기로 했다. 평소에 고토가 얼마나 꼼꼼히 청소를 하는지 여자 방과 거실은 혀로 핥아도 좋을 만큼 깨끗했다.

벽장을 열고 박스에다 코트와 스웨터를 넣고 있는데 안에서 낡은 가방이 나왔다. 안에 뭐가 들어 있는지는 열어보지 않아도 알 수 있을 것 같았다. 편의점 비닐 봉투에 마치 쓰레기처럼 찔러 넣은 120분짜리 비디오테이프였다.

그 비디오테이프에는 내가 알고 있는 모든 영화에 나오는 강간 장면이 담겨져 있다. 마치 〈시네마 천국〉이라는 영화의 엔딩 장면에서 주인공들의 키스 장면만 모아놓은 필름처럼 몇십 편이나 되는 영화에서 강간 장면만 모아 테이프에 담아두었다. 〈피고인〉에서는 조디 포스터가 핀볼 기계 위에서 강간당한다. 〈시계태엽 오렌지〉에서는 '싱잉 인 더 레인(Singing in the rain)'의 리듬을 배경으로 여자가 강간을 당한다. 〈브루클린으로 가는 마지막 비상구〉〈블루 벨벳〉〈델마와 루이스〉에서도 강간당하는 여자들은 모두 "부탁이에요, 그만하세요"라며 한결같이 울부짖는다.

〈지푸라기 개〉〈처형교실〉에서는 남자가 복수극의 주인공을 연출하기 위해 여자를 범한다. 피터 그리너웨이의 〈메이컨의 아이〉 잉그마르 베르히만의 〈처녀의 샘〉에서는 구토가 날 정도로 끊임없이 여자들을 범한다. 다른 장면은 전혀 없다. 그저 강간 장면만이 길게 이어져 있는 테이프였다. 이 테이프를 보는 것만으로는 강간당하는 여자가 어떤 여자인지, 이를테면 어떤 집에 살고 어떤 일을 하는지 혹은 어떤 꽃을 좋아하고 어떤 꿈을 꾸고 있는지, 결혼은 했는지, 아이는 있는지 등의 정보는 일체 얻을 수 없다. 그저 필사적으로 몸을 뒤틀며 남자로부터 달아나려 하는 여자들의 모습만 보인다.

혼자 살 때 도무지 잠이 오지 않는 밤이면 가끔 나는 이 테이프를 틀어 보곤 했지만, 이 집에 살게 된 이후로 나는 거의 이 테이프를 보지 않게 되었다.

이렇게 강간 장면을 모아놓은 테이프를 보고 있으면 이상하게 마음이 안정되었다. 잔혹하다, 비참하다, 불쌍하다는 마음은 점점 사라지고 강간당하는 여자들의 얼굴이 마치 축제 분위기에 들떠 있는 듯이 보이곤 했다. 뭔가를 두려워하며 잠들지 못하는 내 자신의 나약한 정신이 차츰 마비되어 가는 듯한 느낌도 들었다. 남자의 큼지막한 손이 여자의 입을 틀어막고 억센 힘으로 손발을 누르고 사타구니를 벌리는 가운데 비명도 지르지 못하고 몸부림치는 여자들의 모습이 마치 춤을 추듯 즐겁게 보일 때까지 나는 그 장면을 반복해서 보곤 했었다.

3.13

거나하게 취해 귀가한 나오키의 뒤를 졸졸 따라다니며 "월 말에 아르바이트 비 받으면 꼭 갚을게" 하며 삼만 엔을 빌리려 애쓰는 요스케의 모습을 고토와 나는 소파에서 아이스크림을 먹으며 재미있게 지켜보고 있었다.

"어디다 쓸 건데?"

양복을 벗고 있는 듯한 나오키의 목소리와 그 옆에서 양복 을 받아 옷걸이에 걸어주며 "그러니까, 그게 저……" 하며 끈덕 지게 물고 늘어지는 요스케의 목소리가 들려왔다.

"어디 쓸 건지 말하면 빌려줄게."

팬티 차림으로 거실로 나오는 나오키 뒤로 목욕 타월을 들 고 따라나오는 요스케의 모습이 보였다.

"말하면 정말로 빌려줄 거야?"

"그래, 빌려준다니까. 이상한 데 쓰는 돈만 아니면."

"절대로 이상한 데 쓸 돈은 아니야. 데이트 비용이니까."

"데이트 비용? 기와코하고?"

"기와코 아니면 누구겠어."

내 옆에서 아이스크림을 핥고 있던 고토가 "요스케가 얼마나 급했는지 아까 사토루에게도 부탁하더라" 하며 어이없어 하기에 나도 끼어들어 "너, 열여덟 살짜리 애한테까지 돈을 빌려달라고 부탁했단 말야? 정말 자존심도 없다"하며 쓴소리를 했다.

"하지만 그 녀석, 정말 엄청나게 돈이 많았단 말이야."

그렇게 말하는 요스케에게 "맞아. 같이 파친코에 갔을 때 봤는데 주머니에서 만 엔짜리 지폐가 끊임없이 나오더라니까"하며 고토가 맞장구를 쳤다.

요즘 남창들 수입이 그렇게 괜찮은가 하는 생각을 하면서 나는 "흐음"하고 신음소리를 토하고 말았다.

나오키는 요스케의 손에서 타월을 빼앗아 들며 "알았어. 빌려줄게"하고는 욕실로 사라졌다. 요스케가 닫힌 욕실문 앞에 선 채 우리를 향해 과장스럽게 승리의 포즈를 취해 보였다.

"삼만 엔을 빌려서 뭐하게?"

그렇게 묻자 요스케는 "비밀이야"하고는 익살스런 표정을 지으며 남자 방으로 들어갔다.

옆에서 "저것도 일종의 재능이야"하고 중얼거리는 고토에게 "저거라니? 뭐가?"하고 묻자, "응석 잘 부리는 성격 말이야"하고는 웃었다.

요스케에게는 확실히 그런 면이 있다. 본인이 자각하지 못하기 때문에 더욱 그렇게 보이는 건지도 모르지만, 가끔은 화가 나 그냥 보아 넘기기 힘들 정도다. 그런 재능 하나만으로도 평생 순탄하게 살아갈 수 있지 않을까 하는 생각도 든다.

며칠 전 요스케는 정말로 기와코를 집에 데려왔다. 내가 퇴근했을 때는 이미 요스케 원작의 낯간지러운 연극은 고토와 사토루의 구관조 같은 어설픈 대사 때문에 완전히 들통이 나버린 후였다. 기와코는 거실로 들어오는 내게 달려와 "제발 더 이상 저 국어책 읽는 어설픈 대사는 그만두라고 해주세요" 하고 애원했다.

기와코를 만나기 전까지는 애인이 있으면서 요스케에게까지 손을 뻗치다니 대체 얼마나 재수 없는 여자일까 궁금했는데 예상과는 달리 막상 만나보니 상당히 호감이 가는 여자였다. 그 정도라면 요스케가 반하는 것도 무리가 아니었다. 그녀라면 응석받이 요스케를 훌륭한 남자로 만들어줄 수 있지 않을까 하는 기대감조차 품게 되었다. 물론 내가 말하는 훌륭한 남자란 어떤 면에서는 전혀 훌륭하지 않은 '남자'를 말한다.

그날 저녁식사를 마친 뒤 요스케가 주차장에 모모코를 가지러 간 사이에 나는 기와코와 둘이 맨션 앞에 서서 이야기를 나누었다.

기와코는 뮤지션 지망생인 남동생 이야기를 하다가 갑자기 생각이 난 듯 "아, 그렇지! 미라이 씨한테 뭘 좀 물어볼 게 있는데, 요스케가 천진하다고 할까…… 예를 들면 느닷없이 울음을 터뜨리거나 한 적이 있나요?" 하고 물었다.

"느닷없이 울음을 터뜨리다니?"

"그런 적 없어요?"

"글쎄, 난 본 적이 없는데…… . 그런 일이 있었어요?"

"아 아니, 그런 일이 있었다기보다…… ."

기와코가 얼버무리던 그때 요스케의 모모코가 다가왔다. 창을 열고 "많이 기다렸지" 하고 외치는 요스케의 천연덕스런 얼굴에서 갑자기 눈물을 흘리는 천진함 같은 건 눈곱만치도 느낄 수 없었다.

3.14

남자 고등학교 야구부의 기숙사 사감이 되는 것이 평생 꿈이라고 공언하는 라우라를 데리고 신주쿠 2초메의 가게를 한참 순례하고 있을 때였다. 아직 일이 얻어걸리지 않은 듯한 사토루가 동료 소년과 공원 벤치에 앉아 있는 모습이 눈에 들어왔다.

깜짝 놀라게 해주려고 발소리를 죽여가며 공원 철책을 넘어 벤치 뒤로 돌아가자 열변을 토하고 있는 사토루의 목소리가 들려왔다. 나는 수풀에서 뛰어나가려는 라우라를 애써 저지하고 잠깐 두 사람의 대화를 엿듣기로 했다.

"그 녀석에게 손발을 묶인 채 바닥에서 뒹굴고 있는데 옆방

에 숨어 있었는지 프로레슬러 같은 놈들이 자그마치 세 명이
나 나오는 거야."

"정말? 모두한테 당한 거야?"

"당한 정도가 아냐. 걷어차고, 때리고, 다음날 아침에 병원까
지 갔다니까."

"돈은?"

"돈은 받았지만 한 일주일쯤 항문에서는 피가 나오지, 얼굴
에 피멍은 들어 있지, 그러니까 사줄 사람이 있겠냐고. 그땐 정
말 얼마나 비참하던지."

"우린 분명히 제 명에 못 죽을 거야."

"살해당하든지 팔리지 않게 되든지 둘 중 하나겠지."

모기와 싸우던 라우라가 찰싹 하고 소리를 내며 팔을 내리
쳤다. 그 소리에 반사적으로 돌아본 사토루 일행이 놀라 달아
나려고 했다. 나는 웃으면서 "경찰 아냐. 나야!" 하고 도망가려
는 두 사람을 불러 세웠다.

그 후 사토루와 또 한 명 마고토라는 소년을 데리고 함께 술
을 마시며 쏘다녔다. 몇 번째 간 가게였는지 고베에서 과자 공
장을 경영한다는 남자를 만나 가게를 통째로 빌려 노래자랑
을 벌이게 되었다. 나이 든 손님들이 "벗어, 벗어" 하고 부추기
자 카운터에서 스트립쇼를 벌이기 시작한 사토루 옆에서 나도
18번인 흘러간 가요, 가와이 나호코의 '스마일 포 미(Smile for

me)'를 열창했다.

아마 사토루 일행은 우리와 만나기 전에 뭔가를 한 것 같았다. 상당히 기분이 고조되어 알몸인 채로 바깥으로 뛰어나가는가 싶더니 어느새 가게 앞에서 국민체조 비슷한 걸 하기까지 했다.

그 가게에서 몇 시까지 마셨는지는 기억나지 않는다. 다만 사토루의 등에 업혀 다음 가게로 이동하려 했던 기억은 있다.

의식을 되찾았을 때는 이미 택시 안이었다. 옆에 앉아 있는 사토루에게 "여기, 어디야?" 하고 묻자 "금방 탔잖아요. 이세탄 옆" 하고 대답했다.

"싫어, 나 아직 더 마실 수 있어! 운전사 아저씨, 돌려요! 차 돌리라니까!"

발광하는 나를 사토루가 말리고 나섰다.

"오늘밤에 따뜻하고 좋은 곳으로 데려가 줄까요?"

사토루가 그렇게 말한 것은 차가 고슈 가도에 들어서려고 할 때였다. "좋은 곳이라니? 거기도 분명히 술은 있겠지?" 하고 물었지만 사토루는 아무런 대답도 하지 않았다.

도쿄에서 생활한 지 7년째 들어서지만 나는 처음으로 히비야 공원에 가보았다. 사토루가 말한 대로 온화한 봄밤이었다. 공원 안에 들어서자 낮 동안의 풋풋한 열기가 아직 피부에 느껴질 정도로 남아 있었다. 검은 나무들에 둘러싸인 광장을 빠져나가 달빛이 내려앉은 조용한 분수대 연못 앞으로 갔다. 수면에 비친 나와 사토루의 그림자가 보였다. 사토루를 따라 물 표면을 만지자 손가락 끝에서 일기 시작한 파문이 점점 커지면서 호수에 비친 달을 살포시 흔들었다.

사토루가 안내해준 곳은 공원 안의 야외 음악당이었다. "여기야?" 하고 놀라서 묻는 내게 사토루가 "그래요. 이 안" 하고 철책 위를 가리켰다.

"넘어?"

"네."

사토루가 엉덩이를 밀어주어 나는 높은 철책을 뛰어넘었다.

원형의 무대를 둘러싸듯이 방사형의 긴 벤치들이 늘어서 있었다. 물론 야외여서 지붕은 없었다. 머리 위에는 도심의 보랏빛 하늘만이 펼쳐져 있었다.

뒤늦게 철책을 넘어온 사토루가 "어때요? 마음에 들어요?" 하고 물었고, 나는 빙그레 미소를 지어 보이며, "뻔히 알면서 그래" 하고 대답했다. 사토루의 손에 이끌려 무대 쪽으로 가는 도중 그가 "여기서 잘 때도 있어요" 하고 말했다.

"겨울에는 추울 텐데?"

"겨울에는 무리죠. 이런 곳에서 노숙하다가는 얼어죽기 십상일 거예요."

"우리 집에 오기 전에는 어디서 잤어?"

"여기저기. 사우나에서도 자고, 친구 집에서도 얹혀 지내고."

"간혹 손님방에서도?"

"네."

나는 무대 위에 큰대자로 몸을 눕혔다. 정말 오랜만에 올려다보는 밤하늘이었다. 옆에서 무릎을 안고 앉아 있던 사토루가 청바지 주머니에서 잡동사니를 꺼내 자기 주변에 늘어놓기 시작했다. 구겨진 만 엔짜리 지폐, 씹다 뱉은 껌을 싼 은박지, 군용 나이프, 철사, 콘돔 따위였다. 구겨진 마일드세븐 갑에는 대마초가 몇 개비 섞여 있었다. 사토루가 불을 붙여주어 밤하늘을 올려다보며 나도 한 개비 피워 물었다.

"너, 집에서도 이거 피우니?"

보라색 연기가 천천히 밤하늘을 향해 퍼져나갔다.

"안 피워요. 전에 한번 피우려고 하는데 '베란다에 나가서 피워!' 하고 나오키 형이 야단쳐서요."

"그야 그렇지. 나오키는 건강을 위해 커피도 안 마시는 사람이니까."

한참 동안 둘이서 멍하니 밤하늘을 올려다보고 있는데 사토루가 불쑥 "이럴 땐 어린 시절 추억 같은 걸 얘기하는 거죠?" 하고 말했다.

"얘기하고 싶니?"

나는 별로 관심 없는 사람처럼 말했다. 스스로 생각해봐도 참 밉살스럽게 말하는 편이다.

"뭐 꼭 하고 싶은 건 아니지만……."

"이런 기회도 좀처럼 없을 테니까 한번 해봐."

그렇게 말하며 사토루의 어깨를 치자 "해도 상관없지만 어차피 전부 꾸며낸 얘길 텐데요" 하며 웃었다. 나는 순간 '지금부터 거짓말을 하겠습니다' 하고 거짓말을 하는 경우도 있을 수 있다는 걸 깨달았다.

3.15

오랜만에 입에 술을 한 방울도 대지 않고 돌아오자 남자 방에서 요스케와 사토루의 이야기 소리가 들려왔다. 고토는 몇 주 만에 마루야마와 데이트를 하러 나간 듯 거실 소파에는 화장품들이 흩어져 있었고 나오키는 아직 퇴근하지 않은 것 같았다.

나는 양치질을 한 후 오랜만에 비어 있는 거실에 우두커니 앉아 바닥의 리모컨을 들어 텔레비전을 켰다. 이틀 연속으로 사온 가라스 도시락을 먹고 있는데 또 텔레비전 화면이 흔들리기 시작했다. 나는 나무젓가락을 입에 문 채 일어나 고토에게 배운 대로 텔레비전 오른쪽을 '세게, 세게, 약하게' 내리쳤다. 불과 얼마 전까지만 해도 화면과 상관없이 소리는 제대로 들렸는데, 이제는 잡음까지 더해졌다. 한번 더 '세게, 세게, 약하게' 쳤다. 크게 영상이 일그러진 뒤에야 비로소 화면이 원래대로 돌아왔다. 남자 방에서 요스케의 목소리가 들려온 것은 그것과 거의 동시였다.

"이런 말을 하는 게 좀 쑥스럽지만 난 우리 아버지를 존경해."

요스케가 자신의 아버지를 존경한다고 말하는 것을 나는 지금까지 한 번도 들어본 적이 없다.

"전에 말했던가? 우리는 초밥집을 해. 뭐, 초밥집을 하는 게 중요한 건 아니지만, 어쨌든 우리 아버지도 젊은 시절에는 분명 한가락 하셨을 거야. 자식 입으로 말하긴 뭣하지만 보스 기질이 있다고 할까. 젊은 시절의 동료나 후배들이 아직도 우리 아버지를 '형님, 형님' 하며 따를 정도니까. 그런 모습을 보면 왠지 한 인간으로서는 도저히 아버지를 뛰어넘을 수 없을 것 같은 생각이 들어. 아버지 앞에 서면 이상하게 위축이 되곤 해. 이럴 땐 뭐라고 대답해야 아버지가 기뻐할까, 어떻게 하면 아버지에게 인정받을 수 있을까, 난 아직도 그런 생각만 하니까."

요스케의 이야기를 진지하게 듣고 있는 듯 사토루의 목소리는 전혀 들려오지 않았다.

"그러니까, 어쩌면 내가 굳이 도쿄의 대학까지 온 것도 실은 그런 아버지를 뛰어넘고 싶다는 생각이 무의식중에 작용했기 때문일지도 몰라. 그렇지만 도쿄에 왔다고 누구 하나 나를 존경해줄 사람도 없고, 또 내가 남에게 존경받을 만한 인물이 될 것 같지도 않고……."

나는 보기 드물게 심각한 척하는 요스케의 고백을 들으며 터져 나오는 웃음을 간신히 참아내고 있었다. 나이 어린 사토루에게까지 데이트 비용을 빌려달라고 예사로 부탁하는 녀석이 누군가에게 존경받기를 원한다는 게 정말 우스웠다.

"꼭 한 번, 정말 꼭 한 번이었지만 내가 그 녀석에게 의지가 되는 게 아닐까 하는 생각을 한 적이 있었어. 중학교 때 친구인 신야란 녀석이었지. 그 녀석이 딱 한 번 내게 의지를 했었어. ……그래, 그건 분명히 내게 기댔던 거야……."

"그래서 어떻게 했는데? 그 신야란 사람이 기댔을 때?"

사토루에게 질문을 받은 요스케는 "어? 으음……"이라고만 할 뿐 무슨 말을 해야 할지 몰라 우물거리고 있는 듯했다. 한동안 침묵이 흐른 뒤 웃음을 참아가며 "결국 의지가 되어주지 못했구나?" 하고 말하는 사토루의 목소리가 들려왔다.

"웃지 마! 난 말이야…… 누군가 나에게 의지할 때…… 진심으로 나에게 의지하려는 누군가가 있을 때 사람들은 그걸 눈치 채지 못하는 게 아닐까 하는 생각을 해. 아니 의식은 하겠지만, 그 사람이 얼마나 진지하고 절실하게 기대고 싶어하는지는 알 수 없는 게 아닐까?"

나는 다 먹은 도시락을 쓰레기통에 버리고 샤워를 하려고 속옷을 가지러 여자 방에 갔다. '누군가가 나에게 의지할 때 사람들은 그걸 눈치 채지 못하는 게 아닐까'라는 요스케의 말이 어쩐지 가슴 한구석에 남았다.

속옷을 들고 다시 거실로 나오자 이번에는 사토루가 뭔가 이야기를 하고 있었다. 나는 욕실로 향하는 도중에 남자 방 문 앞에 서서 사토루의 목소리에 귀를 기울였다.

"난 홀어머니 밑에서 외아들로 자랐어. 그래서 뭐든 의논할 수 있는 형제가 그리웠지. 평소에는 매일 싸움만 해서 꼴도 보기 싫다가도 무슨 일이 생겼을 때는 도움을 청할 수 있는 마음 든든한 형제가 있었으면 했지. 가깝거나 멀거나 상관없이 내게 그런 형제만 있다면 그 존재만으로도 어지간히 힘든 일쯤은 쉽게 극복할 수 있을 것 같다는 생각이 들어."

나는 너무 어이가 없어 그 자리를 떠났다. 세상 남자들이 사마천의 《사기》나 〈도에이V 시네마 극장〉을 좋아하는 이유를 확실히 깨닫게 되었다. 그래도 그렇지. 사토루라는 녀석은 너무나 엉뚱한 놈이 아닐 수 없다. 분명 고토에게는 "우리 부모님은 아직도 한창 연애 중인 것 같아요" 하며 자기 부모 이야기를 들려준 적이 있고, 나오키와는 출신 초등학교, 중학교가 같다며 지금은 폐허가 된 낡은 병원 이야기로 한창 열을 올린 적도 있었다. 대체 어느 것이 진실인지 종잡을 수가 없다.

불과 며칠 전, 한밤중에 따라간 히비야 공원의 야외 음악당에서 과거 얘기를 '해봐야 어차피 전부 꾸며낸 이야기'일 거라며 웃던 사토루의 얼굴이 떠올랐다. 아마 그 아이에게 악의는 없을 것이다. 과거 이야기 따위는 아주 우습게 여기는 나 같은 타입의 인간일지도 모른다. 아무리 그렇더라도 사토루는 좀 너무하다 싶은 면이 있다. 그가 꾸며낸 과거 이야기는 상대방을 너무나 깊게 빠져들게 만드는 힘이 있다.

3.16

퇴근 후, 하루 종일 서 있어서 퉁퉁 부은 다리를 쭉 뻗고 주무르고 있는데 평소와 달리 고토가 여자 방에서 나와 거실과 주방을 왔다갔다하며 안절부절못했다.

"눈에 거슬려!"

내가 잔소리를 하자 고토는 잠깐 멈춰 서서 "어떻게 그렇게 태평스러울 수 있니!" 하더니 다시 걷기 시작했다.

"무슨 일인데?"

"지금 요스케가 잠입수사를 하러 갔단 말이야."

고토의 말을 듣고서야 생각이 났다. 오늘 아침 극도의 긴장 때문에 한숨도 자지 못한 듯한 충혈된 눈으로 남자 방에서 나온 요스케가 자신 없는 목소리로 "역시 나한텐 너무 무거운 짐이야" 하고 말했었다. 두 사람의 계획으로는 여자가 할당된 시점에서 임무완료, 즉 여자의 몸에는 손가락 하나 건드리지 않고 현장을 나오기로 되어 있는 것 같았지만, 극도로 긴장한 요스케의 모습을 보니 그에게도 나름대로의 계획이 따로 있는 듯했다.

현관에서 소리가 들린 건 그때였다. 얼른 거실을 뛰쳐나간 고토가 "어땠어? 역시 그렇지?" 하고 묻는 소리가 들렸다. 나는 여자를 안고 난 직후의 요스케 얼굴은 어떤지 궁금해 호기심 반, 장난 반으로 현관으로 갔다.

요스케는 거실에서 뛰어나온 고토와 내 얼굴을 차례로 바라보더니 "매춘은 무슨 매춘이야!" 하고 버럭 소리를 질렀다.

"아니야? 매춘 아니었어?" 하고 고토가 물었다.

"아니야! 매춘이 아니라 점보는 집이야!"

"뭐어?"

"그 사람 점쟁이래. 그것도 아주 용하기로 소문이 나서 찾아오는 사람들도 대부분 유명한 사람들뿐이고, 만월과 신월 전후 사흘밖에 점을 치지 않는다더라. 특히 십대 여자애들하고 육십대 남자들에 관한 점은 백발백중이래."

고토의 돈으로 여자를 안지 못하고 돌아온 요스케의 분노 반, 안도 반의 목소리를 들으며 나는 배를 잡고 웃기 시작했다.

요스케가 잔뜩 긴장해서 들어간 402호는 어두컴컴한 실내에 빨간 램프가 켜져 있었던 모양이다. 요스케는 곧장 대기실인 듯한 작은 방으로 안내되었다. 안으로 들어가자 젊은 여자하나가 앉아 있었다. '아, 이 여자와 하는군' 하며 요스케가 터질 듯한 심장을 누르고 있는데, 예의 남자가 나타나 "이름과 생년월일을 기입해주게" 하고 하얀 종이를 내밀더란다. 요스케는 '여자를 사는데 어째서 이름과 생년월일이 필요한 거지?'라고 의아하게 생각하면서 만일을 위해 거짓으로 기입하기로 했단다. 그러나 천성이 진지한 건지 순발력이 없는 탓인지, 남자가 지켜보는 데서 아무래도 가명을 떠올릴 수 없었던 모양이다. 초조한 요스케는 엉겁결에 나오키의 이름과 생년월일을 써버렸다고 한다. 다 쓰고 나서 남자를 따라 안쪽 방으로 향했다. 수정이 놓인 테이블과 발밑에는 고양이가 대여섯 마리 있었다고 한다.

"그래서 뭐야? 이만 엔이나 내고 겨우 나오키 운세를 듣고 온 거야?"

나는 애써 웃음을 참으며 물었다.

"어쩔 수 없잖아. 그런 상황에서 '이게 아닌데! 빨리 여자나 들여보내요!'라고 말할 수도 없잖아."

옆에서 고토가 새파랗게 질린 얼굴을 하고 있기에 점쟁이에게 이만 엔이나 되는 돈을 내준 것이 어지간히 속이 쓰린가 싶어 "할 수 없잖아. 어차피 나간 돈인걸" 하고 위로해주었다. 그러나 고토는 이만 엔이 아니라 다른 일에 분개하고 있었다.

"그렇다면 그 바람둥이 대머리가 왔다는 건 우리 옆집에서 일본의 정치가 결정되었다는 얘기일 수도 있잖아!"

"뭐, 그렇게 해석할 수도……. 옆집 남자는 아마 그 러시아의 사악한 마법사 라스푸틴 같은 작자일지도 모르지."

요스케도 고토의 피 같은 이만 엔을 헛되이 사용한 것이 미안했던지 고토의 관심이 이만 엔이 아니라 일본 정치로 옮겨가는 것을 천만다행으로 여기며 열을 올렸다. 나는 두 사람이 벌이는 작태가 한심스럽기 짝이 없어 거실을 나와버렸다. 거실에서는 요스케가 제정 러시아 붕괴 이야기를 시작하고 있었다.

3.17

시부야의 인쇄소에 들러 부탁해놓았던 작품 인쇄를 받아본 나는 언제나처럼 내가 지시한 종이가 아니고 색상 역시 지시했던 것이 아닌 데에 불평을 늘어놓고 돌아왔다. 어째서 인쇄소 직원들은 매번 이것만은 피해달라고 주문한 것만을 잊지도 않고 그대로 해주는지 이해를 할 수가 없다.

화가 나서 집에 돌아오자 오랜만에 미사키가 와 있었다. 퇴근하고 곧바로 들렀는지 정장 차림 그대로였고, 거실에는 고토와 사토루도 있었다.

세 사람은 내일이 응모 마감이라는 역 앞 상점가의 새로운 이름을 짓느라 얼굴을 맞댄 채 생각에 골몰해 있었다.

"어머나, 일찍 왔네. 오늘도 한잔하고 올 줄 알았더니."

미사키의 환영을 받으며 나는 거실 소파에 걸터앉았다. 옆에 앉아 있던 사토루가 'K 로드' '페르난도 거리'라고 쓰인 두 장의 종이를 흔들어 보이기에 'K 로드'를 손가락으로 퉁기며 "페르난도는 뭐야?" 하고 물었다.

"미사키 씨가 좋아하는 포르투갈의 시인 이름이래요" 하고 사토루가 설명해주었다.

"어째서 가라스야마 상점가에 미사키가 좋아하는 시인 이름을 갖다 붙이는 건데?"

내가 어이없어 하며 묻자 "사토루가 아무거나 좋다고 해서 추천했어"라며 미사키가 입을 삐죽거렸다.

미사키와 사토루는 오늘밤이 첫 대면일 것이다. 그런데도 얼굴을 마주하고 종이에 쓰인 이름을 비교하는 두 사람의 모습은 사이좋은 오누이처럼 다정해 보였다.

"나오키도 너 오는 거 알아?"

나는 아무리 보아도 뽑힐 것 같지 않은 이름들이 적힌 종이를 집어들며 미사키에게 물었다.

"낮에 회사에 전화했어. 곧 들어오겠지."

"자고 갈 거야?"

"그러고 싶지만 이 소파를 사토루한테 빼앗겼잖아."

미사키가 농담처럼 말하자 "나 때문이라면 걱정하지 않아도 돼요. 하룻밤 정도 머물 곳은 있으니까" 하고 사토루는 얼른 양보했다. 그러고는 "요스케 방에서 같이 자면 되잖아" 하는 고토의 의견에도 "싫어요, 그 방은" 하고 단호히 거절했다.

"어째서?"

"요스케 형은 잠버릇이 나쁘고, 나오키 형은 잠꼬대가 너무 시끄럽잖아요."

사토루의 의견에 "시끄럽다기보다 불쾌하지" 하고 미사키가 동의한다는 듯 웃었다.

앞에 앉은 고토가 고개를 옆으로 기울이고 뭘 하는가 했더니 내가 들고 있는 종이 뒷면을 읽고 있었다. 뒤를 넘겨보니 '야간 단독 도보 주의!'라는 글귀가 크게 적혀 있었다. 최근 이 주변에서 빈번하게 발생하는 젊은 여성 연쇄 폭행사건에 대한 경고문이었다.

종이에는 역 주변의 지도가 그려져 있고 지금까지의 범행현장에는 크게 X 표시가 되어 있었다. 며칠 전 경찰관이 왔을 때는 두 건이었는데, 지도에는 벌써 X 표시가 세 군데나 나 있었다.

"아, 그거 역 앞에서 나눠주길래 받아왔어."

미사키가 그렇게 말하면서 내 손에서 종이를 빼앗아들었다.

"너무 끔찍하지. 고토랑 미사키도 조심해."

"그런데 말이야. 아직까지 범인의 특징을 전혀 모른다는 게 더 무서워. 느닷없이 뒤에서 덮친다니까 상대의 얼굴을 볼 여유가 없긴 하겠지만……."

나는 미사키의 손에서 그 종이를 다시 빼앗아 들었다.

"아, 그렇지. 이 세 번째 피해자 말이야. 세이유 백화점 앞에 노래방 있잖아. 거기서 아르바이트하던 여자래."

그렇게 말하면서 나는 그 노래방에 고토와 함께 갔던 기억이 떠올라 "고토 기억나지? 전에 우리 둘이 갔을 때 카운터에 앉아 있던 여자 말이야. 이천 엔이면 되는데 거스름돈으로 이만 엔을 줄 뻔했던 여자 있잖아?" 하고 물었다.

고토는 그다지 관심이 없는 듯 "그런 애가 있었어?" 하고 건성으로 대답할 뿐 이야기에 끼어들지 않았다. 옆에 있던 사토루가 "어떻게 알아요?" 하고 물었고, 나는 "도시락 가게 아저씨가 말해줬어"라고 대답했다.

도시락 가게 아저씨 이야기로는 세 번째 여자의 피해가 가장 심했다고 한다. 지나가던 사람이 기절해 있는 여자를 발견했을 때 여자의 눈, 코, 입이 마치 다른 곳에 붙어 있는 것처럼 보일 정도로 변형되었고, 주변에는 피투성이가 된 돌이 떨어져 있었다고 했다.

이야기 도중 "아, 그렇지. 출근 전에 샤워라도 해야지" 하고 사토루가 욕실로 모습을 감추었다. 사토루의 등을 눈으로 좇던 미사키가 "출근 전이라니? 저 애, 일해?" 하고 물었다.

"그럼 일하지" 하고 나는 대답했다.

"무슨 일을 하는 거야? 이런 시간부터."

"바 같은 데서 일하는 것 같아" 하고 대답한 건 고토였다.

"바? 저 나이에 바에서 일할 수 있어?"

과장스럽게 눈을 동그랗게 뜬 미사키에게 "열여덟 살이면 일할 수 있지" 하고 고토가 말했다.

"뭐? 벌써 열여덟이야?"

"그럼 몇 살로 보이는데?"

내가 묻자 미사키는 욕실 쪽으로 시선을 주며 "아직 열다섯 정도밖에 안 된 줄 알았어" 하고 말했다.

"열다섯으로 봤다면 바에서 일할 수 있나 없나를 생각하기 전에 어떻게 여기서 살게 되었는지부터 이상하게 생각했어야지."

내 말을 듣고 난 미사키는 "그건 그렇네" 하며 천연덕스럽게 웃었다.

3.18

밤중에 갑자기 이상한 느낌이 들어 눈을 떴다. 담요를 끌어당기며 다시 눈을 감았지만 도저히 다시 잠이 올 것 같지 않았다. 침대 아래에서 나지막한 고토의 숨소리가 들렸다.

나는 침대에서 내려와 거실로 난 문을 조용히 열었다. 커튼틈으로 들어오는 거리의 불빛에 소파에서 잠든 미사키의 얼굴이 하얗게 보였다. "오늘밤은 들어오지 않을 거니까 소파를 쓰세요" 하고 나간 사토루의 모습은 보이지 않았다.

사토루가 나간 뒤 나오키가 퇴근하기를 기다렸다가 모두 갈비집으로 갔다. 배 터지게 먹고 마시고 돌아오니 요스케가 아르바이트를 마치고 돌아와 있었다. 갈빗집에서 돌아오는 길에 사온 딸기를 먹으면서 새벽 한 시까지 와인을 마시고 차례대로 샤워를 하고는 각자 잠자리에 들었다.

어두컴컴한 거실로 나온 나는 깊이 잠든 미사키 옆에 걸터앉아 고토와 사토루가 지은 상점가의 이름이 몇 개씩 적힌 종이를 펼쳐들고 그 뒷면을 불빛에 비춰가며 천천히 다시 읽어보았다. 아까 침대 속에서 문득 생각했지만 역시 내가 잘못 생각한 것이 아니었다. 게이오 선 철로 옆에서 스물두 살짜리 여자가 느닷없이 등 뒤에서 덮쳐온 남자에게 안면을 강타 당한 최초의 사건이 벌어진 지 벌써 두 달이 지나가고 있었다.

나는 그 종이를 꼭 쥐고 미사키를 깨우지 않도록 조심조심 거실을 빠져나와 남자들이 자는 방문을 열었다. 잠버릇 험한 요스케는 역시나 이불에서 떨어져 나와 문을 열고 선 내 발 아래까지 굴러와 있었다. 나는 요스케의 몸을 넘어 방으로 들어갔다. 나오키는 침대에서 거의 코고는 소리와 같은 숨소리를 내고 있었다. 얼굴을 들여다보며 볼을 가볍게 두들기자 나오키는 "응? 응?" 하며 몇 번인가 잠에 취한 소리를 내더니 "뭐, 뭐야?" 하고 놀란 듯이 나를 바라보았다.

"있지, 잠깐 이것 좀 봐."

나는 주저 없이 형광등 끈을 당겼다. 이 정도로 요스케가 잠을 깰 염려는 없었다. 형광등 불빛 때문에 눈이 부신 듯 나오키는 몇 번인가 눈을 깜박거리더니 내가 내민 종이를 받아들었다.

"뭐야, 이건?"

"이 날짜를 봐. 뭔가 느껴지는 게 없어?"

내 말에 나오키의 표정이 순간 굳어졌다.

"날짜?"

"봐, 첫 번째 사건이 일어난 지 두 달이 지났어."

"두 달?"

"그래. 사토루가 우리 집에 살기 시작한 게 꼭 그 무렵이야."

"사토루? 잠깐만. 그 녀석이 여기에 온 건 더 최근 아니야?"

"그랬던가?"

"그래, 틀림없어."

나오키는 그렇게 말하더니 "대체 뭐야? 이렇게 한밤중에" 하고 이불을 잡아당기며 얼른 눈을 감아버렸다.

듣고 보니 세 번째 범행이 일어났던 닷새 전 나는 줄곧 사토루와 함께 시간을 보냈던 게 떠올랐다. 가게가 휴일이어서 저녁 무렵부터 사토루를 불러내 시부야에서 열린 '티베트 불교 미술전'을 감상한 후 싫다는 그를 데리고 범행이 일어난 새벽 세 시는커녕 네 시까지 마시고 돌아다녔다.

좀 부끄러워진 나는 살그머니 형광등을 끄고 남자 방을 나왔다. 거실을 지나가는데 자고 있는 줄 알았던 미사키가 "너, 혹시 야마무라 미사의 추리 소설이라도 읽은 거니?" 하며 피식 웃었다. 깜짝 놀라 발을 멈춘 나는 "안 읽었어" 하고 대꾸했다.

"이봐. 〈화요 추리극장〉에서처럼 너무 쉽게 사건에 휘말려 드는 게 아니라고. 게다가 사토루를 범인으로 몰아 여기서 내쫓을 궁리나 하고 말이야."

미사키는 그렇게 말하더니 돌아누웠다.

3.19

오전부터 컨디션이 고조된 미사키가 소풍을 가고 싶다는 말을 꺼내는 바람에 아직 자고 있던 요스케와 나오키를 깨워 모두 마네타 공원에 가기로 했다. 드물게 모두 모였으니 함께 가면 좋을 텐데 고토는 햇볕에 피부가 탄다는 이유로 집에 남겠다고 고집을 부려 혼자 사토루의 귀가를 기다리게 되었다. 만약 사토루가 오전 중에 돌아오면 마네타 공원으로 보내라고 일러두고 우리는 모두 요스케의 모모코에 올라탔다. 일요일에 가게를 쉬는 것은 오랜만이었다.

코발트빛 하늘 아래, 마네타 공원의 눈부실 정도로 푸른 잔디밭에는 가족 동반으로 나들이를 나온 사람들이 여기저기 자리를 깔고 앉아 있었다. 그 주변을 어린아이들이 신나게 뛰어다녔다.

집을 나오기 전에 솜씨 좋은 고토가 만들어준 샌드위치는 점심 시간이 되기도 전에 요스케와 나오키가 이미 반 이상 먹어버렸다.

한참 동안 네 명이 나란히 돗자리에 누워 있었는데, 어느 틈엔가 미사키와 요스케는 굴러온 공을 주우러 온 쌍둥이 남자아이들을 상대로 캐치볼을 시작했다. 미사키와 요스케 사이에서 똑같은 옷을 입은 남자아이들 둘이 환호성을 지르며 공을 쫓아다녔다. 돗자리에서 뒹굴던 나오키는 그런 두 사람을 멍하니 바라보고 있었다.

"저어, 어제 이야기 아무한테도 안 했지?"

"어제 이야기라니?"

"있잖아. 사토루가 범인이라고……."

내가 그렇게 말하자 나오키는 나를 흘긋 쳐다보더니 "말할 리가 없잖아" 하며 무시하듯 코웃음을 쳤다.

"그래도 난 뭔가가 걸려. 물론 그 사건의 범인이 사토루가 아닌 게 분명하지만, 그런 게 아니라 다른 일로."

"도대체 그 다른 일이란 게 뭔데?"

나오키가 상반신을 일으키고 조금 짙게 탄 재스민 차를 컵에 따르면서 물었다.

"뭐냐고 물어도 좀 말하기가 곤란해, 어쨌거나 분명히 뭔가가 걸려."

"그러니까 뭐냐니까?"

"글쎄 뭐냐고 물으면 좀 그렇다니까!"

"이렇게 된 원인을 따지자면 사토루를 데리고 온 건 바로 너잖아?"

"그야 그렇지만……."

만약 누군가 사토루에 대해, '그 애는 어떤 애야?' 하고 질문을 한다고 치자. 아마 고토라면 이렇게 대답할 것이다.

"사토루는 별로 자기주장을 하지 않는 아이야. 아무 생각 없이 가만히 앉아 있을 때도 있고, 어쩌면 부잣집에서 귀하게 자란 아이일지도 몰라. 내가 파친코에 가자고 하면 좋아라 하고 따라오고, 노래방이나 볼링장에 가자고 할 때도 절대 싫다고 하는 법이 없지. 그렇다고 따라와서 그렇게 즐기는 것도 아닌 것 같고, 내가 그만 돌아갈까, 할 때까지 시시한 듯한 표정으로 기다리고 있곤 하지. 그래서 '시시하니' 하고 물으면 '별로'라고 해놓고서 '그럼 재밌어' 하고 물어도 역시 '별로'라는 거야. 사토루의 말대로 서로를 몹시 사랑하는 부모에게 애정을 듬뿍 받으며 자라서인지 탐욕이란 걸 모르고 사는 것 같애. 모든 것이 풍족한 사람은 사토루처럼 여유 있게 살아갈 수도 있나봐"라고.

그리고 요스케라면 분명 이렇게 대답할 거라고 생각한다.

"사토루는 어린 녀석이 의욕이 너무 없어. 나 같으면 학교 가고, 아르바이트하고, 친구들과 놀고, 선배 여자친구 따라다니고, 모모코 세차까지 하자면 하루 스물네 시간으로도 터무니없이 부족한데, 그 녀석은 하루에 스무 시간 이상을 그냥 허비하고 있거든. 하지만 그 녀석에게 의욕이 없는 건 지금까지 만나온 친구들이 다 질이 안 좋았기 때문이라고 생각해. 그 녀석 이야기로는 친구들 대부분이 정규학교에 다니지 않고 제대로 된 직업도 없이 건들거리는 녀석들뿐인 것 같더군. 그런 환경에 처해 있으면 누구나 그렇게 되어버리기 십상일 거야. 자기만 잘 하면 어떤 상황에서도 훌륭하게 살아갈 수 있을 거라 말하는 사람도 있지만 나는 그렇게 생각하지 않아. 아무리 자신이 똑바로 달리고 싶어도 발밑이 진흙탕이면 쓰러질 수밖에 없는 거야. 그 녀석에겐 말이야. 뭐랄까, 그런 진흙탕 속에서 끌어 올려줄 사람이 필요하지 않을까"라고.

결국 고토나 요스케는 자신들 옆에 있어주길 원하는 인물상을 사토루에게 맞추고 있을 것이다. 그리고 실은 누구보다도 세상 사는 데 익숙한 사토루가 그런 두 사람의 생각을 미리 간파하고 어떤 의미에서는 일시적인 방편으로 그들이 원하는 인물상을 연기해 보일 수도 있을 거라는 생각이 들었다.

물론 고토나 요스케도 그들 나름대로 이 생활에서 자신을 연기하고 있는 게 틀림없다. 나오키나 나 역시 그렇다고 생각한다. 하지만 뭐랄까. 사토루만이 아마추어 배우들 사이에 섞여 있는 프로 배우 같다고 할까. 관객들 속에 섞인 진짜 관객이랄까. 도저히 그 존재를 잡으려고 해도 잡을 수가 없고 만져보려고 해도 만질 수 없다. 마치 물속에 생긴 웅덩이 같은, 그런 존재로밖에 느껴지지 않는다.

미사키와 요스케는 눈앞에 펼쳐진 잔디밭에서 쌍둥이 남자아이들을 상대로 아직도 캐치볼을 하고 있다.

"이봐, 나오키. 넌 사토루에 대해서 어떻게 생각해?"

"어떻게 생각하다니?"

돗자리 위에서 몸을 뒤치락거리던 나오키의 뺨에 마른 잔디가 붙어 있었다.

"그러니까 어떤 아이 같냐는 뜻이야."

"별 생각 없어. 그냥 흔히 보는 요즘 애들 같다고 생각해."

"그래?"

"무슨 말을 하고 싶은 거야. 아까부터."

"그러니까 말이지. 아, 그래, 이렇게 설명하면 되겠다! 말하자면 사토루는 요스케가 생각하는 그런 아이도 아니고, 고토가 생각하는 그런 아이도 아니고, 나오키가 생각하는 그런 아이도 아니야. 그렇다고 해서 내가 생각하는 그런 아이도 아니란 생각이 들어."

내 설명을 다 듣기도 전에 어이없다는 듯 고개를 돌린 나오키는 구름 사이로 얼굴을 내비친 태양 때문에 눈을 가늘게 떴다.

"그건 당연한 거 아냐?"

"어째서 당연해?"

나는 나오키의 엉덩이를 가볍게 걷어찼다. 걷어차인 엉덩이를 문지르면서 천천히 몸을 일으킨 나오키가 "네가 아는 사토루는 너밖에 모르잖아" 하고 말했다.

"무슨 뜻이야?"

"그러니까 넌 네가 아는 사토루밖에 모른다는 말이야. 마찬가지로 나는 내가 아는 사토루밖에 몰라. 그러니까 요스케나 고토도 그들이 아는 사토루밖에 모르는 건 당연한 거야."

"도저히 무슨 뜻인지 모르겠다."

"그러니까 모두가 알고 있는 사토루는 어디에도 없다는 뜻이야. 그런 사토루는 처음부터 세상에 존재하지 않았어. 알겠어?"

나오키는 그렇게 말하고는 도시락 통에서 베이컨 샌드위치를 꺼내 맛있게 먹기 시작했다.

"잠깐만! 그 뭐가 뭔지 모르는 설명으로 끝이야?"

나는 다시 한 번 나오키의 엉덩이를 걷어찼다.

"너, 멀티버스란 거 알아?"

"몰라. 뭔데, 그건?"

"그럼 유니버스는?"

"우주잖아."

"그래. 하나의 우주라는 뜻이야. 그러니까 멀티버스란 다수의 우주란 뜻이고."

"흐~음."

'그래서 뭐?' 하고 반문할까 했지만 그만두었다. 나오키가 말하려는 게 뭔지 그제야 조금 이해할 수 있을 것 같았기 때문이다. 때때로 "이 세계에서는 누구나 주인공이다"라는 사이비 인도주의 풍의 대사를 종종 듣는다. 단순히 그런 논리로 따지자면 '이 세계'가 모인 '이 세계들'에서는 누구나 주인공이 된다는 뜻이며, 누구나 주인공이라는 것은 결국 아무도 주인공이 아니라는 말이나 다름없다. 그것 역시 그런 대로 평등한 세계 같다는 생각이 들고 현재 우리 생활과 아주 가까운 느낌이 들기도 하지만, 아무도 주인공이 아닌 세계가 되기 위해서는 엄밀히 말하면 그 전에 역시 누군가 주인공인 이 세계가 필요하다. ……으~음, 역시 뭐가 뭔지 모르겠다.

3.20

요즘 사랑니 때문에 아파 죽겠다며 돗자리에서 뒹굴던 나오키가 입을 크게 벌려 보였다. 파란 하늘 아래 펼쳐진 잔디에 구멍이 뻥 뚫린 것 같았다.

나오키의 혀는 태양빛에 물든 듯이 붉었다. "어디, 어디?" 하며 미사키, 나, 요스케의 순으로 나오키의 입 안을 들여다보았다. 확실히 하얀 돌기가 잇몸을 찢고 얼굴을 내밀고 있었다.

"아파?"

"가끔씩."

나오키의 입 안에 손가락을 넣은 미사키가 사정없이 볼 안쪽을 넓혔다. 나는 문득 두 사람이 옛날엔 연인 사이였다는 생각을 떠올렸다. 그러고 보니 옆집 402호에 잠입수사를 하러 갔던 요스케가 자기 대신 나오키의 점을 보았을 때 "당신은 강하게 변화를 추구하고 있다"고 했단다. "변화를 추구하며 세계와 싸우고 있다"고. 마네타 공원 잔디에서 바보처럼 입을 벌리고 목젖을 내보이는 이 남자가 대체 어떤 세계와 싸우고 있는지는 모르지만, 사랑니와 싸우고 있는 것만은 확실해 보였다.

이웃의 라스푸틴은 점을 다 본 후 이렇게 말했다고 한다. "당신이 이 세계에서 벗어나도 그곳에는 다른 더 큰 세계밖에 없습니다. 당신과 세계와의 싸움에서는 확실히 세계 쪽이 우세합니다"라고.

점쟁이는 현관까지 요스케를 배웅하러 나온 길에 "혹시 관심이 있다면 다음에는 당신 자신의 점을 보세요"라고 말했다고 한다. 점 자체는 너무 추상적이라 뭐가 뭔지 모르겠지만, 요스케가 나오키가 아님을 알아차린 걸 보면 옆집 라스푸틴이 그다지 돌팔이는 아닌 것 같다.

고쿠보 사토루

18세
자칭 '밤일'에 종사

4.1

방은 깔끔하게 정돈되어 있었다. 베개 위치는 이상하지만 침대 이부자리도 반듯하고 벽에 걸린 드라이플라워에서는 라벤더 향이 은은하게 풍겼다. 침대에는 올이 나갔는지 살색 스타킹 한 짝이 던져져 있고, 다른 한 짝은 바닥에 떨어져 있었다. 토스트와 버터 타는 냄새가 나는 것은 분명 나가기 전에 먹은 아침 식사 때문일 것이다. 어디에나 있을 법한 하얀 벽과 마룻바닥의 원룸 맨션.

방을 한 바퀴 둘러본 나는 짧은 복도를 지나 현관으로 돌아가 문을 잠그고, 손에 들고 있던 운동화를 검은 구두 옆에 나란히 내려놓았다.

어젯밤 갑자기 미사키라는 나오키의 옛날 애인이 나타났다. 그 맨션에서 친구놀이를 하는 인간이 한 명 더 있었던 것이다. 가라스야마 역 앞 상점가에 '페르난도 거리'라는 이름을 붙이자고 하는 별난 여자였는데, 원래 그 맨션은 그 별난 여자와 나오키 두 사람이 임대했다는 말을 들었다.

어리버리 대학생, 연애에 목맨 여자, 자칭 일러스트레이터인 누룽지, 건강 마니아인 조깅맨. 아무리 생각해도 그 집에서 만나지 않았더라면 절대 말도 걸고 싶지 않았을 타입의 인간들뿐이다. 그런데 어쩌된 일인지 그 무리 속에 섞이고 나면 나도 모르는 사이에 함께 있는 게 즐거워 견딜 수가 없다.

어젯밤에는 미사키라는 새로운 여자에게 거실 소파를 양보하고 열 시가 넘어 신주쿠로 나왔다. 평소처럼 마고토와 둘이서 공중 화장실에서 필로폰을 하고 기분 좋게 공원으로 갔다. 마고토는 5분도 지나지 않아 도마뱀 같은 혀를 내미는 남자의 유혹을 받았지만, 나는 하나도 걸리지 않아 그대로 공치는가 생각할 때쯤 간신히 단골인 실비아를 만났다. 그 집에서 생활하기 시작한 이후 이상하게 손님이 걸리지 않는 편이다.

나를 불러준 실비아 방으로 가서 정서불안 증세가 있는 그녀에게 호르몬 주사로 봉사를 한 후 새벽녘에야 겨우 잠을 청할 수 있었다. 그래도 열한 시에는 눈을 떠서 점심으로 칼로리메이트를 한 개 얻어먹고 방을 나왔다. 터벅터벅 하다가야 역쪽으로 가다가 자동문 시스템의 세련된 맨션에서 나오는 젊은 여자의 모습을 발견했다. 옆얼굴이 고토와 약간 닮아 보였다. 여자는 우편함을 확인하더니 쓰레기봉투를 내다놓고 역 쪽으로 걸어갔다.

편의점에서 산 핫도그와 우유를 들고 그 맨션 앞 가드레일에 앉아 한참을 지켜보자니 현관에서 학생으로 보이는 젊은 남자가 나왔다. 자동문이 닫히기 직전 나는 안으로 뛰어 들어갔다. 7층에 있는 여자의 집에 도착해 내가 갖고 다니는 철사로 현관문을 따는 데는 채 2분도 걸리지 않았다.

방 한가운데는 다리가 짧은 테이블이 있었고, 그 위에 고토를 닮은 여자가 나가기 전에 마신 듯 홍차가 조금 남은 머그잔이 올려져 있었다. 나는 신중하게 그 컵을 들어 주방에 갖다놓았다. 가능한 한 물방울이 튀지 않도록 수도꼭지를 약간만 틀고 컵을 씻은 다음 전기 포트의 뜨거운 물을 따랐다. 양이 적었던지 바지직바지직 기분 나쁜 소리가 나면서 컵을 든 손가락에 뜨거운 물이 톡톡 튀었다. 엉겁결에 "앗, 뜨거" 하고 지른 비명이 어젯밤 손님이었던 실비아의 목소리와 닮아서 나도 모르게 소름이 끼쳤다.

립톤 티백은 냉장고 위에 있었다. 티백을 컵에 담그고 좌우로 흔들었다. 투명했던 물이 빨개지며 달콤한 향기가 떠돌았다.

그러고 보니 그 집 사람들은 아무도 홍차를 마시지 않는다. 고토와 미라이와 요스케 세 사람은 커피를 마시지만 건강 마니아인 나오키는 술은 마시면서도 커피와 담배는 '악마의 기호품'이라며 몹시 싫어한다.

홍차를 우렸던 컵을 싱크대에 올려놓고 방으로 들어갔다. 옅은 복숭아색 커튼 틈으로 바깥을 내다보자 멀리 신주쿠 고층 빌딩들이 보이고, 그 앞을 수도 고속도로가 달리고 있었다. 치토세가라스야마에서 신주쿠까지는 10킬로미터 정도 떨어져 있다고 전에 요스케에게 들은 적이 있다. 쉬는 날, 나오키는 일부러 전철로 신주쿠까지 나가 그곳에서 조깅을 시작해 집까지 돌아오곤 했다.

7층의 이 여자 방에서는 차가 밀리는 수도 고속도로가 선명하게 내려다보이지만, 이중 섀시 때문인지 바깥의 소음은 전혀 들리지 않는다. 동네 전체에서 소리만 쏙 빠진 듯한 느낌이다.

창틀에 백설공주의 일곱 난쟁이들이 늘어서 있었다. 그러나 헤아려보니 여섯 명밖에는 없었다. 모르는 사이 한 개를 떨어뜨렸나 하고 황급히 발밑과 침대 밑을 찾아보았지만 행방불명된 난쟁이는 보이지 않았다.

오렌지색 모자를 쓴 난쟁이를 들고 창밖에 펼쳐진 거리 풍경에 포개어보았다. 나란히 늘어선 빌딩과 철탑을 마치 고질라처럼 난쟁이가 짓밟고 파괴하기 시작했다. 벽돌로 만든 맨션을, 대출 광고 간판을, 난쟁이가 온화한 얼굴로 밟아 부수었다.

침대 베갯머리에는 자명종 시계가 있었다. 손에 들고 보니 아침 열 시에 알람이 맞춰져 있었다. 현재 시각 오후 두 시에 맞췄더니 '일어나! 일어나!' 하는 코믹한 목소리가 연거푸 나오다가 이내 '멍멍, 멍멍!' 하고 개 짖는 소리로 바뀌었다. 나는 웃으며 알람을 원래 시간대로 돌려놓고 시계를 내려놓았다.

몰래 들어오기 전에 편의점에서 사온 핫도그와 우유를 테이블에 꺼내놓았다. 편의점 아르바이트 녀석이 전자레인지에서 너무 많이 데웠는지 봉지 속에 든 핫도그가 쪼그라들어 있었다. 한입 물자 입 안에 달콤한 기름 냄새가 퍼지며 핫도그 살점이 목 안으로 천천히 떨어졌다.

14인치 텔레비전 위에는 폴라로이드 카메라가 놓여 있었다. 한 손에 핫도그를 든 채 카메라를 들고 렌즈 너머로 방을 둘러보았다. 방은 육안으로 볼 때보다 훨씬 넓어 보였다. 한참 동안 들여다보다가 사각의 틀 바깥에 누군가 서 있는 듯한 느낌이 들어 황급히 카메라에서 눈을 뗐다. 물론 그곳에 서 있는 사람은 아무도 없었다. 혹 24장 필름이라면 그 25장째, 36장 필름이라면 37장째에 그 누군가가 찍힐지도 모른다.

텔레비전 옆에 비디오 가게 봉투가 있었다. 치토세가라스야마에도 있는 체인점 봉투라서 안을 들여다보니 〈핑크 팬더 2〉라는 영화가 들어 있었다. 제목은 들어봤지만 아직 본 적은 없는 영화다.

비디오에 테이프를 넣고 텔레비전을 켠 뒤 재빨리 소리를 낮췄다. 나는 침대에 등을 기대고 다리를 쭉 뻗으며 본격적인 감상자세를 잡았다. 영화는 곧 시작되었다. 어딘가 박물관 같은 곳에서 지저분한 수염을 기른 아랍인 가이드가 많은 관광객을 상대로 파랗게 빛나는 다이아몬드에 대해 설명하기 시작했다. 소리를 조금 크게 키웠다.

"이것이 아그파 왕조 이후 천년 넘게 우리 민족의 상징이 되어온 핑크 팬더입니다. 그 명성과 크기는 세계 제일이지요. 값을 매길 수가 없는 것입니다. 비할 데 없는 명석입죠."

"도난당할 걱정은 없습니까?"

관광객이 묻자 가이드가 다이아몬드로 천천히 손을 뻗쳤다. 순간 엄청난 경보음이 울리며 박물관 창에 일제히 무거운 철문이 내려오기 시작했다.

"어째서 핑크 팬더라고 부르죠?"

또 다른 관광객의 질문에 특이하게 생긴 가이드가 자신만만하게 대답했다.

"그건 말이죠. 어떤 각도에서 빛에 비추어 보면 안에서 핑크색 표범이 춤을 추고 있는 것처럼 보이기 때문입니다."

가이드의 설명과 함께 다이아몬드가 클로즈업되고 귀에 익은 테마곡이 흘러나오며 애니메이션 '핑크 표범'이 허리를 흔들며 춤을 추기 시작했다.

방의 전화가 울린 것은 바로 그때였다. 얼른 텔레비전 전원을 껐다. 전화벨이 다섯 번 울리더니 자동응답으로 바뀌었다. 기껏 내장된 응답 메시지가 흘러나오는 정도로 당황할 필요가 없음을 깨달은 나는 엉거주춤했던 자세를 다시 원래대로 편안하게 했다. 자동응답기에는 애교 넘치는 여자 목소리가 녹음되기 시작했다.

'여보세요, 나 마키야. 요전 토요일에 다카하시 씨하고 약속한 거 갑자기 취소해서 미안해. 지금 점심시간이어서 회사나

휴대전화로 걸까 했지만, 화낼까 봐 무서워서 마음 약한 이 마키는 집으로 전화를 걸었어. 이걸 듣고 용서해주면 좋겠는데, 오늘밤에는 집에 있으니까 전화해죠오~. 그치만 이 메시지 듣고 더 화나면 무서우니까 전화 안 해도 돼애~. 유우코가 화내면 저엉말 무서버…….'

어느 틈엔가 나는 고양이 자세로 전화와 마주 앉아 있었다. 빨간 램프가 깜박거렸다.

'……그리고 요전의 홍콩 비디오, 나도 보고 싶으니까 빨리 돌려줘. 하와이 때처럼 잘못해서 그 위에다 다른 것 녹화하지 않도록 주의하시구요! 녹화방지 탭부터 떼어놓도록 해.'

여기서 '삐' 하고 발신음이 울리면서 전화는 뚝 끊겼다. 다시 걸려올지 몰라서 한동안 엉덩이를 치켜든 고양이 자세로 기다렸지만 전화는 오지 않았다.

눈앞의 비디오 선반을 보자 드래곤 애쉬의 라이브 비디오 옆에 〈홍콩2001〉이라고 쓰인 테이프가 있었다. 얼른 〈핑크 팬더 2〉를 빼내고 그 테이프를 재생시켰다. 그러자 한참 동안 모래 바람이 계속되다가 갑자기 이 방이 나타났다. 순간 나는 현관 쪽으로 달아날 자세를 취했다. 이 방 어딘가에 몰래 카메라가 설치돼 있어서 그것이 작동해 화면에 비친 거라고 생각했기 때문이다. 그러나 화면에 비친 방은 지금 내가 있는 현재의 이 방 모습이 아니었다. 그 증거로 지금 내가 고양이 자세를 취하고 있는 자리에 커다란 여행용 트렁크가 놓여 있었다.

화면은 창밖 풍경으로 바뀌었다가 다시 주방으로 돌아왔다. 아까 이 집을 나갔던 고토를 닮은 여자가 주방에서 설거지를 하고 있었다. 막 목욕을 하고 나왔는지 머리에 타월을 감고 입에는 칫솔이 물려 있었다.

나는 만에 하나를 위해 주방 쪽을 둘러보았지만, 물론 그곳에 타월을 머리에 감은 여자는 없었다.

영상 속에서 촬영하고 있는 여자가 뭐라고 말을 하는 것 같아서 소리를 조금 높였다. 음량을 16까지 올리자 겨우 여자의 목소리를 알아들을 수 있었다.

"시간 없어. 설거지는 나중에 하고 머리나 말려."

화면에 나오는 고토를 닮은 여자는 그래도 설거지하던 손을 멈추지 않고 흘긋 카메라 쪽으로 얼굴을 돌리며 "저기 있는 지저분한 컵도 가져와" 하고 칫솔을 문 채 우물우물 말했다. 거품이 묻은 손가락으로 이쪽 테이블을 가리켜서 나는 엉겁결에 눈앞 테이블을 보았다. 물론 그곳에 지저분한 컵이 있을 리 없었다.

한참 화면을 보는 동안 설거지하는 고토를 닮은 여자의 이름이 유우코며 촬영하는 사람이 아까 전화를 건 마키임을 알았다. 마키는 촬영하면서 지저분한 컵을 주방으로 갖다놓은 뒤에도 설거지하는 유우코의 손을 계속 찍어댔다.

영상을 보고 있자니 왠지 지금 이 방에 유우코와 마키가 실제로 있는 듯한 느낌이 들었다. 얼굴을 돌리면, 저쪽 주방에서 유우코가 설거지를 하고 그 모습을 마키가 비디오로 촬영하고 있는 듯……. 그러나 물론 두 사람의 모습은 주방 어디에도 없다. 아무리 둘러봐도 아까 홍차를 타놓고 입도 대지 않은 머그잔만 보였다.

5분 정도 지나자 영상이 이 방에서 갑자기 홍콩 야경으로 바뀌었다. 왠지 모르게 그다음 장면을 혼자 보기 뭣해서 창가에서 여섯 난쟁이를 데리고 와 테이블 위에 일렬로 늘어놓고 텔레비전 쪽으로 얼굴을 돌려놓았다.

영상은 홍콩의 고층 호텔 창에서 촬영한 듯 텔레비전이나 그림엽서에서 본 적이 있는 야경이 항구의 수면에 따라 흔들렸다.

그때 카메라가 방향을 바꾸어 실내 소파에서 편안히 쉬고 있는 고토를 닮은 유우코를 비추었다. 뭔가 말을 하지 않을까 하고 한참 동안 기다려보았지만 영상은 거기에서 뚝 끊겨버렸다. 곧 이어서 '뚜껑이 닫혀 있잖아' 하는 소리와 함께 시작된 영상은 화려한 간판이 늘어선 대낮의 시가지 풍경을 비췄는데 그것 역시 금방 끊겼다.

그 후에 등장하는 영상들도 자주 끊어졌다. 유우코와 마키가 즐겁게 수다를 떠는 장면 같은 건 없고, 이따금 홍콩 풍경에 섞여 들려오는 소리는 '피곤해' '일단 호텔로 돌아갈까?' 등의 전혀 생기 없는 대화뿐이었다. 그리고 어느 쪽인가 그런 말을 꺼내면 영상은 이내 끊겨버렸다.

지겨워진 나는 빨리감기 버튼을 눌렀다. 잇달아 거리 풍경이 바뀌고 비디오의 카운터가 24분을 넘은 시점에서 화면이 까맣게 되는가 싶더니 갑자기 속옷 차림의 유우코가 나타났다. 나는 얼른 재생 버튼을 눌렀다.

장소는 처음에 나왔던 호텔 객실이었다. 앞으로 다시 조금 돌려서 찬찬히 보자 검은 속옷 차림의 유우코가 '잠깐만, 찍지 마!' 하고 항의하면서 욕실에서 나와 소파에 펼쳐진 붉은 광택이 나는 드레스를 입었다.

'잘 어울리는데. 몇 달러 주고 샀니?' 하는 마키의 목소리만 녹음되어 있었다.

그 질문에 유우코가 뭐라고 중얼중얼 대답했지만 제대로 알아들을 수 없었다. 빨간 드레스를 입은 유우코가 카메라를 향해 걸어왔다. 당장이라도 화면에서 튀어나와 내 앞에 나타날 것 같았다. 화면 전체가 유우코의 드레스 때문에 새빨개지다가 너무 가까이 다가서는 바람에 이번에는 새까맣게 변해버렸다. 카메라 앞에서 천천히 한 바퀴를 돈 유우코는 장난스럽게 엉덩이를 흔들면서 침대 쪽으로 멀어져갔다.

나도 모르는 사이 비디오에 너무 몰입했던 모양이다. 테이블에 늘어놓았던 난쟁이가 두 개나 쓰러져 있었다.

홍콩 테이프는 그 장면으로 끝이었다. 아무리 빨리감기를 해도 다른 영상은 나오지 않았다. 할 수 없이 한 번 더 유우코의 속옷 차림 영상으로 되돌렸다. 카메라 쪽으로 엉덩이를 돌린 채 구부리고 앉은 장면에서 일시정지를 시켰다. 검은 속옷 위로 뱃살이 조금 도드라져 보였다. 일시정지를 시킨 탓인지 그 군살이 출렁출렁 움직이는 것처럼 보였다.

가능한 이불에 구김이 가지 않게 주의하면서 유우코의 침대에 누웠다. 어젯밤 실비아에게 그렇게 짜주었는데도 또 팬티 안의 페니스가 아프도록 발기해 있었다. 청바지조차 찢어버릴 듯한 기세였고, 피가 요동치는 느낌이 허리까지 전해졌다. 여전히 방은 조용했다. 창밖에서는 아무런 소리도 들리지 않았다. 그저 베갯머리의 자명종만이 째깍째깍 소리를 내고 있었다.

단추를 풀자 페니스가 힘차게 튀어나왔다. 테이블에서 폴라로이드 카메라를 집어 든 나는 발기한 페니스를 찍었다. 순간 카메라 플래시가 온 방 안을 파랗게 비추었다.

언제였던가. 요스케에게 "평소에 어떻게 처리해?" 하고 물은 적이 있다. 방은 나오키와 함께 쓰고 거실에는 언제나 고토가 있으니까. 요스케는 "절대로 비밀이야" 하고 입막음을 먼저 한 뒤 "집 뒤에 작은 공원 있잖아? 거기 화장실까지 가서 하고 와"

하고 가르쳐주었다. 자유롭게 자위도 할 수 없는 생활, 그래도 그는 "특별히 불만은 없어"라고 말했다.

새까맣던 폴라로이드 필름에 천천히 페니스의 윤곽이 떠올랐다. 발기한 페니스 뒤로는 아무도 없는 주방이 찍혔다. 나는 사진과는 반대로 이제는 완전히 위축돼버린 페니스를 팬티 안으로 밀어넣었다. 시계를 보니 이곳에 몰래 들어온 지 벌써 두 시간이나 지나 있었다.

침대에서 일어나 원래대로 말끔히 시트의 주름을 폈다. 텔레비전과 비디오의 스위치를 끄고 〈홍콩2001〉과 〈핑크 팬더 2〉도 원래 있던 자리로 되돌려놓았다. 테이블에 나란히 있던 난쟁이는 창틀에, 우유팩과 핫도그 찌꺼기는 편의점 봉투에 넣고 폴라로이드 카메라는 텔레비전 위에 올려놓았다.

한 모금도 마시지 않은 홍차는 이미 싸늘하게 식어 있었다. 바닥에 조금만 남기고 나머지는 싱크대에 버린 뒤 컵을 방에 있는 테이블 위에 올려놓았다.

나는 방을 둘러보았다. 들어올 때와 달라진 곳은 한 군데도 없었다. 단지 자동응답 전화의 램프가 반짝거릴 뿐이다.

현관으로 향하던 도중 한 번 더 돌아보며 방 안을 확인했다. 달라진 곳은 역시 한 군데도 발견할 수 없었다. 다만 처음 들어왔을 때는 그렇게 매력적으로 보이던 방이 두 시간 만에 지루한 곳으로 바뀌었을 뿐이다. 줄곧 지내고 싶어지는 방이란 좀처럼 만나기 어려운 게 분명하다.

　가능한 사람들 눈에 띄지 않도록 애쓰며 맨션을 나왔다. 하다가야 역으로 가던 도중 나는 일없이 공중전화에서 집으로 전화를 걸어보았다. 예상대로 고토가 받으며 "뭐야, 사토루였어" 하고 노골적으로 실망한 티를 냈다. "다른 사람들은요?" 하고 묻자 "공원으로 소풍갔어" 하고 시들하게 대답했다.

　"미사키 씨도요?" 하고 나는 물었다.

　"그래, 미사키 씨도 나오키도 미라이도 모두 요스케의 모모코를 타고 소풍갔어."

　"고토는 왜 안 갔어요?"

　"얼굴 타잖아."

　"지금 뭐해요?"

　"그냥 있어. 사토루야말로 지금 뭐해? 거기 어디야?"

　"지금 하다가야에 있어요. 저기, 미사키 씨, 오늘도 자고 갈까요?"

　"아니, 간다고 하던데. 요스케가 아르바이트 가는 길에 태워다 준대."

　"그럼 들어갈까?"

　"그래, 들어와. 같이 비디오나 보자."

　"비디오라……. 어떤 거?"

　"아무거나 상관없어. 올 때 빌려와."

"별로 보고 싶은 게 없는데……. 아, 맞다! 혹시 〈핑크 팬더〉 본 적 있어요?"

"〈핑크 팬더〉? 못 봤는데……. 상관없으니까 그걸로 빌려와. 사토루, 오늘밤에 일 나가니?"

"오늘밤? 글쎄…… 오늘은 쉴까. 어제 열심히 했으니까."

"그럼 두 개 빌려와."

전화를 끊으려는 순간, "아, 역 앞에서 도넛도 사와" 하고 소리치는 고토의 목소리가 들렸다.

4.2

거실 소파에서 담요를 둘둘 말고 앉아 고토가 구워준 와플에 딸기잼을 바르고 있는데 평소보다 조금 늦게 일어난 나오키가 "사토루, 너, 오늘 우리 회사에서 아르바이트할 생각 없니?" 하고 물었다.

당연히 없기 때문에 "없어요" 하고 대답하고 뜨거운 와플을 한입 가득 베어 물었다. 다시 와플을 굽기 시작한 고토가 "도와줘" 하는 바람에 일단 무슨 일인지 물어보았다. 그가 일하는 영화사에서 다음에 개봉할 작품의 시사회 안내장을 보내는데 거기에 주소를 붙이는 일인 것 같았다. 그런데 보내는 곳이 몇 백군데여서 단순 작업이라고는 하지만 한두 시간에 끝날 일이 아닌데다가, 칸영화제 출품작 매입 준비로 바빠 한가한 사원이 없다고 했다.

"어차피 오늘도 일 쉴 거지?"

옆에서 함께 와플을 베어 물던 나오키의 말에 "아직 몰라요" 하고 일단 대답은 했지만, 최근 며칠간의 무력감이 오후가 된다고 회복될 것 같지는 않았다.

결국 고토에게 등을 떠밀려 샤워를 한 후 나오키를 따라 집을 나섰다. 복잡한 전철에 짐짝처럼 실려 시부야에 있는 그의 회사에 도착했을 때는 이미 녹초가 된 상태였다.

만원 전철 안에서 나오키가 "너, 지금 하는 일 그만둘 거니?" 하고 물었다. 아무런 대답도 못 하자, "그만두는 건 상관없지만 이대로 뺀질뺀질 빠지지 말고 가게에다 제대로 이야기하고 그만둬"라고 했다.

"이야기라면 무슨 이야기요?" 하고 나는 물었다.

"그러니까 대충 그만두는 시기라도. 그쪽도 다른 아르바이트 생을 찾아야 하잖아. 그렇지?"

미라이는 내가 무슨 일을 하는지 아무에게도 말하지 않은 것 같았다. 팔방으로 짓눌러오는 중년 남자들의 체중을 손잡이를 붙잡고 애써 버텨내면서 나는 실비아나 다른 단골손님들의 얼굴을 떠올렸다.

'이번 달로 이 일을 그만두겠습니다. 그러니 다음 주는 폐업 세일로 모든 서비스를 반액으로 모시겠습니다.'

나오키의 회사는 빌딩 6층에 있었다. 문을 열자 영화 필름이 들어 있는 릴 캔이 당장이라도 쓰러질 듯 쌓여 있었고, 팸플릿과 전단지가 든 박스가 겨우 그것들을 지탱하고 있었다.

그 사이로 "굿모닝" 하며 나오키가 지나가자 벽보투성이의 파티션 안에서 "아, 이하라 씨 왔어?" 하는 나이 든 여자의 칼칼한 목소리가 들려왔다.

나오키는 한 번 더 "굿모닝" 하고 인사를 하며 "무슨 일 있어요?" 하고 안쪽 방을 들여다보았다. 나오키의 성이 '이하라'라는 것을 오늘 처음으로 알았다.

"무슨 일이고말고 우디 앨런을 만날 수 있게 됐나봐."

안에서 들려오는 소리는 거의 비명에 가까웠다.

"정말입니까? 어디서요?"

나오키가 나에게 손짓을 하면서 그렇게 되물었다.

"뮌헨이라나."

"뮌헨? 언제요?"

"다음 주야. 이하라 씨는 시간 없잖아? 모모치 씨도 무리고, 사토코와 미짱은 샌프란시스코에 가 있고. 어떡하지?"

거기까지 여자의 이야기를 듣고 난 나오키는 내 손을 잡아당겨 파티션 안쪽으로 등을 떠다밀었다. 거기에는 서류가 산더미처럼 쌓인 책상 네 개가 나란히 놓여 있었다. 제일 안쪽에 화려한 안경을 낀 중년 여자가 앉아 있는 게 보였다.

"사장님, 얘는 제 사촌동생인데요. 시사회 안내장 주소 붙이는 일을 오늘 중으로 마쳐야 해서 이 녀석을 데려왔습니다."

나오키의 소개에 나는 우선 머리를 숙였다. 겉보기와 달리 여사장의 웃는 얼굴은 퍽 부드러웠다.

"정말? 잘했어. 이름이 뭐지?"라고 물어서 "사토루입니다" 하고 대답했다. 그리고 이내 "아, 고쿠보입니다" 하고 고쳐 말했다. 여사장과 나오키는 다시 하던 이야기로 돌아갔다. 좁은 회사에는 그들 외에는 아무도 없었다.

여사장이 끓여준 커피를 마시면서 나는 출입구 근처의 테이블에서 나오키에게 배운 대로 봉투에 주소 스티커를 붙이는 일을 시작했다. 〈런던 도그〉라는 영화로 내 손님들 사이에서도 최근 인기가 부쩍 많아진 주드 로가 출연하는 영화였다. 파티션 저편에서는 두 사람의 진지한 대화가 이어졌는데 끊임없이 걸려오는 전화가 이야기를 방해했다.

"이거, 담당은 모모치 씨지? 뉴욕에서 단독 인터뷰는 거절했다고 들었는데……."

"에이전트에게 끈질기게 연락을 넣어보았습니다. 하지만 벌써 다음 작품 촬영에 들어가 있어서 말이죠."

"그런가? 역시 감독 인터뷰 정도는 있어야 하는데 말이야."

"그야 있으면 좋죠. 일전에 모모치 씨의 부탁으로 다음 달 호 《컷》이 뉴욕 특집이라 거기에 우선 기사를 끼워달라고는 했지만, 역시 감독 인터뷰가 제일 좋겠죠. 그런데 무슨 일로 뮌헨에 있는 거래요?"

"유럽에서는 이 달에 개봉하잖아. 거기에 맞춰서 뮌헨으로 날아가 휴가를 보내고 있대."

"취재를 간다면 예산은 어느 정도 세울 수 있죠?"

"글쎄, 작가와 카메라맨, 가능하면 통역 없이 할 수 있는 사람에게 부탁하고 싶은데."

"그럴 만한 사람에게 연락을 해보겠습니다. 지난번에 '미페드'에 왔던 하나와 씨라면 영어도 가능하고……."

여사장과 이야기하면서도 나오키는 걸려오는 전화에 민첩하게 대응했고 때로는 유창한 영어를 사용하기도 했다. 그가 어떤 얼굴로 영어를 쓰는지 궁금했던 나는 파티션 위로 그를 쳐다보았다. 의자에 몸을 젖히고 앉은 나오키는 긴장한 빛이라고는 전혀 없었고, 얼굴을 들이민 내게 빨리 일어나 하라는 손짓을 해보였다.

솔직히 나는 나오키가 아주 멋있어 보였다. 태어나서 처음으로 넥타이라는 것을 매어보고 싶다는 생각조차 들었다. 미라이와 고토와 요스케는 이런 나오키의 모습을 한 번이라도 본 적이 있을까. 그러고 보니 전에 요스케가 옆집에 사는 점술가에게 나오키의 점을 보게 한 적이 있다는 얘기를 들었다. 점술가가 "세계와 싸우고 있다"는 영문 모를 소리를 하더라고 웃었지만, 여기에서 일하는 나오키를 보고 있는 동안만은 확실히 그가 나 같은 인간과는 달리 큰 세계와 싸우고 있다는 느낌이 들었다.

자료를 펼쳐야 되니 자리를 옮겨라, 우체국에 가서 서류를 부치고 와라 등등 자질구레한 심부름을 하면서 겨우 주소 붙이기를 완료했을 때는 이미 두 시 반이 지나고 있었다.

점심을 사주겠다는 나오키를 따라 근처 라면 가게에 갔다. 일하는 나오키의 모습을 직접 본 감상을 솔직히 이야기하자 "난 어릴 적부터 영화를 아주 좋아했어. 좋아하는 일을 하며 밥벌이를 한다는 건 즐거운 일이지" 하고 천진한 모습으로 기뻐했다.

"그런데 넌 나중에 뭐가 되고 싶니?"

나오키의 갑작스런 질문에 먹고 있던 해물 볶음밥이 목에 걸렸다. 장래 무엇이 되고 싶은가. 이런 질문을 받은 것은 중학교 때 이후 처음일지도 모른다. 지금도 그때처럼 "비행기 조종사나 의사 선생님이요" 하고 대답할 수는 없다.

"네? 나요?"

"뭔가 되고 싶은 게 있을 거 아냐? 술집에서 일해보았으니

장래에는 가게를 하나 열고 싶다든지?"

"가게……."

내가 그렇게 중얼거리다 입을 다물자 나오키는 뭔가 말할까 말까 망설이는 표정으로 물끄러미 나를 바라보았다.

내가 "뭐 궁금한 거라도?" 하고 물어보자 "아냐, 아무것도" 하고는 얼버무렸다. 순간 내가 무엇을 해서 돈을 벌고 있는지 물을까 말까 망설이고 있는 듯한 느낌이 들었다. 미라이가 아무에게도 말하지 않은 이유는 어쩌면 그들이 그 일을 인정하지 못하는 인종들이기 때문일지도 모른다.

"뭐, 뭐예요?"

괜히 신경이 쓰이기 시작한 나는 탄탄면을 먹는 나오키에게 다시 물었다. 나오키는 한 번 더 "아냐, 아무것도"라고 했지만, 이내 고개를 들고 나를 똑바로 쳐다보았다.

"저기, 혹시 너……."

"뭔데요?"

"너 가출한 거냐?"

"네?"

"아니, 가출해서 이렇게 여기저기서 새우잠을 자는가 해서 물어본 거야. 만약 그렇다면 어떤 이유가 있는지는 모르겠지만 전화라도 해드리는 편이 좋을 거다. 부모님들이 걱정하실 테니까. 직접 걸고 싶지 않으면 내가 대신 걸어줄 수도 있어."

탄탄면을 먹는 나오키를 바라보면서 평소에는 친구처럼 대하고 있지만 역시 스물여덟 살 된 형님답다는 생각을 했다. 그런 친절을 무시하는 마음 한편에는 "대신 걸어줄까?" 하는 말에 "고마워요"라고 감사를 표하는 나의 모습도 존재했다. 어쨌든 이상한 기분이었다. 나도 모르는 사이 그 집의 친구놀이에 훌륭한 일원이 되어버린 느낌이었다.

내가 "가출한 건 아니에요" 하고 말하자 나오키는 "그래?"라고 말끝을 흐리며 큰 그릇을 들고 국물을 후루룩 들이마셨다.

회사로 돌아오는 길에 내가 가출했다는 의심을 줄곧 떨쳐버릴 수 없었던지 나오키는 열다섯 살 때 결행했던 자신의 가출 이야기를 들려주었다.

"나오키 형 같은 사람도 가출을 했어요?" 하며 내가 신기한 듯 웃자 "무슨 뜻이야?" 하면서 그도 웃었다.

나오키가 가출한 것은 막 열다섯 살이 되던 겨울이었다. 처음에는 히치하이킹을 하려고 생각했지만 선천적으로 꼼꼼한 성격과 추위 탓에 길거리에 서 있는 게 고통스러워 결국 전철로 야쓰가다케 역 쪽으로 갔다고 했다.

"가출 이유는 뭐였죠?"

"이유? 열다섯 살이었으니까."

"그게 이유예요? 그런 게 무슨 이유가 돼요?"

"그런가? 나는 충분히 될 거라고 생각하는데."

나오키는 이제 일이 끝났으니 가도 된다고 했지만 나는 왠지 발걸음이 떨어지질 않아 그를 따라 다시 회사로 돌아갔다. 그리고 오후 여섯 시쯤 나오키의 선배인 모모치 씨가 돌아올 때까지 자료 정리와 복사를 도왔다.

그날 노동의 즐거움 때문인지 근래에 드물게 상쾌한 기분으로 집으로 돌아오자, 마침 요스케가 아르바이트를 가려다 나를 보더니 "너, 오늘 일은? 내가 신주쿠까지 태워다 줄까?" 하고 물었다.

우선 요스케를 붙들어둔 나는 마고토의 집에 전화를 걸어보았다. 마고토가 필로폰이 다 떨어졌다고 했다. 전화를 끊은 나는 현관에서 신발을 신는 요스케에게 "오늘도 쉬어야겠어" 하고 말했다.

요스케는 오늘밤에도 아르바이트를 끝내고 오는 길에 기와코 씨 집에 들를 것 같았다. 그를 배웅하러 나간 길에 "잘돼?" 하고 묻자 "그럭저럭" 하며 천연덕스런 미소를 지어 보였다.

"그럭저럭이라니? 그 사람 아직도 양다리 걸치고 있는 거 아냐?" 하며 나는 웃었다.

"양다리라니? 기분 나쁜 표현인데."

"하지만 진실이잖아."

"아, 난 말이야. 그런 말 싫어해."

"어떤 말?"

"그러니까 그 진실이란 말. 난 도저히 그 말에서 진실감이 느껴지지 않아."

그렇게 말한 요스케는 기분 좋게 아르바이트를 하러 나갔다. 며칠 전 고토에게 "기와코랑 있을 때 우메사키 선배란 사람이야기는 나오지 않니?" 하는 질문을 받은 요스케가 "당연히나오지. 아니, 기와코하고 있을 때는 우메사키 선배 이야기밖에 안 해" 하고 태연히 대답했던 것이 문득 떠올랐다.

고토는 또 마루야마 도모히코와 데이트를 하러 간 것 같고, 미라이도 아직 돌아오지 않은 듯했다. 지금 여기에 있는 사람은 나 혼자뿐임을 거실 소파에 앉아서야 비로소 깨달았다.

별로 뒤지거나 할 생각은 없었지만 괜히 평소의 버릇대로 여자 방에 들어가 장롱과 책상 서랍을 열어보았다. 듣던 대로 작은 박스 세 개 정도밖에 안 되는 고토의 짐은 침대 옆에 가지런히 정돈되어 있었다. 여자 방 벽에는 액자에 든 미라이의 일러스트가 몇 점 장식되어 있었다. 불과 며칠 전에도 그녀는 일러스트에 참고하고 싶다면서 나의 턱과 귀, 등뼈와 허벅지, 심지어는 엉덩이 사진까지 찍어갔다.

여자 방의 벽장을 열고 차곡차곡 쌓여 있는 박스를 꺼내보았다. 안에는 미라이가 얼마 전까지 입었던 겨울 스웨터가 들어 있었다. 그 하얀 스웨터를 들어올리자 안에서 뭔가 툭 하고 떨어졌다. 비디오테이프 같았다. 편의점 봉투에 넣어 넓은 테이프로 봉해놓았다. 아무래도 내용이 궁금해 테이프를 조심스럽게 벗겨보았다. 별로 특이하지 않은 소니의 120분용 테이프가 나왔다. 혹시 포르노인가 싶어 나는 얼른 거실로 돌아와 비디오테이프를 틀어보았다.

화면에 뜨는 영상은 예상대로 모자이크 처리가 되어 있었다. 그러나 포르노는 아니고 평범한 영화 같았다. 무슨 영화인가 한참을 들여다보는데 갑자기 다른 영화로 장면이 바뀌었다. 그리고 다음으로 바뀐 장면에서도 전과 마찬가지로 여자가 남자에게 강간을 당했다. 조급해진 나는 빨리감기를 했다. 역시 강간 장면이었다. 여러 영화들에서 강간 장면만 고스란히 옮겨놓은 테이프였다.

"뭐야? 순 악취미잖아."

나도 모르게 중얼거리며 비디오를 껐다. 이것도 일러스트하는 데 참고하려는 걸까 하는 생각도 들었지만, 멍하니 텔레비전 화면을 지켜보는 동안 문득 으스스한 소름이 등줄기를 훑어내렸다. 그리고 갑자기 여자 방 벽 한쪽에 장식된 미라이의 일러스트에서 이상한 냄새가 거실로 퍼져 나오는 듯한 느낌이 들었다. 그 냄새는 틀림없이 정액 냄새였다. 내 허벅지와 배와 가슴에 언제까지고 끈적끈적 남아 아무리 씻어도 씻기지 않던 바로 그 비릿한 냄새.

공원에 처음 나가기 시작했을 무렵, 아직 요령을 몰랐던 나는 일이 끝난 후에도 한참 동안 손님 옆에서 같이 자주곤 했다. 지금 같으면 어림도 없는 일이다. 손님들은 이런저런 이야기를 했다. 물론 대부분 젊었을 적에 자기가 얼마나 인기가 있었는가 하는 자랑뿐이었지만, 어떤 남자가 옛날 프랑스 시골 마을에서 일어난 살인사건 이야기를 해주었던 건 잊어먹지도 않는다. 이야기를 해준 남자 얼굴은 잊어버렸지만 이상하게 그 이야기만은 아직도 또렷이 머릿속에 남아 있다.

옛날 프랑스의 한 시골 마을에 피에르라는 소년이 살고 있었다. 그의 집에는 소심한 아버지와 악마 같은 어머니와 여동생 그리고 아직 젖먹이인 남동생 이렇게 다섯이 살고 있었다. 피에르는 밭에 나가 양배추에게 말을 걸기도 하고, 때로는 양배추를 상대로 말다툼까지 하면서 지팡이나 우산으로 마구 때리기도 하는 그런 소년이었다. 그러나 그는 소심한 아버지를 진심으로 사랑했다.

피에르의 어머니는 평소 자기 남편을 무시했다. 틈만 나면 한심하다, 줏대가 없다, 남자답지 못하다면서 마치 노새처럼 부려먹었다. 심술궂은 딸까지 그런 어머니와 한편이 되었다. 피에르는 아내와 여동생에게 늘 바보 취급을 당하는 아버지를 보고만 있을 수 없었다.

아버지는 매일 열심히 일했다. 피에르도 열심히 아버지의 일을 도왔다. 아버지는 아직 어린 피에르의 동생을 몹시 애지

중지했다. 아내와 딸에게 바보 취급을 받으면서도 불평 한마디 없이 열심히 일하는 것은 아직 젖먹이인 아들 때문이었다. 물론 피에르도 그 어린 동생을 몹시도 사랑했다.

참극이 일어난 것은 아버지가 일하러 나간 뒤였다. 피에르는 사랑하는 아버지를 지옥에서 해방시켜 주기 위해 난로에 죽을 끓이고 있던 어머니를 죽였다. 목과 두개골을 예리한 흉기로 찔렀다. 그 자리에서 도망친 여동생은 정원에서 죽였다. 뜨개질거리를 손에 쥔 여동생의 얼굴과 목을 마구 찔렀다. 그런 다음 집으로 들어온 피에르는 요람에서 목이 터져라 울어 대는 젖먹이 동생의 등도 찔렀다.

오랜 도망 끝에 결국 체포된 피에르는 '어째서 사랑하는 동생까지 죽였는가?'라는 판사의 질문에 힘없이 이렇게 대답했다고 한다.

'만약 제가 남동생을 제외하고 어머니와 여동생만 죽였다면 아버지는 제가 한 행위에 공포를 느끼는 데 그치지 않고, 후에 제가 사형되고 나면 두고 두고 평생동안 가슴 아파 하실 겁니다. 그래서 저는 사랑하는 남동생까지 죽였습니다. 그러면 아버지는 제가 죽어도 슬퍼하지 않고 전보다 행복하게 사실 수 있을 거라고 생각했습니다.'

미라이의 비디오테이프를 본 후 왜 이 이야기가 갑자기 떠오르는지 모르겠다. 내 멋대로 만들어낸 피에르라는 소년의 몽타주가 왠지 머리에서 떠나지 않았다.

　미라이의 침대 머리맡에는 마리네 마담과 어깨동무를 하고 화사한 미소를 띤 미라이가 여러 명의 여장 남자들에 둘러싸인 사진이 놓여 있었다. 언제였는지 함께 술을 마시며 돌아다니던 밤에 미라이는 걷지도 못할 만큼 술을 마셨다. 나와 여장 남자들이 어깨를 같이 부축해 안고, "최악이야, 이 여자" 하고 투덜거려도 "한 집 더 가자아!" 하고 고래고래 소리를 질러댔다.

　침대 옆에서 그 사진을 보다가 그녀를 위해 뭔가 해줄 게 없을까 하는 생각을 했다. 그러나 이내 있을 리가 없잖아, 하며 포기했다. 내가 누군가를 위해 뭔가를 해줄 수 있으리라고는 도저히 생각할 수 없었다.

　거실로 돌아와 미라이의 비디오테이프를 꺼내려다 잘못해서 다른 한 대의 비디오 버튼을 눌러버렸다. 거실에는 나오키와 미라이의 비디오 두 대가 나란히 놓여 있었다. 잘못 조작된 비디오에서 나온 것은 어제 고토와 둘이 본 〈핑크 팬더 2〉였다.

　어째서 그런 짓을 하려고 생각했는지는 나도 잘 모르겠다. 문득 정신을 차렸을 때는 강간 장면만 들어 있는 미라이의 테이프에 핑크 팬더가 허리를 흔들며 춤추는 장면을 몇 번이나 녹화하고 있었다.

　되감기를 해서 처음부터 다시 틀어보니 남자에게 강간당하는 수많은 여자들의 모습은 사라진 대신 '핑크 팬더'가 춤추는 장면이 몇 번이나 되풀이되었다. 다만 곳곳에 틈이 생겨 핑크 팬더가 춤을 다 춘 순간, 아주 잠깐씩 강간당하는 여자의 일그러진 얼굴이 화면에 비쳤을 뿐이다.

4.3

어젯밤에는 오랜만에 공원에 나갔다. 소나기가 내려 후텁지근해진 밤이라 그런지 영업은 순조로웠다. 아침에 첫 전철로 집에 돌아갈 생각이었지만 왠지 내키지 않아 가부키초에 있는 사우나로 갔다. 건식 사우나에 7분씩 세 번이나 들어가고, 목욕타월로 두 번이나 닦고 욕조에 한참 들어가 있다가 수면실로 가서 잠을 청했다.

넓은 수면실 구석에서 자는 남자의 코고는 소리에 잠을 깨 사우나를 나온 것은 점심시간 전이었다. 나는 롯데리아에 가서 새우버거를 주문했다. 마침 첫 회 영화가 시작되는 시간인 듯 가게 안은 상영 개시 전에 위를 채우려는 손님들로 붐볐다. 카운터에 자리가 비어 쟁반을 들고 그곳에 앉았다. 옆에서 초로의 남자 둘이 "이런 걸 먹으면 하루종일 체한 것 같아서 말입니다" 하는 이야기를 나누면서 데리야키 버거를 베어 물었다.

가게 안의 음악이 시끄러워 두 사람의 대화는 단편적으로밖에 들을 수 없었지만, 옆에 앉은 사냥모를 쓴 남자가 "2년 전에 아내가 죽었답니다" 하고 중얼거리는 말이 왠지 내 귀에 또렷이 들어왔다. "혼자되고 보니 집이 굉장히 넓어 보이는 거예요. 게다가 아침부터 밤까지 혼자 있으려니 점점 더 휑하게 느껴집디다" 하고는 쓸쓸하게 웃었다.

"그러시군요, 다카시나 씨는 유유자적하게 사는 것처럼 보였습니다만……. 난 매일 아내와 둘이서만 집에 있습니다. 가끔씩 이렇게 혼자 어슬렁거리며 신주쿠라도 나오지 않으면 숨이 막혀서 견딜 수가 없어요."

괜스레 궁금해진 나는 다카시나라고 불린 사냥모의 남자를 흘긋 쳐다보았다. 눈썹이 상당히 긴 남자였다. 때가 꼬질꼬질한 사냥모를 쓰고 있었고, 백발이 섞인 귀밑머리와 뺨 군데군데 핀 검버섯이 눈에 띄었다.

"난 작년 말부터 조간신문을 배달하기 시작했어요."

"신문배달을?"

"예, 아침에 잠이 일찍 깨서 말이죠. 마침 바로 옆에 신문 보급소가 있어서 소장에게 부탁해 매일 아침 서른 가구 정도에 신문을 배달하고 있지요."

"오호, 서른 가구나?"

"시간으로는 한 2, 30분쯤 걸리지만 그걸 하고 나면 하루종일 기분이 좋아요."

"겨울에는 추우시죠?"

"눈이 쌓인 아침은 괜히 넘어지기라도 하면 오히려 큰일이니까 쉰답니다."

두 사람의 대화를 멍청히 듣고 있는 사이 새우버거도 감자튀김도 다 먹어치워 버렸다. 자리에서 일어서려는데 공교롭게 옆의 두 사람도 동시에 일어섰다. 왠지 멋쩍어 의자에 다시 앉아 가게를 나가는 두 사람의 등을 지켜보았다.

가게 앞에서 짧게 인사를 나눈 두 사람은 각자 다른 방향으로 걷기 시작했다. 가게를 나간 나는 아무 이유 없이 매일 아침 신문배달을 한다는 다카시나 씨를 따라가기로 마음먹었다.

다카시나 씨는 가부키초 극장가의 간판을 올려다보면서 광장을 한 바퀴 돌았다. 광장 중앙에 선 나는 주변을 한 바퀴 돌고 있는 다카시나 씨를 지켜보았다. 문득 깨달았는데 평일 오전 극장가에는 다카시나 씨와 비슷한 연배의 남자들이 그렇게 혼자서 걷고 있는 모습이 종종 눈에 띄었었다.

결국 다카시나 씨가 고른 영화는 〈한니발〉이었다. 표를 사는 그의 뒤에 줄을 섰다가 그를 따라 극장에까지 들어갔다. 아직 밝은 객석인데도 그는 우왕좌왕 앞뒤로 오가며 좀처럼 자리를 잡지 못했다.

나는 한참 동안 문 앞에 서서 그가 의자에 앉는 모습을 지켜보았다. 그는 결국 다리를 펴면 스크린에 닿을 것 같은 제일 앞 줄의 의자에 앉았다.

나는 다카시나 씨의 두 줄 뒤에 앉아 영화를 보았다. 사우나 수면실에서 제대로 자지 못한 탓인지 약간 졸렸다. 영화는 으스스했지만 평판대로 재미는 있었다. 마지막으로 렉터 박사가 남자의 머리를 가르고 뇌수를 스푼으로 떠먹는 장면에서는 나도 모르게 '으윽' 하고 비명을 지를 뻔했다. 두 줄 앞에 있는 다카시나 씨를 슬쩍 보니 몸을 앞으로 내민 채 스크린에 푹 빠져 있었다.

극장을 나온 그는 곧장 신주쿠 역으로 향했다. 역내의 혼잡한 중앙 광장을 지난 그는 오다큐 선 개찰구로 들어섰다. 다카시나 씨가 탄 전철은 2분 후에 출발하는 전동차로 초만원은 아니었지만 빈 좌석은 없었다. 마침 전철에 올라타서 보니 바로 옆이 경로석이었다. 다카시나 씨는 학생으로 보이는 젊은 남자에게서 자리를 양보 받아 전철이 출발함과 동시에 극장에서 가지고 온 팸플릿을 열심히 읽기 시작했다.

그의 앞에서 손잡이를 잡고 서 있던 나는 그가 펼친 팸플릿을 바로 위에서 들여다볼 수 있었다. 다카시나 씨는 딱 한 번 얼굴을 들어 팸플릿을 들여다보는 나를 흘긋 쳐다보았지만, 몇 시간 전 롯데리아에서 옆에 앉아 있었던 것은 기억하지 못하는 게 분명했다.

내가 남의 집에 처음으로 몰래 들어간 것은 아직 어린 다섯 살 때였다. 당시 나는 실업자인 아버지와 둘이서 다마 뉴타운에 있는 공단 단지에 살고 있었다. 그날은 일요일이었고, 아버지는 텔레비전의 골프 중계를 보고 있었다. 골프 중계를 보다가 꾸벅꾸벅 졸고 있는 사이 해가 저물었고, 문득 정신을 차리고 보니 아까까지 옆에서 놀던 아들의 모습이 보이지 않았다. 아버지는 그저 복도나 계단에서 놀고 있겠거니 하며 그다지 크게 걱정하지 않고 나를 찾으러 나섰다. 그러나 늘 놀곤 하던 층계참에 아들의 모습은 보이지 않았다.

아들이 보이지 않자 몹시 초조해진 아버지는 내 이름을 큰 소리로 부르며 저녁시간이라 음식 냄새가 솔솔 풍기는 단지 주변을 찾아 헤맸다. 아이가 없어졌다고 하자 단지 내 주부들이 금세 모여들어 공원 팀, 모래밭 팀, 각 동의 방범 담당에게 연락을 취하는 팀 등 눈 깜짝할 사이에 수색대를 편성해 해가 저문 단지 여기저기에서는 하얗게 회중 전등 불빛이 교차되었다.

그때 나는 한 층 아래의 신혼부부 집에 있었다. 신혼부부는 마침 외출 중이었는데 아마 현관 잠그는 것을 잊어버렸던 모양이다. 나는 멋대로 그 집에 들어가 텔레비전을 보다가 잠이 들어버린 것이다.

내가 그 집에서 발견된 것은 밤 열 시가 지났을 때였다.

바깥에서는 이미 경찰까지 동원돼 대규모의 수색작전이 벌어졌다. 물론 처음에 나를 발견한 사람은 긴자의 백화점에서 몇 개의 쇼핑봉투를 들고 돌아온 신혼부부였다. 그들이 주차 장에 차를 세웠을 때 단지는 긴박감으로 가득 차 있었고, 어린 남자아이를 찾느라 난리였다. 젊은 아내는 몇 번인가 계단이 나 층계참에서 내가 노는 모습을 본 적이 있다면서 하루종일 백화점을 돌아다녀 피곤하지만 짐을 갖다놓고 곧 수색에 참가 하겠다고 말하고는 빠른 걸음으로 집으로 올라갔다.

젊은 아내가 계단을 뛰어 올라가자 현관 앞에 남편이 서 있 었다. 그리고 "여보, 문이 열려 있어" 하고 말했다. "그럴 리가 요?" "아냐, 정말이라니까" "마지막에 나간 건 당신이잖아요?" "아냐, 당신이야" 하며 서로 책임전가를 하던 두 사람은 우선 문이 열려 있는 집으로 들어갔다. 어두컴컴한 방에서는 푸르 스름한 텔레비전 불빛이 새어나오고 있었다. 순간 그들은 소 스라치게 놀랐다. 푸르스름한 빛에 드러난 바닥에서 천장을 향해 벌렁 드러누운 채 잠들어 있는 남자아이를 발견했던 것 이다.

다카시나 씨가 전철에서 내린 곳은 소시가야오쿠라라는 역 으로 게이오 선으로 말하자면 치토세가라스야마에서 곧장 남 쪽으로 내려온 곳이다.

개찰구를 빠져나간 다카시나 씨는 역에서 길게 이어진 상점 가를 천천히 걸어가 입구에 플로리다 산 오렌지가 산더미처럼 쌓인 슈퍼마켓으로 들어갔다. 안에까지 따라갈까 했지만 밖에서 담배를 피우며 기다리기로 했다. 양손에 비닐 봉투를 든 다카시나 씨가 다시 나온 것은 20분 후였다. 그는 순간 슈퍼 앞에 서 있는 나를 보았다. "어?" 하는 눈빛이었지만 별로 신경 쓰지 않고 다시 상점가를 향해 걸어가기 시작했다.

상점가를 빠져나가 니혼대학교 상대 앞을 지나 차가 밀리는 세다가야 거리를 지났다. 불과 며칠 전 요스케와 모모코를 타고 이 근처 KFC에 온 적이 있었다. 다마 강둑에 선탠을 하러 나왔다가 돌아가는 길이었다.

세다가야 거리를 지나자 다카시나 씨는 단지 내로 들어갔다. 그곳에 사는가 생각했지만 가끔 멈춰 서서 슈퍼마켓 봉지만 바꿔 들 뿐 다카시나 씨는 그대로 단지를 빠져나갔다. 길은 높은 절벽 아래로 나 있었다. 절벽 위에 담장이 있는 걸 보니 그 위가 세다가야 종합 운동장인 것 같았다.

다카시나 씨의 집은 그 절벽 아래에 있었다. 낡은 단독 이층집으로 집 전체가 높은 콘크리트 블록으로 쌓여 있었다. 녹슨 철문을 연 그는 한 번도 돌아보지 않고 안으로 들어갔다.

이가 빠진 블록 담 사이로 안을 들여다보자 현관문을 여는 다카시나 씨의 등이 보였다. 집 안에 인기척은 없었다. 창마다 커튼이 드리워져 있고, 정원 화단에는 시든 튤립 잎이 수북하게 떨어져 있었다.

다카시나 씨가 집으로 들어간 후 나는 철문 틈으로 들어가 살금살금 현관문 앞까지 걸어갔다. '다카시나 다다요시·하루코'라고 쓰인 문패가 조금 비뚤어진 채 걸려 있었다. 하루코는 2년 전에 죽은 그의 아내 이름인 듯했다. 나는 문패를 바로 고쳐놓았다. 그런 다음 또 몰래 철문 틈을 통해 바깥으로 빠져나왔다. 언제라도 몰래 들어갈 수 있는 집이었다.

손목시계를 보니 네 시가 되어가고 있었다. 센 강을 따라 내려가 세이조를 지나 가라스야마까지 걸어가기로 했다. 요즘 들어 왠지 자주 걷는 듯한 느낌이 든다. 항상 서 있는 공원에서, 손님과 같이 머문 호텔에서, 손님의 집에서, 잠을 제대로 자지 못하고 나온 사우나에서, 필로폰을 너무 많이 해 이불에 오줌을 쌀 뻔했던 마고토의 아파트에서…… 여러 장소에서부터 걷기 시작하지만, 언제나 걷기만 할 뿐 내게 도착지란 없다.

나오키가 열다섯 살 때 결행했다는 가출 이야기가 생각났다. 그의 회사에서 아르바이트를 하던 날 라면 가게에서 같이 점심을 먹다가, 혹시 내가 가출한 게 아닌가 하는 의구심에서 시작하여 자연스레 듣게 된 이야기였다.

집을 나온 나오키는 중앙본선으로 고부치자와까지 가서 그곳에서 기차를 갈아탔다. 지금은 무슨 역에서 내렸는지조차 잊어버렸다고 한다. 어쨌든 작은 무인역을 나오자 눈앞에 대화산군인 야쓰가다케가 우뚝 솟아 있고, 역 앞에는 기요사토의 펜션 간판이 서 있는 게 보였다.

그 역에서 내린 사람은 나오키밖에 없었다. 개찰구를 나오자 최근 몇 년 동안은 아무도 밟지 않은 듯한 긴 비탈길이 숲을 향해 뻗어 있었고, 나오키는 특별한 목적도 없이 그 길을 따라 터벅터벅 걸어 내려갔다. 숲 속에서는 갖가지 새들의 울음소리가 들려왔다.

"그렇게 걷고 있는데 싸락눈이 내리기 시작했어. 처음엔 조금씩 내리더니 눈 깜짝할 사이에 함박눈으로 바뀌어 펑펑 쏟아졌지. 게다가 헉헉거리며 내뱉는 내 입김은 손으로 잡을 수 있을 만큼 하얗고 선명했어. 솔직히 그때부터 불안해지기 시작했지."

나오키는 가출 이유를 적은 편지를 부모님 앞으로 남겼다.

"생각해보면 참으로 한심한 내용의 편지였지. 아버지가 그걸 읽기 전에 돌아갈까 싶은 생각도 들었어."

점차 좁아지는 길 끝에 작은 오두막이 보인 것은 그때였다. 나오키는 거친 잡초를 밟으며 짐승들이나 헤치고 들어갈 만한 그 오두막을 향해 걸어갔다.

"오두막이라기보다는 숲 속에 있는 로지(lodge) 풍의 작은 숙박시설 별장이었는데 몇 번 문을 두들겨보았지만 안에서는 아무런 대답이 없더라구. 생각해보니 야쓰가다케는 피서지잖아. 그래서 포기하고 역으로 돌아가려고 생각했는데 어디선가 갑자기 '넌 눈앞에 있는 유리창 하나도 못 깨냐' 하는 소리가 들려왔어. 뭐 꼭 그 집에 들어가야겠다고 생각했던 건 아냐. 그런데 그런 소리가 들리니까 뭐랄까, 들어가 보아야 할 것 같은, 들어가지 않으면 안 될 것 같은 기분이 드는 거야. 물론 그 오두막이 타인 소유이고 유리를 깨고 들어가면 범죄행위가 된다는 것쯤은 알고 있었지. 그런데 뭐랄까. 가출 중이라는 사실에 조금 흥분했다고 할까. 그 오두막 안으로 말이지, 정확하게 말하면 타인의 소유물인 그 오두막 안으로 침입해보고 싶다고 할까…… 억지로라도 그곳에 내 몸을 밀어 넣고 그 오두막 안을 자유롭게 활보해보고 싶다고나 할까……, 나도 모르게 그런 이상한 충동에 사로잡히게 된 거야."

나오키는 발밑에 떨어져 있는 돌을 주워들었다. 아주 차가운 돌이었다. 펑펑 쏟아지는 눈은 이미 주변 나무들을 하얗게 물들이고 있었다.

"그 소리. 유리가 깨지던 그 소리를 나는 아직도 잊을 수가 없어. 뭐랄까, 오두막 전체로 보면 내가 깬 유리창 한 장은 아주 사소할 뿐이지만 그곳에 작은 구멍을 뚫는 순간 뭐라고 표현해야 좋을지 모르겠지만, 나는 그 오두막을 잘 알게 된 것 같았어. 오두막도 나를 알게 되고."

나오키는 걱정스러운 듯이 내 얼굴을 들여다보며 "알겠니?"라고 물었다. 나는 솔직하게 "모르겠어요" 하고 대답했다.

그가 침입한 오두막에는 아직 유통기한이 지나지 않은 통조림이며 훈제 햄 등이 산더미처럼 쌓여 있었다. 그곳에서 두려움에 떨며 하룻밤을 보낸 나오키는 다음날부터는 더욱 대담해졌다. 마룻바닥 아래에서 장작을 꺼내 이틀째 밤에는 난로에 불을 지폈다. 불 앞에서 따뜻한 담요를 둘러쓰고 태어나서 처음으로 위스키를 마셨다. 날이 새자 새하얀 숲을 산책했다. 겨울 햇살을 받아 더욱 새하얗게 빛나는 숲을.

"그곳에 있는 동안 정말 기분이 근사했다. 근사하다는 말은 요즘은 잘 쓰지 않지만 그곳에서 보낸 며칠 동안은 정말 근사하다는 말로밖에는 표현할 수가 없어. 음, 정말로 근사했지."

*

센강을 따라 세이조를 지나 가라스야마의 맨션에 도착할 때까지 결국 두 시간 가까이 걸렸다.

현관을 열고 벗어 던져놓은 신발들 틈에 구부리고 앉아 운동화 끈을 풀고 있는데 "아, 저기, 사토루 왔어" 하는 고토의 목소리가 거실에서 들려왔다.

"다녀왔습니다" 하고 안쪽으로 소리치자 "얘, 빨리 와봐" 하는 애가 타는 듯한 고토의 목소리와 함께 터벅터벅 소리를 내며 요스케가 현관으로 나왔다.

"대체 어디 갔었어?" 하고 갑작스레 야단을 쳐서 "왜?" 하고 조금 겁먹은 소리로 되물었다.

"어제부터 내내 기다렸단 말이야."

"그러니까 왜?"

요스케의 손에는 문제집 몇 권이 들려 있었다. 나는 운동화를 벗고 들어갔다. 그러자 "이것 봐" 하고 요스케가 자랑스러운 표정으로 품고 있던 문제집을 내 가슴에 안겨주었다.

"뭐야, 이게?"

"뭐야 이게라니? 보면 몰라. 문제집이야."

"문제집?"

나는 요스케의 몸을 밀치며 거실로 들어갔다. 세이조에서 두 시간이나 걸어온 탓에 빨리 부드러운 소파에 앉고 싶었다. 거실로 들어선 순간 언제나처럼 트레이닝복을 입은 고토가 "이제 살았다. 사토루 대신 내가 대입 검정고시를 볼 뻔했는데" 하고는 웃음을 터뜨렸다.

"대입 검정고시?"

소파에 앉자 어젯밤 이후 줄곧 걸어 다닌 다리 근육에서 갑자기 힘이 빠져나가는 느낌이 들었다.

"요전에 다마 강에 드라이브 갔을 때 네가 그랬잖아."

문제집을 안은 요스케가 소파 옆에 섰다. 완전히 넋을 놓고 있었기 때문에 소파를 걷어찰 때까지 내게 이야기를 한다는 것도 몰랐다.

"다마 강? 거긴 언제 갔었지?"

"네가 선탠하고 싶다고 해서 모모코로 같이 갔잖아."

"아, 돌아오는 길에 KFC에 갔을 때 말이야?"

"그래, 그래. 그때 네가 그랬잖아?"

"내가 뭐라고 했는데?"

"'나도 대학에 가고 싶어'라고."

요스케는 문제집을 테이블에 늘어놓았다.

"자, 이제 뒤로 물러설 수 없어. 요스케는 지금 의기충천해 있으니까."

고토가 그렇게 말하며 '수학 I '이라고 쓰인 문제집을 내 쪽으로 밀었다.

"뭐야, 이 문제집을 내가 푼다구?"

"네가 안 풀면 누가 풀어? 대입 검정고시를 치는 사람은 너야."

"자, 잠깐만!"

나는 받아 든 문제집에서 황급히 손을 뗐다.

분명 강둑에서 요스케와 함께 하얀 피부를 태우다가 무슨 이야기 끝인가 대학 이야기가 나오긴 했었다.

"대학 졸업하면 뭐 할 거야?" 하고 내가 별 생각 없이 물었다. 그러자 요스케는 "시골로 돌아갈 거야" 하고 태연하게 대답했다.

"정말? 왜 돌아가? 그래도 힘들게 대학 나왔는데 여기서 취직하는 게 좋잖아."

"싫어. 3년 동안 있으면서 절실하게 깨달았어. 나는 도쿄에 어울리지 않는 사람이야. 지금도 여름방학이나 겨울방학은 거의 고향에서 보내."

"모두들 알고 있어?"

"모두라니?"

"나오키 형이나 다른 식구들."

"굳이 말할 필요는 없잖아."

"그럼 졸업하면 이 집에서 나갈 생각이네?"

내가 너무나 당연한 질문을 하자 요스케는 아무 말도 하지 않고 고개를 끄덕였다. 아마 그 직후였을 것이다. "나도 대학엘 가면 뭔가 조금은 달라지려나?" 하고 분명 혼잣말처럼 중얼거린 것이다. 그러나 그것은 어디까지나 중얼거림일 뿐 대학 같은 데를 가고 싶은 생각은 눈곱만치도 없었다.

돌이켜 생각해보니 내가 그런 말을 했을 때 옆에서 오일을 바르던 요스케의 눈이 반짝 빛났던 것 같기도 하다. 그렇다. 마치 사냥감을 발견한 듯한 그런 날카로운 눈빛이었다.

"안심해. 내가 목숨 걸고 꼼꼼하게 가르쳐줄 테니까."

"됐어! 목숨 안 걸어도 돼."

나는 테이블에 쌓인 문제집을 눈치 채지 못하게 발로 슬쩍 밀쳐버렸다. 그러자 요스케가 "미안해할 거 없어" 하며 문제집을 내 쪽으로 되밀었다.

"아니, 미안해서 그러는 게 아니라니까! 게다가 난 중졸이란 말이야."

"알고 있어. 그러니까 대입 검정고시라는 게 있는 거야."

"아냐, 무리야. 정말 무리라니까."

"공부는 해보지 않고는 모르는 거야!"

묘하게 열기를 띤 요스케의 목소리에 나도 모르게 겁이 덜컥 났다. 재미있다는 듯 우리의 대화를 듣고 있던 고토가 "자, 이제 도망칠 순 없어요. 우리 선생님께선 의욕이 아주 충만하십니다" 하며 놀려댔다.

"싫어. 정말 무리라니까."

요스케는 그렇게 말하고 달아나려는 내 팔을 꽉 움켜잡았다.

"이미 늦었어. 난 하기로 마음먹었으니까."

"아무리 요스케 형이 마음먹었어도 내가 무리라고 하잖아."

"그럼 어떡할 거야? 이 문제집 일부러 사왔는데."

"낸들 알아."

억지로 팔을 뿌리치려던 나는 오히려 요스케에게 붙잡혀 거의 목이 졸리는 자세가 되어버렸다. 목이 졸려 신음하는 나를 보며 "길고 짧은 건 대봐야 아는 거야. 일단 시작해보면 되잖아"하고 고토는 대수롭지 않은 일인 듯 내뱉었다.

"나한테는 정말 무리야. 난 분수 계산도 못해."

"그러니까 가르쳐준다잖아!"

목을 조르는 요스케의 팔에 잔뜩 힘이 들어갔다.

"아아, 아파!"

"할래, 안 할래?"

"글쎄, 안 된다니까!"

"그럼 못 놔!"

요스케가 점점 힘을 더해왔다. 목이 조여 입 안의 혀가 말렸다. 문제집을 훑어보던 고토가 "나도 도와줄게. 공부는 못 가르치겠지만, 야참을 만든다거나 옷에 부적을 붙여준다거나…… 또, '떨어진다' '미끄러진다'는 말은 절대 쓰지 않을 거고. 그래, 엄마들처럼 옆에서 잘 챙겨줄게" 하고는 피식 웃음을 터뜨렸다.

"할래? 할 거지?"

위협하는 요스케의 목소리에 반응하듯 텔레비전 화면이 지지직거리기 시작했다. 요즘 세상에 텔레비전 정도는 그다지 비싸지도 않은 물건인데 이 집 인간들은 아무도 새 것을 사려고 하지 않았다. 오히려 누가 제일 잘 고치는지 경합을 벌일 정도니 말 다 했다.

나는 끈질기게 목을 조르는 요스케를 질질 끌며 텔레비전 앞까지 다가가 모두에게 배운 대로 '세게, 세게, 약하게' 텔레비전 옆구리를 때렸다.

"텔레비전이 지금 무슨 상관이야! 할래? 할 거지?"

조여 오는 요스케의 팔에서 벗어나기 위해 나는 어쩔 수 없이 "알았어. 할게, 한다니까"라고 대답하고 말았다.

나는 그제야 요스케의 팔에서 겨우 해방되었다. 목을 심하게 졸린 탓에 고통스럽게 기침을 해대는 내 옆에서 고토가 "집에 수험생이 있다니 긴장되는데" 하며 생글거렸다.

어쩌면 이 집에 너무 오래 있었던 탓인지도 모른다. 이 인간들과 함께 어울리다 보니, 대입 시험뿐이 아니라 당장 대기업에 취직이라도 시켜줄 기세이지 않은가.

이하라 나오키

28세
독립영화사에 근무

5.1

오늘 사랑니를 뺐다. 아니, 어쩌면 아직 빠지지 않았는지도 모른다. 혀의 감각이 없어서 그것조차 알 수 없다. 의사는 이렇게 말했다.

"마취가 잘 안 듣는 것 같아서 평소보다 양을 배로 했습니다."

아마 별로 잠을 자지 못하고 치료를 받은 탓이리라.

치과는 역 반대편에 있다. 이를 뺀 후, 접수처에서 진통제를 받아 들고 감각이 없는 턱을 누르며 계산을 하는데, 대기실 소파에 앉아 있던 남자아이가 몹시 겁먹은 얼굴로 나를 쳐다보았다. 안심시켜 주려고 남자아이에게 미소를 건넸지만, 그 아이는 부들부들 떨며 얼른 시선을 돌려버렸다. 양을 배로 한 마취제 탓에 웃는 얼굴이 일그러졌을지도 모른다.

치과를 나와 역 앞 상점가를 걸었다. 건널목에서 통과 전철을 기다리는데 평소 때는 몹시 신경에 거슬리던 경종 소리가 아득히 들려왔다. 몸 안의 모든 감각이 마비된 것 같았다.

맨션으로 돌아와 현관을 여는데 거실에서 고토가 튀어나왔다. 그 뒤로 전날 과음을 했는지 수면 부족의 창백한 얼굴로 서 있는 미라이가 보였다.

"고토가 길거리 세일즈맨한테 걸렸대. 어떡하면 좋지?"

그렇게 물어온 것은 미라이였고, 고토는 그 앞에서 시무룩하게 서 있었다.

"길거리 세일즈맨?"

마취 때문에 입이 잘 움직여지지 않았다. 다시 제대로 말을 하려고 하자 이번에는 입술 사이로 침이 흘러내렸다. 어쨌든 이야기나 제대로 들어보자고 나는 두 사람의 등을 밀며 거실로 들어갔다. 토요일 오전인데 거실에서는 요스케가 사토루에게 수학 문제집을 풀게 하고 있었다.

공부를 중단한 요스케와 사토루, 음료수를 마시는 미라이 그리고 턱을 누르고 있는 내 앞에서 고토가 자초지종을 설명하기 시작했다.

어제는 11일 만에 마루야마 도모히코를 만났다고 했다. 에비스의 호텔에서 나와, 혼자 터덜터덜 걸어가는데 젊은 남자가 말을 걸어와 심심풀이로 따라간 피부관리실에서 비싼 화장품을 강매당했다는 것이다. 다른 테이블의 손님들도 줄줄이 계약을 하는 바람에 거절하지 못하고, 고토도 총액 사십만 엔이나 되는 피부관리실 이용권과 화장품을 할부로 사버렸단다. 본인은 아침에 일어날 때까지, '나는 제대로 된 쇼핑을 했다, 절대 속지 않았다'고 애써 믿고 있었던 것 같지만, 역시 사십만 엔이라는 큰돈은 혼자 감추고 있을 액수가 아니었다. 과음 탓에 끙끙 앓고 있는 미라이를 깨워 어떻게 하면 좋을지 상담하고 있는데 마침 그때 이를 뺀 내가 돌아온 것이다.

"어제 계약한 거라면 괜찮아."

나는 잘 움직이지 않는 입으로 그렇게 말했다. "소비자 센터에 전화하고, 상대방에게 내용증명을 보내면 그걸로 끝이야. 걱정하지 마. 괜찮을 테니까."

파랗게 질려 있던 고토의 얼굴에 핏기가 돌았다.

"정말?"

"정말이지. 어쨌든 소비자 센터에 어서 전화해봐."

나는 그렇게 말하며 소파에서 일어섰다. 입속이 어떻게 된 건지 세면실 거울로 확인해보고 싶어서였다.

세면실 거울 앞에 서자 빠진 이가 금속 접시에 떨어질 때 났던 소리가 떠올랐다. 빠진 이를 직접 보진 못했지만 피와 침으로 더러워진 이가, 지금 내가 손을 짚고 있는 세면대에 톡 소리를 내며 떨어진 듯한 느낌이 들었다. 물론 세면대에 피로 얼룩진 이 따위가 떨어졌을 리 만무하고, 대신 고토의 것인지 길고 검은 머리카락이 물음표 모양으로 엉겨붙어 있었다.

입을 벌리고 거울을 들여다보려는데 등 뒤의 문이 열렸다.

"전화하니까 정말 괜찮대. 당장 가서 내용증명서 받아올게."

거울에 비친 고토가 말했다. 입을 크게 벌린 채 나는 거울을 향해 고개를 끄덕였다.

몇 번씩 정성스레 입을 헹구고 피와 침이 섞인 물이 배수구로 흘러 들어가는 걸 바라보았다. 세면실을 나오자 공부하던 요스케와 사토루의 모습은 사라지고, 미라이만 머리를 감싸 안은 채 끙끙거리고 있었다. 그녀 앞으로 가자, "이 뺐어?" 하고 묻기에 "봐" 하고 입을 벌려 보였다.

"아파?"

"아니. 감각이 없어."

"마취 깨면 아프지 않을까?"

"그렇겠지."

"오늘밤에 같이 놀아줄까?"

"뭐하는데?"

"술이라도 마셔야지. 안 그러면 아파서 잠이 안 올 거 아냐."

어제 한 과음으로 지금까지 머리를 감싸고 있는 사람이 어떻게 그런 말을 하는지 정말 이해할 수 없었다. 마음이 착한 건지, 그저 술이 좋은 건지.

"요스케랑 다들 어디 갔어?"

내가 묻는 말에 미라이는 "글쎄" 하고 고개를 갸웃거리더니, "고토를 따라가지 않았을까?"라면서 소파에서 일어서더니 엉덩이를 긁적거리며 여자 방으로 자취를 감췄다.

고토한테는 당최 누나 같은 구석이 없는데도 사토루와 요스케는 희한하게 그녀를 잘 따랐다.

주방으로 나와 생수를 벌컥벌컥 마셨다. 마치 옅은 핏물을 마시는 듯했다. 모아둔 세탁물을 정리하려고 방으로 들어가자 베란다에 서 있는 요스케의 등이 보였다. 고토를 따라간 것은 사토루뿐이었던 모양이다. 스파르타식 가정교사인 요스케에게서 달아날 절호의 기회였을 것이다.

빨래 바구니를 안고 베란다에 나간 나는 "뭐 해?" 하고 요스케의 등에다 대고 말을 걸었다. 철책에 기대어 바로 아래 고슈가도를 내려다보고 있던 요스케가, "응? 아니 신기하다는 생각이 들어서" 하고 돌아보지도 않고 대답했다.

"뭐가?"

요스케 옆에서 고개를 내밀고 눈 아래 거리를 내려다보았다. 특별히 신기한 광경 같은 건 없었다. 언제나처럼 차들이 2차선의 좁은 도로를 달리고 있고, 바로 아래에 있는 신호가 빨간색으로 바뀌면 일제히 멈춰 설 뿐이다.

"뭐가?"

나는 한 번 더 물었다.

"저걸 봐. 차들이 전혀 부딪치질 않잖아."

요스케가 대체 무슨 말을 하고 싶은 건지 알 수 없었다. 흘깃 그의 옆얼굴을 보았지만, 당연히 대답 같은 건 쓰여 있지 않았다.

"봐, 차들이 저렇게 빨리 달려오다가도 빨간불이 켜지면 앞차와 일정한 간격을 두고 딱 멈춰 서잖아. 하루에 몇 천대나 되는 차들이 달려와서 저기에 서는데 한 대도 부딪치지 않는다는 게 신기하지 않아?"

베란다 난간에 턱을 받치고 계속 거리를 내려다보던 요스케가, "음, 역시 신기하단 말야" 하며 또다시 중얼거렸다. 물론 그렇긴 하지만 그다지 감탄할 정도는 아닌 것 같았다. 나는 아무 대답도 없이 난간에서 떨어져 빨래를 시작했다. 세탁기에 누구의 양말인지 한 짝만 남아 있었다.

*

세탁기에 물이 차는 모습을 한참 바라보다 화장실로 갔다. 손이 심심해서 발밑에 있는 방향제를 들고 물렁물렁한 용기를 누르는데 갑자기 안에 담긴 젤리가 쏟아져 나와 얼른 그만두었다. 방향제와는 아무 상관도 없는데, 문득 모모치 씨에게 여행 가방을 빌려주기로 했던 약속이 생각났다. 다음 주에 사장과 모모치 씨는 칸영화제에 참석한다.

대학시절 아르바이트부터 헤아리자면 지금의 회사에 근무한 지 만 8년이다. 아직 칸에는 간 적이 없지만 베를린과 베니스라면 벌써 두 번이나 다녀왔다. 지난달 칸 사무국에서 보내온 팸플릿을 보니 올 출품작은 작년보다 괜찮을 것 같은 작품이 많았다. 사장과 모모치 씨는 데이비드 린치 감독의 신작이 황금종려상을 받을 거라고 예상했지만, 일본 편을 드는 나는 〈우나기〉나 〈간장 선생〉은 시시하다 치더라도 거장 이마무라 쇼헤이 감독의 세 번째 수상을 내심 기대하고 있었다. 각 영화제에는 물론 매입을 목적으로 간다. 단지 올해 칸에 한해서는 특별히 좋은 작품이 없는 한 손을 대지 않기로 이미 사내 방침을 세웠다.

화장실에서 나와 여행 가방을 꺼내려고 남자 방의 벽장을 열었다. 베란다에는 아직도 거리를 내려다보고 있는 요스케의 등이 보였다. 그 옆에서 돌고 있는 세탁기 소리가 요란했다.

요스케의 테니스 라켓과 스케이트보드를 밀쳐내고 안쪽에서 여행 가방을 꺼냈다. 마지막으로 가방을 사용한 것은 아마 작년 로스앤젤레스에서 열린 영화제에 참가했을 때였던 듯싶다. 방 한가운데로 가방을 꺼내 열어보니 아직 가격표가 그대로 붙어 있는 '바나나 리퍼블릭' 셔츠가 들어 있었다. 미사키에게 선물하려고 샀는지 셔츠는 여성용이었다.

가방 속에는 셔츠 외에도 숙박했던 호텔의 물품이나 기내에서 읽었던 책이 그대로 들어 있었다. 세 권 모두 뒤표지에 다 읽은 날짜가 볼펜으로 적혀 있었다. 날짜대로 늘어놓고 보니 J.G.발라드의 《크래시》, G. 아포리넬의 《1만 1천 개의 채찍》, 이케자와 나쓰키의 《마시아스 기리의 실각》 순이었다.

바닥에 구부리고 앉아 훑어보고 있는데 빨래가 끝났다는 세탁기 부저가 울렸다. 고등학교 후배인 우메사키가 그 후배인 요스케에게 준 이 세탁기는 요즘 세상에서는 보기 드물게 탈수와 세탁을 따로 하는 골동품이었다.

베란다 바로 아래 도로에서 차 부딪치는 소리가 난 것은 빨래를 탈수조에 옮겨 넣고 있을 때였다. 베란다 철제 난간에 턱을 괴고 있던 요스케가, "앗!" 하고 짧은 비명을 질러 얼른 달려가 보았다. 요스케의 등을 감싸듯이 하고 도로를 내려다보니 하얀 세단이 업무용 승합차를 들이받은 상황이었다. 세단의 보닛이 조금 찌그러지고 희미한 잿빛 연기가 피어올랐다. 승합차는 뒷유리 전체에 작은 금이 가 있었다.

눈앞에 요스케의 얼굴이 보였다. 마치 치과 대기실에서 기다리던 남자아이 같은 얼굴이었다.

"우, 우와! 부, 부딪쳤어."

"니, 니가 이상한 말을 하니까 그렇잖아!"

물론 아까 요스케가 한 말과 이 사고는 아무런 관계가 없다.

먼저 차에서 내린 사람은 승합차 운전자로 다친 데는 없는 듯 뻣뻣한 걸음걸이로 세단 쪽으로 다가가 차창을 두드렸다. 세단의 운전자인 중년 여자는 넋이 반쯤은 나가 있는 듯했다.

핸들에 턱을 올려놓은 채 멍한 눈으로 찌그러진 보닛을 바라보던 중년 여자는 차창을 노크하는 소리에 그제야 정신을 차린 듯 허둥지둥 머리를 조아리며 빌기 시작했다. 유감스럽게 두 사람의 목소리까지는 알아들을 수 없었다.

"너, 너 봤니?"

요스케의 어깨를 치자 "봐, 봤어. 전부, 봤어" 하고 흥분에 찬 대답이 돌아왔다.

"보, 보통으로 달려오기에 그대로 멈추겠지 했는데 그대로 쾅하고 부딪치는 거야. 교통사고는 몇 번 봤지만 바로 위에서 본 건 처음이야. 나도 모르게 손을 뻗치게 되더라니까."

"여기서 손을 뻗쳐서 어쩌게?"

"그냥, 차를 멈출 수 있을까 해서."

하얀 세단 뒤에 서 있던 차들이 사고 차량을 피해 달리는 새로운 교통 흐름이 만들어졌다. 마주 오는 차선은 이미 요스케가 말한 대로 평소대로 돌아가 사고 차량이 있거나 말거나 신호가 빨간색으로 바뀌면 멈추고 파란색이 되면 달렸다.

지켜봐야 쉽사리 끝이 나지 않을 것 같아 구경을 중단하고 세탁기로 돌아갔다. 탈수조의 중간 뚜껑을 닫고 있는데 또 요스케가 "앗!" 하고 소리쳐, 놀라 요스케 등 뒤로 다시 달려갔다. 그가 가리킨 쪽을 보자 사고현장을 둘러싼 구경꾼들 속에 고토와 사토루의 모습이 보였다.

"어이!"

옆에서 요스케가 크게 소리쳤다. 구경꾼들의 눈이 일제히 이쪽으로 향해 나도 모르게 얼른 요스케 등 뒤에 몸을 숨겼다.

"봐~았니?" 하고 소리치는 고토의 목소리가 또렷이 들려왔다. 요스케는 구경꾼들의 시선 따위는 전혀 아랑곳하지 않고, "봤어, 봤어!" 하고 자랑스러운 얼굴로 두 사람에게 손을 흔들어댔다.

사고현장에 나타난 세 명의 경찰이 재빠르게 현장검증을 시작할 무렵 탈수도 끝났다.

거실에는 소비자 센터에서 가르쳐준 대로 글을 내용증명서에 깨끗이 옮겨 적고 있는 고토와 그 옆에서 다시 참고서를 펼치는 사토루에게 삼각함수 문제를 풀라고 시키는 요스케가 있었다. 처음에는 무슨 이유를 붙여서라도 요스케를 피해 다녔던 사토루가 최근 며칠 동안은 요스케가 아르바이트를 나간 후에도 혼자 거실에서 문제집을 풀곤 했다.

빨래를 다 널고 거실로 돌아오자 고토는 우체국에 간 뒤였고, 테이블에 마주 앉은 요스케와 사토루는 "이거 어제도 풀었던 문제잖아!" "안 풀었어!" 하며 퉁퉁 부은 얼굴로 티격태격하고 있었다. 나는 다시 어금니를 만져보았다. 아직 잇몸에 감각은 없었지만 입 안에서 어렴풋이 세제 맛이 느껴졌다.

"됐어, 그럼 해답이나 봐!"

요스케가 내뱉듯이 말하고는 화장실로 들어갔다. 시키는 대로 순순히 해답을 펴는 사토루에게, "고생이 많다" 하고 위로의 말을 건네자, "고생이 많은 정도가 아니라구요. 이걸 매일 해야

하다니 정말 돌아버리겠어" 하고 되레 내게 화풀이 비슷하게 말했다.

"너 정말 대학 갈 거니?"

테이블에 쌓인 문제집을 펼쳐보면서 무심히 물었다.

"갈 리가 없죠. 그 만한 돈이 나한테 있겠어요?" 하고 사토루가 대답했다.

"그럼 뭐하러 공부해?"

"보시다시피 저렇잖아요. 도저히 거절할 수가 있어야죠."

사토루는 턱으로 요스케가 들어간 화장실 쪽을 가리켰다.

"너 그럼 요스케를 위해서 공부하는 거야?"

"그런 건 아니지만……."

재빨리 화장실에서 나온 요스케가 남자 방을 힐끔 들여다보더니 여행 가방이 꺼내져 있는 것을 보고, "어, 나오키 형, 어디가?" 하고 물었다. 아까 베란다에서 돌아왔을 때는 사고 때문에 흥분해서 여행 가방이 있는 것을 미처 보지 못한 듯했다.

"아니, 회사 사람 빌려줄 거야."

그렇게 대답하자 옆에서 해답란을 보고 있던 사토루가 "회사 사람에게 뭘 빌려주는데요?" 하고 물었다.

"다음 주에 모모치 씨가 칸영화제에 가는데 여행 가방을 빌려달라고 해서."

"칸에? 모모치 씨 혼자?"

"아니, 사장하고 둘이서."

"그럼 그동안 또 일손이 부족하겠네? 내가 아르바이트 좀 할까요?"

"너, 또 우리 회사에서 아르바이트하고 싶니? 지금 하는 일은 정말 그만둘 거야?"

그렇게 묻자 사토루는 천천히 시선을 돌리며, "뭐, 아직 확실히 결정한 건 아니지만……"이라며 말끝을 흐렸다. 나는 손에 들고 있던 문제집을 테이블에 올려놓으며 "나중에 사장한테 물어볼게" 하고는 사토루의 어깨를 토닥였다.

그때 여자 방에서 나온 미라이가 주방으로 가면서 남자 방을 흘끗 들여다보더니, "어, 나오키, 어디 가?" 하고 요스케와 똑같은 질문을 했다. 내가 또 같은 대답을 하려고 하자 옆에 있던 사토루가 "회사 사람이 칸에 가는데 빌려주기로 했대요" 하고 대신 대답했다.

"회사 사람이라니?" 하고 계속해서 묻는 미라이에게, "모모치 씨라는 사람이에요" 하고 대답한 사람도 사토루였다.

5.2

일요일인데도 오전부터 출근했다. 다음 주에 우리 회사가 홍보를 맡은 한국영화의 주연 여배우가 일본에 오게 되어 있었다. 캐피털 도큐에서 열리는《에스콰이어》와《엘 자퐁》등의 잡지 취재 스케줄을 오늘 중으로 다시 조정해야 했다.

어제 마취가 완전히 깬 것은 늦은 저녁 무렵이었다. 마취가 깨자 예상대로 금세 어금니가 욱신거렸다. 얼른 진통제를 먹었지만, "술이라도 마시지 않으면 잠이 안 올걸"이라고 했던 미라이의 예언은 정확하게 적중했다. 그녀가 퇴근해 돌아오기를 기다렸다가 역 앞 두붓집으로 한잔하러 나갔다. 의사 말로는 알코올 같은 건 절대 엄금이지만, 덕분에 아침까지 한 번도 깨지 않고 푹 잘 수 있었다. 그러나 아침에 일어나서 진통제를 제대로 먹었는데도 컴퓨터 앞에서 키보드를 치기 시작하자 또다시 어금니가 욱신거리기 시작했다.

미사키에게서 회사로 전화가 온 것은 오후 여섯 시쯤이었다. 일을 끝내고 드물게 아무도 출근하지 않은 날이어서 전에 미사키가 추천했던 대만영화 〈연연풍진(戀戀風塵)〉을 비디오 가게에서 빌려다 화면이 큰 회사 텔레비전으로 보고 가려던 참이었다.

미사키는 전화로 "엄마가 어제까지 여기 와 있었어" 하고 말했다. 뭔가 내게 줄 선물을 맡아 가지고 있는 듯, 오늘밤 식사라도 함께 하자고 했다. 서로 몇 군데의 식당 이름을 거론한 끝에 결국 요쓰야에 있는 작은 이탈리아 식당에서 만나기로 했다. 미사키는 지난주에도 집으로 놀러왔었다. 그녀가 나와 자주 만나고 싶어하는 이유는 한 가지밖에 없다. 그녀의 입에서 애인에 대한 푸념을 듣는 것은 내게 그다지 기분 좋은 일이 아니었다.

회사를 나온 것은 일곱 시가 지나서였다. 컴퓨터 전원을 끄고 복사기 용지를 보충하고 회사를 막 나오려는데 팩스가 한 장 들어왔다. 왠지 신경이 쓰여 다시 들어가 용지가 나오기를 기다렸다. 다음 달 아르바이트 정보지에 실리는 아르바이트 모집 광고의 초안으로 '사무(전화 받기 포함) 주 3일 이상, 시간당 팔백 엔, 학생 가능'이라고 쓰여 있었다. 모두 바깥에 나가 있을 때가 많으니 전화 받을 아르바이트 생을 써야겠다고 했던 사장의 말이 떠올랐다. 나는 팩스 뒤에 '저에게 생각이 있으니 보류해주십시오'라고 써서 사장 책상 위에 올려놓고 회사를 나왔다.

이태리 식당에 도착하자 미사키가 먼저 와 기다리고 있었다. 빨간 줄무늬 체크 테이블 보 위에 랄프 로렌 쇼핑백이 놓여 있었다. 미사키는 기분이 좋은지 신주쿠 호텔에 2, 3일 묵고 간 어머니 이야기를 내가 자리에 앉기도 전에 시작했다. 랄프 로렌 쇼핑백에는 짙은 감색 여름 셔츠가 들어 있었다.

"어머니가 뭐라고 하시던?"

셔츠를 가슴에 대보면서 그렇게 묻자 미사키는 자못 의미심장한 얼굴로, "그렇게 얘길 했는데도 아직 날 데려가지 않는다면서 자기더러 한심한 남자래" 하고는 멋쩍게 웃었다.

"어때? 어울려?" 하고 내가 물었다.

"미리 주문했는데 괜찮지?" 하고 미사키는 대답했다.

가끔씩 미사키의 어머니에게 전화가 올 때가 있다. 물론 미사키가 집을 나간 것은 알고 계셨다. 미사키의 어머니는 대략 15분 정도 푸념을 늘어놓고는, "아, 후련하다" 하며 전화를 끊곤 하셨다. 그리고 언제나 끊을 때쯤 되면 "나오키도 이제 새 애인이 생겼겠지?" 하고 물어보셨다. 미사키 어머니의 푸념은 늘 세 가지 종류였다. 손해보험 대리점을 하는 남편에 대한 푸념, 늙다리 중년남자와 살기 시작한 외동딸 미사키에 대한 푸념 그리고 그런 딸을 방치해두는 칠칠맞은 나에 대한 푸념이었다.

미사키와는 헤어진 후에도 한 달에 두세 번은 만나 같이 식사를 하지만 이렇다 할 새로운 화제는 없다. 미사키와는 겨우 2년밖에 사귀지 않았다. 하지만 앞으로도 그녀와의 관계는 틀림없이 계속될 것 같은 예감이 든다. 아마 그녀 쪽에서도 그렇게 생각하고 있을 것이다. 이따금 미사키도 "겨우 2년 동안의 추억으로 평생을 사귈 수 있다니 우린 상당히 효율적이다, 그렇지?" 하고 말했다.

미사키가 주문한 것은 파스티초라는 고기 파이였다. 육즙이 뚝뚝 떨어지는 파이를 나이프로 조심스럽게 자르고 있는데 "저기 혹시 컨디션이 안 좋아?" 하고 갑자기 미사키가 물었다. 어금니의 통증을 가까스로 참아내며 식사를 하고 있었으니, "어제 사랑니를 뺐어" 하고 말하면 간단히 정리될 일이었다. 그러나 나는 왠지 그 사실을 그녀에게 곧이곧대로 말하고 싶지 않아 "별로 나쁠 건 없어"라고만 했다. 나 스스로도 이유를 알수 없지만, 그녀의 눈에 컨디션이 좋아 보이지 않는 오늘밤 내 모습을 사랑니를 뺀 탓으로 간단히 정리하고 싶지 않은 아주 모호한 기분이 들었다.

천천히 디저트를 먹고 가게를 나왔을 때는 아홉 시 반이 지나 있었다. 어디 가서 한잔 더 마실까 하고 가게를 나왔지만 골목을 빠져나온 큰 거리가 마침 지하철역 입구여서, 특별히 어느 쪽이 먼저랄 것도 없이 자연스럽게 시들한 분위기가 되어 그대로 지하철역 계단을 내려갔다.

유라쿠초 선을 타는 미사키와는 지하철역 매표소에서 헤어졌다. 그녀는 현재 동거 중인 남자가 3년 전에 샀다는 하루우미의 고층 맨션에 살고 있다. 물론 나는 그곳에 간 적이 없고,

사사오입 하면 쉰이 되는 독신남이 대체 어떤 맨션을 구입했는지 상상도 가지 않는다. 단지 몇 번인가 놀러간 적이 있는 미라이로부터 "우리 맨션과는 격이 달라. 그쪽이 엘리자베스 테일러라면 여기는 디바인(Divine, 존 워터스 감독의 컬트 영화 〈핑크 플라밍고〉 등에 출연했던 추악한 외모의 여장 남자 배우)이야" 하는, 알아듣지 못할 설명을 듣기는 했다.

치토세가라스야마 역에 도착해서 하루가 다르게 여름 기운을 느끼게 하는 밤바람을 맞으며 상점가를 걸었다. 휴일 출근이어서 정장을 하지 않아 폴로셔츠 목덜미로 들어오는 바람이 가슴 부위를 부드럽게 어루만졌다.

집으로 가는 도중에 비디오 가게에 들렀다. 역 앞의 작은 비디오 대여점에는 아직 〈연연풍진〉이 없었다. 나는 특별히 찾는 작품도 없이 어슬렁거리며 가게 안을 돌아다녔다. 감독별로 나누어놓은 코너에서 사토루 또래의 커플이 스탠리 큐브릭 감독의 〈2001년 스페이스 오디세이〉를 들고, "이거 에일리언 같은 거 나오는 영화가 아닐까?" 하며 소곤대는 소리를 들었다. 나도 모르게 빙그레 웃음을 흘리며 그들을 물끄러미 쳐다보고 있었던 모양이다. 시선을 느낀 남자 쪽이 '뭐야' 하는 불쾌한 표정으로 덤빌 듯이 나를 노려보았다.

나는 그 자리를 떠나면서 '그 영화에 나오는 건 에일리언이 아니라 더 무서운 거야' 하고 마음속으로 가르쳐주었다.

초등학생 때, 물론 리바이벌 상영이었지만 나는 영화관에서 〈2001년 스페이스 오디세이〉를 보았다. 그때까지 아버지와 함께 영화관에도 몇 번 갔었고, 텔레비전으로 방영된 영화도 주변 친구들에 비해 많이 본 편이었다. 초등학생 주제에 〈해바라기〉라는 이탈리아 영화를 보면서 소피아 로렌이 열차에 올라타는 이별 장면에서 눈물을 흘리기도 했고, 〈아라비아의 로렌스〉를 볼 때는 장래의 내 모습을 오버랩시키며 한숨을 내쉬기도 했다.

그런데 영화관에서 〈2001년 스페이스 오디세이〉를 보았을 때 내 가슴을 조여오던 답답함은 이때까지 느낀 것과는 비교도 되지 않았다. 〈엑소시스트〉조차 예사로 보았던 나였는데, 그때는 가슴이 답답한 정도가 아니라 무서워 견딜 수 없을 지경이었다. 그 영화의 엔딩 장면은 오랜 세월이 흐른 지금까지도 널리 알려져 있을 만큼 유명하다. 그 장면을 보면서 뭐랄까, 이 세상에는 나 같은 인간 따위는 도저히 이해할 수 없는 엄청나게 거대하고 이질적인 뭔가가 존재한다는 것을 새삼 깨달았다. 그 앞에서 나 같은 인간은 바람 불면 먼지처럼 날아가 버릴 힘없고 미미한 존재일 뿐이라는 직감이 어린 마음에도 들었다.

아버지의 손을 잡고 영화관을 나올 때, 내 몸의 뼈라는 뼈는 모두 빠져나간 듯한 느낌이었다. 온몸이 흐물흐물한 살덩어린 것만 같아 "재미있었니? 좀 어려웠지?" 하고 묻는 아버지에게 대답조차 할 수 없었다. 그 영화를 본 자신에 대해 화가 나는 것 같기도 하고, 슬픈 것 같기도 했다. 그러나 화내거나 슬퍼하는 존재가 정말 자신인지, 처절하도록 밀려오는 분노와 슬픔은 대체 누구를 향한 것인지 도저히 알아낼 길이 없었다.

결국 나는 아무것도 빌리지 않고 비디오 가게를 나와 집으로 돌아왔다. 현관에 들어서자 거실이 캄캄했다. 여자 방에도 남자 방에도 아무도 없는 것 같았다. 이렇게 어두운 방에 돌아오는 것은 오랜만이라 손만 뒤로 해서 문을 잠그고 캄캄한 현관 앞에 우두커니 서 있었다. 어둠 속에 물끄러미 서 있자 잊고 있던 어금니 통증이 다시금 느껴졌다. 아무도 없는 집 안에는 적막만 감돌았고, 창밖에서 들려오는 거리의 소음만이 희미했다.

구두를 벗고 캄캄한 거실로 들어서자 의식한 것도 아닌데 자신의 숨소리까지 또렷하게 들렸다. 그때였다.

"넌 아니겠지?"

어둠 속에서 갑자기 미라이의 목소리가 들려왔다. 나는 엉겁결에 "악" 하고 비명을 질렀다.

"뭐, 뭐야? 있었으면 불이라도 켜야지!"

한심하게 비명이나 질러댄 것을 얼버무리듯 괜히 큰소리를 치며 벽의 스위치에 손을 뻗쳤다. 몇 번 깜박거리다 켜진 형광등 아래 안색이 좋지 않은 미라이가 정좌하고 앉아 있었다.

"뭐, 뭐 하는 거야? 그런 데서."

그녀의 진지한 분위기로 보아 이쪽을 겁주기 위한 장난은 아닌 게 분명했다.

"넌 아니지?"

정좌한 미라이가 한 번 더 천천히 말했다. 무슨 일인지 비디오테이프를 손에 꽉 쥐고 있었다.

"그러니까 뭐가?"

"벽장에 있는 내 물건 뒤지지 않았지?"

미라이는 바닥의 한 점을 응시한 채 전혀 시선을 움직이지 않았다.

"네 물건? 내가 왜 그걸 뒤져."

정좌한 미라이에게 나는 아직도 가까이 다가서지 못했다.

"요스케도 고토도 아니야. 너도 아니니까 범인은 사토루가 분명해. 사토루를 여기서 쫓아내! 지금 당장!"

미라이는 그렇게 소리치며 들고 있던 비디오테이프를 벽에다 힘껏 내동댕이쳤다. '딱' 하는 마른 소리를 울리며 바닥에서 튀어 오른 비디오테이프가 내 발아래까지 떼굴떼굴 굴러왔다. 뭐가 어떻게 된 건지 도무지 영문을 모를 일이다.

5.3

오늘은 회사에서 전표 정리를 하느라 하루를 다 보냈다. 사원이 적은 탓에 경리 관계의 일은 거의 내가 도맡아서 틈틈이 하고 있다. 오후에 회계 사무실 여직원이 전표를 회수하러 와서 지난달과 똑같은 주의를 주었다.

"하루 만에 다 하려고 하니까 안 되는 거예요. 매일 조금씩이라도 해두면 별일 아닐 텐데."

아르바이트 정보지에 싣기로 했던 모집 광고는 이미 사장이 전화로 취소시킨 듯했다.

"요전에 봉투에 주소 붙이기 할 때 도와주러 왔던 사토루라는 아이 있죠?" 하고 내가 말을 꺼내자 사장은 "아, 그 아이. 아르바이트라도 좋다면 데리고 와" 하고 그 자리에서 채용을 결정했다.

회계 사무실의 여자가 돌아간 후 사장과 함께 늦은 점심을 먹으러 나갔다. 오랜만에 맛있는 걸 먹고 싶다는 사장을 따라 뉴오타니의 세키신테이(石心亭)로 가는 도중에 사장이 얼마 전 NHK에서 본 프로그램 이야기를 불쑥 꺼냈다.

뉴욕에 사는 최하층 사람들에게 이슬람교를 전도하며 다니는 청년의 다큐멘터리였던 것 같은데, 사장의 이야기가 어디까지 정확한지는 알 수 없지만, 그 청년이 마약 중독으로 괴로워하는 중년의 흑인 여성에게 "신앙을 가지면 지금까지의 인생은 백지로 돌아갑니다"라고 말했던 모양이다. 중년의 흑인 여성은 며칠 후에 이슬람교로 개종하고 그 청년에게 코란을 받으면서 "이것으로 나의 인생이 백지로 돌아간 거죠?"라며 마약 중독자 특유의 핏발 선 눈으로 눈물을 철철 흘리더라고 했다.

이야기를 끝낸 후 사장이 "어때?" 하고 묻기에, 나는 "글쎄요" 하고 대답했다.

세키신테이의 점심 메뉴는 도미나 등심 둘 중 하나다. 사장이 도미를 주문해서 나는 등심을 시키기로 했다.

식사를 마치고 호텔을 나와 둘이 한가롭게 기오이 언덕을 올랐다. 언덕의 막다른 곳에는 산책길이 이어져 있고, 눈앞에 보이는 상지 대학 캠퍼스 너머로 멀리 영빈관의 지붕이 희미하게 보였다. 좀 쉬어가자는 사장을 따라 나란히 벤치에 앉았다. 하늘이 새파랬다. 햇살에서는 벌써 여름 냄새가 났다. 한참 동안 우두커니 앉아 있는데 똑같은 옷을 입은 동네 꼬마들이 무거운 발걸음으로 산책길을 뛰어왔다. 볼을 빨갛게 물들인 아이들의 이마에는 초여름 햇빛 때문인지 땀방울이 송골송골 맺혀 있었다. 뛰어가는 아이들의 발밑에서 먼지가 피어오르자 마른 흙내가 맡아졌다.

"아, 참. 이하라 씨에게 소개하고 싶은 아가씨가 있어."

옆에 앉은 사장이 느닷없이 말을 꺼냈다.

내가 적이 당황하여 "괜찮습니다. 제가 직접 찾아야지요" 하고 거절하자, "혹시 아직 헤어진 여자하고 질질 끌고 있는 거아냐?" 하며 미소를 머금었다.

"그렇게 질질 끄는 게 연애의 참맛 아닐까요?"

"진심으로 하는 말이야?"

올해 마흔한 살인 사장은 어디서 찾았는지 요스케와 동갑인 대학생과 사귀고 있었다. 언젠가 술자리에서 "사장님은 어떤 타입의 남자를 좋아하세요?" 하고 물은 적이 있었다. 사장은 진담인지 농담인지 "내가 좋아하는 타입은 성 프란체스코의 모토와 같아"라고 대답했다. 성 프란체스코의 모토는 '청빈, 동정, 복종'이라는 말도 덧붙였다.

저녁 무렵에는 시사용 팸플릿 제작팀의 회의에 참석했다. 언제나 출자율이 제일 높은 모 상사의 부장이 제안하는 아날로그틱한 디자인과 컨셉이 채택되었다. 회의실을 나서면서 기획안이 하나도 채택되지 않은 모모치 씨에게 "작품은 내용으로 승부하는 겁니다!" 하고 다소 무법자 같은 목소리로 위로하며 어깨를 부드럽게 두드려주었다.

그 후 회사로는 돌아가지 않고 혼자 아오야마의 '할시온'으로 술을 마시러 갔다. "미라이 씨도 곧 올 거야"라는 주인의 말을 듣고 괜히 걸려들었다가 또 아침까지 어울리게 될 것 같아 황급히 자리를 뜨려는 순간, 이미 어디서 한잔 걸친 듯한 미라이가 신지 씨를 대동하고 나타났다. 미라이는 카운터에 있는 나를 발견하자 재빨리 달려와 "사토루한테 말했어?" 하고 물으며 술냄새를 풍겼다. "뭘?" 하고 나는 시치미를 뗐다.

"뭐가 '뭘'이야? 그 녀석 쫓아내 달라고 부탁했잖아!"

"그러니까 그 녀석이 뭘 어쨌는데 그래? 이유도 모르면서 그냥 나가라고 할 수는 없잖아."

나는 마스터가 내준 딸기와 화이트 와인을 우물거리며 말했다. 그래도 미라이는, "그 애가 내 물건을 멋대로 뒤졌단 말야! 당장 쫓아내!" 하고 되풀이했다.

당사자인 사토루에게 이유를 물어보려고 해도, 미라이의 보복이 두려운지 최근 며칠간은 집에 들어오지 않아서 아직 말도 못 붙여봤다. 미라이와 내가 출근한 낮 시간에는 몰래 들어올 때도 있는 듯했다. 고토가 미라이를 화나게 만든 이유를 물었더니, 사토루는 "악의는 없었어요. 하지만 기분이 상했다면 깊이 반성하고 있다고 전해주세요"라고 대답했을 뿐 정작 무슨 짓을 저질렀는지는 말하지 않더라고 했다.

"일기를 읽은 건 아닐까?" 하는 내 의견에 "미라이는 일기 같은 건 쓰지도 않아" 하고, 고토가 아주 자신만만하게 부정했다.

내일 오전 중에 회의가 있다는 사실을 떠올리고 "먼저 갈게"

하고 자리에서 일어섰다. "자, 잠깐만 기다려" 하고 다급하게 붙드는 미라이에게 "그럼 말해. 사토루가 무슨 짓을 했는지" 하고 다시 물었다.

"알았어. 말할게. 말하면 되잖아. 말할 테니까 그 녀석 꼭 쫓아내야 돼."

미라이는 그렇게 전제를 하고 사토루가 저지른 짓을 이야기하기 시작했다.

결국, 나는 미라이의 손을 뿌리치고 가게를 나왔다. "내가 아끼는 비디오테이프에 〈핑크 팬더〉를 녹화했어"라니……. 듣고 보니 정말 어처구니가 없을 정도로 하찮은 일이었다. 게다가 미라이가 그토록 소중히 아끼는 비디오는 영화의 강간 장면만 가득 모아둔 것이라니. 사토루가 아니라 누구라도 그런 건 지워버리고 싶어지는 게 지극히 당연하다.

가게를 나가는 내 등에다 대고 "잠깐만!" 하고 외치는 미라이의 목소리가 들려왔다.

미라이는 만취 상태가 되면 장소에 관계없이 잠들어 버리는 습관이 있다. 한번은 모두 돌아가려고 자리에서 일어섰는데 좀 전까지 떠들던 미라이의 모습이 보이지 않았다. 혼자 먼저 돌아간 건지도 모른다며 사람들은 미라이의 행방을 찾아보지도 않고 소파에 쌓아둔 각자의 코트를 걸쳤다. 그런데 미라이는 그 코트들 아래에서 편히 잠들어 있었다. 무슨 꿈을 꾸는지 얼굴에는 행복한 미소까지 떠올라 있었고, 새근새근 숨소리까지 규칙적이었다. 가끔 무엇이 슬퍼 그리 마셔대는지 미라이에게 그 이유를 물어보고 싶을 때가 있다.

나는 치토세가라스야마 역 앞의 베스킨라빈스에서 아이스크림을 사들고 집으로 돌아왔다. 거실에는 고토밖에 없었다. 요스케는 아르바이트가 끝난 후 기와코 씨 집에 자러 갔고, 사토루는 미라이가 무서워 여전히 돌아오지 않은 것 같았다.

왠지 표정이 어두워 보이는 고토에게 유리접시에 아이스크림을 담아주었다. 날이 갈수록 고토는 이 거실의 주인으로서 관록을 쌓아갔다. 최근에는 딱히 그렇게 하자고 정한 것도 아닌데, 고토가 언제나 앉는 자리는 그녀가 없을 때조차 아무도 앉지 않는다. 피자 가게 쿠폰과 사다 둔 휴지가 어디 있는지 즉석에서 대답할 수 있는 사람도 고토뿐이었다.

아이스크림을 스푼으로 떠서 입 안으로 넣지 않고 그저 멍하니 보고만 있는 고토에게 "무슨 일 있어?" 하고 물었다. 묻기는 했지만 나는 대답도 기다리지 않고 남자 방으로 들어가 양복을 벗었다. 장롱 앞에서 넥타이를 풀고 있는데 입구에 서 있는 고토의 모습이 거울에 비쳤다. 깜짝 놀라 돌아보았다. 여전히 손에 스푼을 든 그녀가 넥타이를 푸는 내 등을 물끄러미 바라보았다. 문득 나쁜 예감이 들어, "오늘 말이야, '할시온'에서 미라이를 만났는데 벌써 취해 있더라" 하며 선수를 쳤다.

"저기, 나오키. 좀 의논할 게 있는데…….."

올 것이 왔구나, 하고 나는 생각했다. 그래도 되도록 표정을 바꾸지 않으려 애쓰며 "뭔데?" 하고 물었다. 고토의 고민거리라면 마루야마 도모히코와의 일이 뻔했다. 고토에게는 정말 미안한 말이지만 지쳐서 돌아온 밤에 그런 류의 상담은 딱 질색이다.

"왜 그래? 뭐가 잘 안 돼?"

나는 와이셔츠 단추를 풀면서 가능한 고토와 눈을 마주치지 않기 위해 애쓰며 그렇게 물었다. 고개를 숙인 고토의 모습이 여전히 옷장 거울에 비쳤다.

"저기, 아직 아무한테 말 안 했는데…….."

"응. 뭔데?"

그렇게 물으면서도 '아무한테도 말 안 했으면 내게도 말하지 말아줘' 하고 마음속으로 중얼거렸다.

"저기, 물론 주의는 했는데…….."

거기까지 들은 나는 대강 뭔지 짐작이 갔다. 나는 와이셔츠를 벗어 던지고 그저 "응" 하고 대답했다.

"아직 마루야마에게도 말하지 못해서…….."

아디다스 운동복으로 갈아입고 고토의 등을 밀며 남자 방을 나와 거실 소파에 둘이 마주 앉았다.

만약 고토의 뱃속에 든 아이가 내 아이라면 얼마나 편할까,

하고 나는 생각했다. "어쨌든 내일 이야기하자, 내일" 하면서 불을 끄고 얼른 침대 속으로 들어가 버리면 많은 이야기를 하지 않아도 훌륭한 대답이 될 것이다. 그러나 고토의 뱃속에 있는 아기는 유감스럽게도 내가 아니라 텔레비전으로 본 게 전부인 탤런트의 아이였다. 고토 역시 최근 몇 달 동안 함께 살긴 했지만, 내게는 단순한 친구 중의 한 사람일 뿐이다. 사실 이 모호한 거리감이 어렵다. 우린 버럭 화를 낼 수 있을 만큼 가깝지도 않고, 눈앞에서만 짐짓 걱정해주는 척하며 끝낼 만큼 멀지도 않은 사이였다.

"먼저 마루야마하고 의논하는 것이 옳겠지?"

일단 나는 이 상담에서 도망갈 준비를 했다.

"그렇긴 한데, 어떻게 말을 해야 할지……."

아까 나한테 말했던 것처럼 하면 돼. 아주 훌륭하던데 뭐, 하고 나는 속으로 중얼거렸다. 테이블 위의 아이스크림이 천천히 녹아내리기 시작했다.

"그래도 확실하게 얘기해야지."

"으응…… 그렇긴 하지만…… 저기, 만약 싫다면 무리하게 부탁하진 않겠는데, 혹시 나오키가 대신 물어봐 주면 안 될까?"

그 말에 나도 모르게 마음이 초조해졌다. 물론 마음속으로는 퉁소의 저음처럼 '싫어, 싫어' 하는 소리가 울려 퍼지고 있었지만, 마음이 약해서였을까 아니면 그 자리를 벗어나기 위해서였을까? 내 입을 뚫고 나온 말은 "묻다니, 뭘?" 하는 아주 어중간한 대답이었다.

"그러니까 내가 만약 임신을 한다면 어떻게 하겠냐고?"

"임신을 한다면? 벌써 한 거 아냐?"

"그렇긴 하지만……. 그쪽도 갑자기 '했다'고 하는 것보다 '한다면'이라고 가정하는 쪽이 냉정하게 생각할 수 있을 것 같아서."

고토가 마루야마를 바보 취급하는 것일까, 아니면 고토 자신이 바보일까? 나는 말없이 페퍼민트 초코 아이스크림을 핥았다. 와인으로 짜릿해진 혀에 아이스크림의 달콤한 맛이 번졌다.

"그래, 병원에는 가봤어?"

"아직. 그렇지만 시약으로 테스트해 본 결과……. 볼래?"

"아니, 돼, 됐어."

말하는 품으로 보아 그녀에게 아이를 낳을 생각이 없음은 분명해 보였다. 단지 그에게 말을 하지 않고 중절수술을 하기도 꺼림칙하고, 그렇다고 얼굴을 마주하고 마루야마에게서 수술하라는 말을 듣기도 고통스러운 게 분명했다. 그래서 제3자인 나를 개입시켜 '불만 없습니까? 불만 없죠?' 하고 뒤탈 없이 문제를 해결했으면 하는 눈치였다.

아이스크림을 다 먹고도 고토는 소파에서 미동도 하지 않았고, 나는 화장실도 못 가는 무거운 분위기 속에 앉아 있었다. 엉겁결에 "알았어. 좋아. 내가 마루야마를 만나볼게" 하고 말한 건 한시바삐 그 답답한 분위기에서 벗어나고 싶었기 때문이다.

"그렇게 정했으니 빠를수록 좋을 거야. 뱃속의 아기는 기다려주지 않으니까."

나는 그렇게 말하면서, 이렇게 호탕하게 말하니까 사람들이 자꾸 내게 고민을 안고 오는 거라는 반성도 했다.

고토는 "그, 그렇겠지" 하며 소파에서 일어나더니 여자 방으로 달려가 마루야마의 스케줄이 적힌 듯한 수첩을 들고 왔다.

"으음…… 다음 주라면 화요일 밤이나 수요일 오전이 어때?"

이상하리만큼 즐거워하는 고토의 목소리는 아무리 봐도 낙태 선고를 받으러 가는 날짜를 결정하는 목소리가 아니었다.

최근 몇 년, 어쩐지 내 생각과는 다른 방향으로 일이 흘러가는 경향이 생겼다. 좀더 설명하자면 나 자신을 위해 하는 일인데도 어디를 어떻게 돌고 돌다 그렇게 되는지, 주위 사람들에게는 누군가를 배려해서 한 행동이라는 생각을 하게 만든다.

미사키가 미라이를 여기에 데려오겠다고 했을 때도 그랬다. 나는 그저 우리 두 사람 사이에 미라이가 들어옴으로써 당시 매일 밤 계속되던 미사키와의 싸움이 일단락되리라는 희망 때문에 승낙했다. 그런데 미사키와 미라이, 심지어 '할시온' 주인까지 내게 도량이 크다는 칭찬을 아끼지 않았다. 요스케가 여기에 왔을 때도 그랬다. 고등학교 후배인 우메사키로부터 실연을 당해 잠시라도 눈을 떼면 자살할 것 같은 후배가 있다는 이야기를 듣고, 그렇다면 우리 집으로 데려오라고 했다. 그러나 내가 그렇게 한 이유는 뭐가 즐거운지 날마다 붙어 다니며 나를 무시하는 듯한 태도를 보이는 미사키와 미라이가 얄미웠기 때문이다. 두 사람에게 자살 직전의 남자라도 던져주자는 비열한 악의에 지나지 않았다. 자살 직전이었던 요스케는 여기서 살기 시작한 후 완전히 원기를 회복했다. 덕분에 나는 우메사키로부터 "역시 선배님이십니다" 하는 찬사까지 들었다.

고토와의 동거를 허락한 것은 미사키가 나간 후 온통 지저분하게 흐트러진 집에 짜증이 났기 때문이다. 아무리 미인이라 한들 고토가 청소를 좋아하지 않는다면, 하루종일 거실에 진을 치고 앉아 남자 전화만 기다리는 여자와 누가 함께 살고 싶겠는가.

그런저런 이유로 나는 내 자신이 득을 보는 차원에서 행동을 했는데도 고토도 요스케도 미라이도 사토루도 어째서인지 무슨 문제만 생기면 당연한 듯이 내게 상담을 하러 온다. 오늘 밤 고토의 일만 해도 그렇지만, 누가 상담을 요청해도 나는 진심으로 걱정을 해준 일이 없다. 그런데 그런 무심한 듯한 모습이 다분히 삐뚤어진 구석이 있는 그들에게는 일종의 이해심으로 느껴지는지, 본의 아니게 나의 주가만 올라갔다. 상대에게 동정심을 표시하지 않는 것으로, 어느 틈엔가 나는 그들의 좋은 큰형님 역으로 추앙받게 되었다. 이런 제멋대로인 배려에조차 만족하는 그들은 대체 세상에서 어떤 대우를 받는 것일까? 그런 생각을 하면 그들이 걱정스럽기도 하다. 아니, 내가 자꾸 이런 식으로 생각하기 때문에 그들이 내게 기대는지도 모른다.

5.4

오랜만에 하루도 쉬지 않고 일주일째 조깅을 계속했다. 역시 퇴근하고 와서 조깅을 나가는 것보다 이른 아침 한산한 거리를 뛰는 편이 훨씬 기분 좋았다. 한 이틀은 요스케가 따라왔지만 사흘째 아침에는 몇 번을 불러도 이불 속에서 나오지 않았다. 컨디션이 좋고 적당하게 몸이 지쳐 있으면 묘하게도 사람의 살이 그리워진다. 일요일에 뜻밖에 미사키가 자러 왔다. 그녀는 얇은 천의 꽃무늬 롱스커트를 입고 가슴 윤곽이 선명하게 드러나는 티셔츠를 입고 있었다. 그녀의 옷 중에서 내가 가장 좋아하는 차림이었다.

자기가 사온 양갱을 먹으면서 미사키가 "있지, 가끔 색다른 곳에서 해보고 싶지 않아?" 하고 유혹했다.

"색다른 장소란 게 어디야? 이를테면 요스케의 이불 같은데?" 하고 나는 놀려댔다.

"관둬. 그런 땟국물에 절은 이불에서……."

"그럼 어디야? 색다른 장소란 게."

한참 동안 둘이 이야기를 나누고 있는데, "어머나, 미사키 씨 왔네" 하며 외출했던 고토가 돌아왔다.

사흘 전 나는 에비스의 작은 커피숍에서 마루야마 도모히코를 만났다. 모자를 깊숙이 눌러 썼는데도 그는 가게 웨이트리스 세 명에게 사인 공세를 받았다. 마루야마는 텔레비전에서 볼 때보다 어려 보였다. 연예인은 어쩐지 정나미가 떨어지는 인간들이라 생각하는데다 이야기가 복잡해지는 것도 귀찮았고, 그 역시 다음 일이 기다리고 있어 재빨리 용건만 전했다. 그는 "알겠습니다" 하고 조용히 중얼거린 후, "저, 좀 생각할 시간을 주세요" 하고 말했다. '아니, 고토는 낳을 생각이 없어요' 하는 말이 목구멍까지 나왔지만, 예상과 달리 진지한 그의 앞에서 '떼라고 하면 고토도 안심할 거 아냐'라는 말은 도저히 할 수 없었다.

"일주일 이내에 반드시 고토에게 연락하겠습니다."

마루야마는 그 말을 끝으로 커피숍을 나갔다. 만약 '낳아줘'라고 하면 고토는 대체 어떻게 할 것인지 내 쪽에서 오히려 걱정이 되었다. 아마 며칠 안으로 고토에게 운명의 전화가 걸려올 것이다.

냉장고에서 생수를 꺼내는 고토에게 "어디 갔었어?" 하고 묻자, 태연한 얼굴로 '선거'라고 했다.

"선거? 여기로 전입신고 했었어?"

"아니, 아직. 미라이가 안 간다고 해서 내가 대신 투표하고 왔어."

고토는 그 말만 하고 여자 방으로 모습을 감추었다. 마루야마의 전화를 기다리는 데 지쳤다고는 하지만 자신이 중대한 위법행위를 범했다는 사실을 전혀 못 느끼는 것 같았다.

그때 옆에 있던 미사키가 "아, 생각났다. 색다른 장소!" 하고 소리를 질렀다.

*

미사키를 따라간 곳은 다름 아닌 투표소로 사용하는 이웃의 초등학교였다.

"여기?"

나도 모르게 뒷걸음질을 쳤다. "괜찮아. 몰래 들어가면"이라며 아주 자신만만하게 등을 떠미는 미사키와 함께 출입금지 로프를 넘어 아무도 없는 교사(校舍)로 침입했다. 일단 들어가기만 하면 누군가에게 발견될 일은 없을 것 같았다. 몸을 숙이고 복도를 지나 2층으로 이어지는 계단을 올라가 보니 제일 앞이 4학년 1반 교실이었다. 나는 소리가 나지 않도록 조심스럽게 문을 열었다. 고요한 교실 창에는 베이지 색 커튼이 드리워져 있고, 그 위로 아스라한 오후의 햇살이 쏟아졌다. 오랜만에 본 초등학교 책상과 의자는 마치 장난감처럼 작아 보였다. 미사키와 그 작은 의자에 나란히 앉았다.

"초등학생 때 어떤 아이였어?" 하는 그녀의 물음에, "어떤 아이긴, 그냥 평범했어" 하고 대답했다. 책상 안에 손을 넣어보니 딱딱해진 빵이 나왔다. 미사키는 음악 책을 펼쳐들었다.

그녀 앞자리로 이동하여 몸을 돌려 작은 책상 너머로 미사키의 입술에 키스를 했다. "가슴이 두근거려" 하고 미사키가 말했다. 나도 정말 가슴이 두근거렸다.

서로 알몸이 되지는 못했지만, 초등학교 교실에서 걷어올린 티셔츠 아래로 드러난 미사키의 하얀 가슴은 짓밟아주고 싶을 만큼 색정적이었다. 내가 포개고 있던 입술을 떼었을 때, "있지, 아직도 나 사랑해?" 하고 미사키가 불쑥 물었다.

나는 한참 생각한 후, "그렇게 생각하면 좀 부담스럽긴 하지만…… 아직도 사랑하는 거겠지"하고 대답했다. 그녀는 '흥' 하고 코웃음을 치더니 "여전해"라며 어이없다는 듯 중얼거렸다.

"여전하다니, 무슨 뜻이야?"

"여전하다는 건 여전하다는 뜻이야."

미사키가 올라간 브래지어를 원래대로 되돌리면서 말했다. 그때 복도에서 발자국 소리가 들려 우린 서로 마주보며 숨소리를 죽였다. 발소리는 전혀 속도를 늦추지 않고 계단을 내려가는 것 같았다.

"참, 미라이에게 들었어?"

"뭘?"

"진심인지는 모르겠지만 하와이에 간대."

"하와이? 누구하고?"

"여행이 아니라 살러 갈 거래."

"살러?"

"응. 하지만 미라이 말이니까 진심인지 뭔지 아직은 알 수 없어. 어느 술집에선가 사토루네와 어울려 술을 마시다가 고베의 과자공장 사장을 알게 되었대. 그 회사의 요양소 같은 곳이 오아후 섬에 있는데 그곳 관리인이 되어달라고 했다나 봐."

"뭐야, 관리인이라는 게?"

"몰라. 사진을 보여주는데 상당히 호화로운 콘도였어."

"그런 이야기가 술자리에서 나온 거야?"

"글쎄, 정확한 건 모르겠네."

미사키의 이야기를 들으며 나는 작은 의자에서 일어서서 복도의 동태를 살피러 갔다. 긴 복도가 쭉 뻗어 있을 뿐 아무도 걸어오는 기척은 없었다. 귀를 기울이면 아이들의 웃음소리가 금방이라도 들려올 것 같았다.

*

미사키와 둘이서 식사를 하러 나갔다. 거실에 있던 고토에게 같이 가자고 했지만, 열 시부터 마루야마가 출연하는 드라마를 봐야 하기 때문에 갈 수 없다고 쌀쌀맞게 거절했다. 미라이는 아직 퇴근하지 않았고, 요스케는 아르바이트를 나갔고, 사토루에게서는 여전히 소식이 없었다.

역 앞에 새로 생긴 우설(牛舌) 가게에서 식사를 하고 프랑스 사람이 운영하는 바에서 와인을 마셨다. 적당히 취해서 돌아와 보니 열 시가 넘어 있었다. 거실로 들어서자 맙소사, 마루야마 도모히코가 심각한 얼굴로 앉아 있었다.

"아! 아!" 하며 미사키가 소파에 앉아 있는 마루야마와 마침 텔레비전 속에서 벚나무 아래를 달리고 있는 그를 교대로 가리켰다.

방 분위기를 파악한 나는 미사키의 손을 잡아끌고 남자 방으로 들어갔다. "고토가 정말 마루야마 도모히코와 사귀는구나" 하고 흥미로워하며 미사키가 문 쪽으로 귀를 기울이려고 해서, "그만둬" 하고 조금 난폭하게 그녀의 팔을 끌어당겼다.

한참 동안 거실에서는 텔레비전 소리밖에 들리지 않았다. 지난주 방송에서 마루야마가 연기하는 청년은 친구에게 애인을 빼앗기고 상심한 에쿠라 료와 낡은 아파트에서 동거 생활을 시작했다.

'그 녀석을 생각하면서 내게 안기는 당신을 보고 있을 수가 없어'라는 유치한 대사를 뱉는 그의 목소리가 텔레비전 스피커에서 실제로 그가 앉아 있는 거실을 경유해 남자 방까지 들려왔다. "뭔가 묘한 느낌이야" 하고 미사키가 말했다. "뭐가?" 하고 묻자, "왠지 거실에서 이야기하는 것 같아" 하고 웃었다. 실제로 그랬다. 텔레비전 정도는 끄고 이야기할 것이지.

고토와 마루야마와의 목소리가 들려온 것은 프로그램 중간에 광고가 나온 후부터였다. "그만둬" 하고 주의를 주었는데도 미사키는 또 문에 귀를 바짝 붙였다.

거실에서 주고받는 대화를 요약하면, '너에게 짐이 되고 싶지 않아'라는 이유로 출산을 거부하는 고토에게 '그렇지 않아, 틀림없이 잘 해나갈 수 있을 거야'라며 설득하는 마루야마의 태도가 표면적인 모습이었고, 속내는 서로 뭔가 적당히 애를 지울 이유를 찾을 수 없을까 필사적으로 노력하는 분위기가 역력했다.

'수술해!'라고 인기배우가 말하고 '제발 낳게 해줘!'라고 팬인 여자가 애원한다면 결말을 쉽게 예측할 수 있을 텐데, '낳아줘!'라고 인기배우가 애원하고 '수술하겠다니까!'라고 여자가 설득하는 이야기의 결말은 좀처럼 쉽게 예측할 수 없었다.

문에 귀를 붙인 채 두 사람의 대화를 듣고 있던 미사키가 "뭔가 거꾸로 된 멜로드라마를 보는 것 같군" 하고 웃으며 "스페인 같은 곳에서 하는 낮 방송이라면 이런 전개도 있을 법하지" 하고 말했다. 나는 스페인의 낮 방송에 대해서는 잘 모르지만, 알모도바르 감독의 〈내가 무슨 일을 했기에〉라는 영화가 생각났다. 어떤 인터뷰 잡지에서 감독이 '환희에 찬 얼굴은 고통으로 일그러진 얼굴과 똑같다. 나는 프랑코 정권 따위는 전혀 존재하지 않는다고 생각하며 영화를 찍어왔다'고 한 말이 떠올랐다.

마루야마는 자신이 나오는 드라마가 끝날 즈음, 남자 방에 있는 미사키와 나에게 "실례했습니다" 하고 정중하게 인사를 하고는 돌아갔다. 밑에서 매니저가 기다린다고 했다. 문 너머로 들은 바로 미루어볼 때 두 사람 문제는 아직 아무런 결론도 나지 않은 듯했다.

거실로 나가 고토에게 이야기를 듣기도 귀찮아 나는 남자 방에 그대로 남아 있었다. 나 대신 나간 미사키가 엿들을 생각은 없었다는 걸 전제한 다음, "빨리 결정해야지. 아기는 기다려주지 않아" 하고 조금은 단호한 어조로 말했다. 그래도 아무 말이 없는 고토에게 "마루야마가 진지하게 걱정을 해주니까, 그게 좋아서 질질 끄는 거지?" 하고, 내 입으로는 차마 발설하지 못할 것 같은 말로 고토의 정곡을 찔렀다. 과연 여자는 이래서 다르다는 생각이 절로 들 정도로 통렬한 한 방이었다.

*

그날 밤 미사키는 자지 않고 그냥 돌아갔다. 엉망으로 취한 미라이가 귀가한 것은 새벽 두 시가 넘어서였다. 남자 방으로 들어온 미라이가 불을 켜는 것은 알고 있었지만 나는 계속 자는 척을 했다. 그러나 너무나도 집요하게 몸을 흔들어 결국 마지못해 "뭐야" 하고 돌아보며 형광등의 하얀 불빛에 부신 눈을 힘들게 깜박거렸다.

"나 지금까지 시모기타자와에 있는 '브로츠키'에서 요스케랑 술 마셨다."

미라이의 말에 침대 아래를 내려다보자 정말 요스케의 이불은 아직 개어진 채 그대로였다.

"기와코 씨도 같이. 그 두 사람 잘돼가는 모양이야."

나는 별 관심이 없어 그냥 "응" 하고 대답했다.

"사토루는 나가버렸대. 그냥 짐 싸들고 나가버렸나 봐."

미라이의 이야기를 들으며 사토루의 짐 같은 게 이 집에 있었던가 하는 생각을 했다.

"그 녀석, 오늘밤 어디서 잘까?"

"친구네 집에서 자겠지."

나는 쌀쌀맞게 대답하고 나서 벽 쪽으로 얼굴을 돌렸다. 미라이는 전혀 신경 쓰지 않고 이야기를 계속했다.

"전에 사토루를 따라 히비야 공원에 간 적이 있어. 한밤중에 둘이서 야외 음악당에 몰래 들어갔지. 잘 데가 없을 때 그녀석은 그 음악당에서 잔다나 봐. 무대 주위에 긴 벤치가 널려 있잖아. 거기 누워 있으니까 무척 차더라. 더군다나 한밤중의 벤치는 정말 등이 아플 정도로 싸늘하겠지. 도쿄의 한가운데 인데도 멀리서 차 소리만 가끔 들릴 뿐 처량할 정도로 고요하고……. 그 녀석 아직 열여덟 살이잖아. 그런데 그런 곳에서 몇 번씩이나 아침을 맞았다는 거야."

등 쪽에서 들리는 미라이의 목소리를 들으며 문득 사토루에게 아르바이트 건을 아직 이야기하지 않았다는 사실이 떠올랐다. 전에 시사회 안내장 봉투에 주소 붙이는 일을 도울 때 "이제 돌아가도 돼" 하는데도 "좀만 더 도울게요"라며 몇 번이나 실패하면서도 열심히 복사기를 조작하던 사토루의 모습이 떠올랐다.

"졸려?"

미라이의 목소리가 조금 쓸쓸하게 들렸다. 나는 "뭐, 별로"라고만 대답했다.

"소파에서 잠든 사토루 얼굴 본 적 있어? 아직 어린애야. 아직 어린데 잘 곳이 없어서 공원 벤치 따위에서 자는 거라구."

돌아눕자 눈앞에 미라이의 얼굴이 보였다. 우린 엉겁결에 서로 마주 보게 되었다. 갑자기 묘한 침묵이 흘렀다.

"나오키는 내가 남자를 싫어하는 레즈비언이라고 생각하지?"

"뭐? 뭐야, 갑자기."

"그렇게 겁먹을 거 없어. 내가 키스라도 할까봐?"

코끝에 닿는 입김으로 그녀가 보드카를 마시고 왔다는 것을 알 수 있었다.

"길고 짧은 건 대봐야 알 거 아냐? 거 뭐냐, 옆집 점쟁이 얘기, 너도 변화를 추구한다며? 내일부터 뭔가 달라질지도 모르지."

"됐어. 그렇게 무리하게 바꿔주지 않아도."

"뭐야, 기껏 도와주려고 하니까."

미라이는 그렇게 말하더니 형광등을 끄고 방을 나갔다.

'당신이 이 세계에서 벗어나도 그곳은 한층 더 큰, 이 세계일 뿐입니다…….' 이것이 옆집 점쟁이가 한 말이다.

5.5

고토가 회사로 연락을 해서 "아까 사토루에게 전화가 왔길래 아르바이트 건이니까 나오키에게 전화하라고 했는데 혹시 연락 왔어?" 하고 꽤나 들뜬 목소리로 물었지만, 바빴던 나는 "아니, 아직 안 왔어" 하고 무뚝뚝하게 대답했다.

"아, 그렇구나. 그럼 아직 못 들었겠네?"

"뭘?"

"사토루가 지금껏 어디에서 잤는지."

사장과 모모치 씨가 칸에 출장 중이어서 요즘은 전화 받는 일만으로 하루가 끝나버릴 정도였다. 나는 서둘러 전화를 끊으려고 "어디서 잤다는데?" 하고 퉁명스럽게 물었다. 고토는 조금 흥이 식은 듯 "글쎄, 사토루가 매일 밤 모모코 안에서 잤대" 하며 웃었다.

"친구네서 잔 게 아니고?"

"처음에는 그랬나 봐. 그런데 그 친구가 얼마 전에 잡혀갔대. 마리화나 소지 현행범으로."

그때 다른 전화가 울렸다. "아, 미안" 하고 급히 끊으려 하자 "저기 저녁에 퇴근할 때 주차장에 들러서 사토루를 데리고 오면 안 될까" 하고 고토가 말했다. 나는 "아, 알았어. 그렇게 해볼

게"하고 얼른 전화를 끊었다. 그러나 일러스트레이터에게서 온 전화를 받고 꼼꼼하게 전단지 색 지정을 하는 동안 그런 건 깡그리 잊어버리고 말았다.

그 후로도 전화는 끊임없이 울어댔다. 매스컴의 시사회 문의, 출판사로부터의 컬러 포지티브 의뢰, 잡지 취재 요청, 인쇄소의 교정쇄 확인 요청 등등……. 네 대나 되는 회사 전화를 혼자서 받다 보니 점차 손놀림과 어조가 기계적으로 변했고 전신에 묘한 흥분이 느껴졌다. 수화기를 놓는 순간 기다렸다는 듯 다른 전화가 울렸다. 손을 뻗치지 않으면 전화벨은 계속 울어댔다. 조금이라도 머뭇거렸다가는 이내 다른 전화가 울기 시작하고, 두 대의 전화벨이 합창하듯 동시에 울릴 때도 있었다. 크게 숨을 내뱉자 가슴 밑바닥에서부터 웃음이 솟아오르는 것 같았다. 순간 등줄기가 갑자기 서늘해졌다. 칸에서 영화를 매입하는 것도 아니고 기획회의 석상에서 설명을 하는 것도 아니다. 그저 아무도 없는 작은 회사 책상에서 걸려오는 전화를 받느라 동분서주하고 있을 뿐이다. 그런데도 이런 상황에서 일종의 환희를 느끼는 자신에게 소름이 끼쳤다.

전화는 아직도 계속 울리고 있었다. 난 전화를 보며 "지겨워"하고 작은 소리로 중얼거려 보았다. 소리의 울림이 왠지 거짓처럼 느껴졌다. 이번에는 다시 한 번 큰 소리로 "지겹다구!" 하고 외쳤다. 그러나 좁은 사무실에 울리는 소리는 '행복해!'

라는 외침으로밖에 느껴지지 않았다.

*

오랜만에 일을 일찍 마치고 퇴근하자 요스케와 고토가 거실에 사이좋게 나란히 앉아 텔레비전을 보고 있었다. 어차피 또 멜로드라마나 보고 있겠지 생각했더니 뜻밖에도 NHK의 다큐멘터리였다. 몇 년 전인가 MCA를 매수한 마쓰시타 전기가 결국 할리우드 비즈니스에서 실패하여 철수한 경위를 다룬 프로그램이었다. 결국 나도 두 사람 사이에 끼어 앉아 마지막까지 보고 말았다.

프로그램이 끝나고 옷을 갈아입으려고 남자 방으로 가는데 "이번 화요일에 병원 갈 거야" 하는 고토의 짧은 말이 등 뒤에서 들렸다. 나는 거의 반사적으로 "응" 하고 대답하며 방으로 들어가려고 했다. 그러다 문득 발을 멈추고 "병원이라니?" 하고는 황급히 고토를 돌아보았다.

"그럼, 역시 지우기로?"

그렇게 묻자 고토는 텔레비전에 시선을 고정시킨 채 고개만 깊숙이 끄덕였다.

"괜찮겠어? 그래도?"

나는 고토의 뒤통수에 대고 물었다. "응. 고마워" 하고 대답했다. 무엇이 고맙다는 건지 알 수 없었다. 그러나 더 이상 상관할 필요가 없는 일이었다. 나는 아무 말도 하지 않고 남자 방으로 들어가 양복을 벗었다. 트레이닝복으로 갈아입으면서 만약 고토가 내 여동생이어도 이렇게 했을까 하는 생각을 했다. 그러나 이내 '아냐, 고토는 내 여동생이 아냐' 하며 고개를 저었다.

남자 방 형광등이 갈 때가 된 듯했다. 깜박거리는 하얀 불빛을 받은 벗은 상반신이 섀시 창에 비쳤다. 창에 비친 내 모습은 형광등이 깜박거릴 때마다 또렷이 보였다가 사라지기를 반복했다. 한참 그 모습을 보고 있으니 딱 그 중간점인 듯한 뿌옇고 하얀 그림자만이 시계(視界)에 남았다. 문득 고토의 뱃속에 있는 태아의 모습이 떠올랐다. 그리고 아까 고토가 돌아보지도 않은 채 고개를 끄덕이던 모습을 떠올렸다.

깜박거리는 게 거슬려 형광등을 끄자 캄캄해진 방이 창밖에 펼쳐진 어둠 속으로 빨려들 것 같았다.

얼마만큼 서 있었을까. 정신을 차리고 보니 발밑에 거실의 불빛이 뻗어 있었다. 고토가 문틈으로 얼굴을 내밀고 캄캄한 방에 멍청히 서 있는 나를 이상하다는 듯 바라보고 있었다. 당황한 나는 "형광등이 다 되어서 말이야" 하고 변명하며 굳이 그 증거를 보여주기라도 하듯 형광등 끈을 잡아당겼다. 깜박거리는 불빛을 보고 고토도 안심하는 듯했다.

트레이닝복 바지의 허리끈을 묶으면서 "뭐야?" 하고 묻자, 요스케와 비디오를 빌리러 갈 건데 추천할 만한 작품이 없느냐고 고토가 물었다. 현관에서 "뭐해? 빨리 가자" 하고 외치는 요스케의 목소리가 들려서 나는 "미안, 생각나는 게 없네" 하고 고토의 등을 밀어 거실로 내보냈다.

두 사람이 비디오 가게에 간 후 켜진 채로 있는 텔레비전을 끄고 소파에 앉았다. 엉덩이 밑에 요스케의 열쇠고리가 떨어져 있었다. 들어보니 검은 가죽 열쇠고리에 열쇠가 다섯 개나 매달려 있었다. 하나는 이 집 열쇠, 또 하나가 모모코 열쇠라고 치면 나머지 세 개는 어디 열쇠일까. 하나는 기와코 씨의 집 열쇠이고 다른 하나가 고향집 열쇠일지도 모르겠다. 그러나 다섯 번째 열쇠는 어디를 열기 위한 것인지 전혀 짐작을 할 수가 없다. 나는 열쇠고리를 테이블 위에 던졌다. 다섯 개의 열쇠가 서로 부딪치며 시원한 소리를 냈다.

텔레비전을 끈 탓에 벽시계의 초침 소리까지 선명하게 들렸다. 조금이라도 몸을 움직이면 인조가죽 소파가 소리를 냈다. 항상 누구든 있는 이 거실에 오랜만에 혼자였다. 왠지 모르게 안정이 되지 않아 소파에서 일어나 텔레비전을 켰다. 그러고는 일어선 길에 최근 별로 들어간 적이 없는 여자 방에 무심히 들어가 보았다. 미사키가 있을 때와는 다르게 미라이의 침대 위치가 조금 바뀌어 있었다. 불을 켜고 침대 주변을 반 바퀴 돌았다. 바닥에 가지런히 개어져 있는 고토의 이불에 바틱 무늬의 커버가 씌워져 있었다. 벽 쪽에 박스가 세 개 있었다. 고토의 옷가지가 들어 있는 것 같았다. 고토는 겨우 이 정도의 짐으로 생활을 해오고 있다. 별 생각 없이 발로 밀어보자 박스 사이에 택배 송장(送狀)이 끼워져 있었다. 꺼내 보니 송장마다 볼펜으로 이미 글씨를 써놓았다. 보낼 곳은 고토의 본가였다. 도쿄의 오코우치 고토미가 히로시마의 오코우치 고토미에게. 자기가 자기에게 보내는 택배. 송장은 전부 세 장이었다. 고토의 생활용품이 든 박스도 세 개였다.

이상하게 아무런 감정도 생기지 않았다. 고토가 여기를 나갈지도 모른다, 고토가 사라질지도 모른다, 그런 생각은 들었지만 별다른 감정이 생기지 않았다. 돌이켜보면 고토는 처음 여기에 왔을 때부터 줄곧 그렇게 생각해온 듯했다. 오늘부터 함께 살아보자고 하면서 '그럼 건강해. 안녕!' 하고 동시에 말한 것처럼……. 시작하는 순간에 끝나버린 상태로 막연히 흘러온 듯한……, 그런 느낌이었다. 어쩌면 고토는 처음 여기 왔던 날 이미 여기를 떠났던 것인지도 모른다. 나는 최근 몇 개월, 언젠가 이곳을 떠날 고토가 아니라 이미 이곳을 떠난 고토의 잔상과 유쾌하고 즐겁게 살아왔는지도 모른다.

*

깜박거리는 걸 보고 나가긴 했지만 눈치 빠르게 사다줄 고토가 아니라서 나는 새 형광등을 사러 가기로 했다. 현관문을 열자 비슷한 타이밍에 옆집 402호의 문이 열리면서 예의 점쟁이가 양손에 쓰레기봉투를 들고 나왔다. 몇 번인가 본 적은 있지만 아직 한 번도 이야기를 나눈 적은 없었다. 정면으로 눈이 마주치는 바람에 일단 "안녕하세요" 하고 말을 걸었지만, 점쟁이는 노골적으로 얼굴을 돌렸다. 나도 모르게, "아, 실례했습니다" 하고 사과했다.

402호의 닫힌 현관문 안에서 고양이 울음소리가 들렸다. 그것도 한 마리가 아니라 대여섯 마리의 고양이가 다급한 울음소리를 내며 앞발로 문을 긁고 있는 듯했다.

왠지 점쟁이와 같은 엘리베이터를 타기 싫어 계단으로 1층까지 내려가자 하필 그때 엘리베이터 문이 열려 또다시 그와 눈이 마주쳤다. 이번에는 내 쪽에서 먼저 시선을 돌렸다. 시야 끝에서 점쟁이가 체념한 듯이 고개를 까딱 숙이는 것 같아 보였지만, 새삼 돌아보기에는 내가 너무 노골적으로 무시해버린 듯했다.

맨션에서 나온 나는 길 건너에 있는 편의점으로 갔다. 에너지 절약형 형광등 두 개와 조금 검은빛이 도는 바나나를 한 송이 샀다. 가게를 나와 다시 길을 건너려고 하는데 편의점 옆의 비상계단에서 양복 차림의 남자가 내려왔다. 편의점 위는 2층과 3층이 생명보험사 사무실이고 4층이 침구원, 5층이 주인의 자택이었다. 단순한 호기심에 남자가 내려온 그 비상계단으로 올라가 보기로 했다.

4층과 5층의 층계참까지 올라가자 길을 사이에 두고 마주 서 있는 맨션의 우리 집이 그대로 보였다. 집은 가로로 긴 구조여서 남자 방의 창, 거실 창, 여자 방의 창 모두 거리 쪽으로 나 있었다. 방마다 불이 켜져 있는데 남자 방 형광등만 아직도 깜박거리고 있었다. 거실에는 여전히 텔레비전이 켜진 채였고, 여자 방은 조명이 약간 어둡긴 했지만, 커튼은 쳐져 있지 않아 벽에 걸린 미라이의 일러스트까지 또렷이 보였다.

형광등 두 개와 바나나가 든 비닐 봉투를 발밑에 내려놓은 나는 철제난간에 턱을 괴고 우리들의 집을 바라보았다. 어느 방에도 사람은 없다. 우리가 사는 방을 밖에서 바라보는 느낌은 참으로 기묘했다. 그곳에 아무도 없어서가 아니라 그 속에서 우리들이 살고 있다는 사실이 기묘했다. 텅 빈 세 개의 방에 누군가 있는 모습을 보고 싶었다. 좀더 기다리면 비디오 가게에 간 요스케와 고토가 돌아올지도 모른다.

그때 불현듯 사토루 생각이 났다. 언제였는지 둘이서 역 앞 라면 가게에 갔을 때였다. 사토루가 접시를 들고 남은 볶음밥을 긁어먹으면서 "부탁이 있는데요" 하고 말했다. 나는 별 생각 없이 귀를 기울였다.

"내 친구 중에 마고토라는 애가 있는데 그 녀석도 불러서 함께 살면 안 될까요?"

사토루의 이야기로는 이미 고토와 의논했고 요스케와 미라이에게도 물어보았지만 세 사람은 모두 반대였다고 했다. 그래서 내가 한 번 더 그들에게 부탁해주었으면 한다는 내용이었다. 이야기를 들으면서 나는 말없이 라면 국물을 마셨다. 사토루의 이야기가 끝난 것과 내가 라면 국물을 다 마신 것은 거의 동시였다. 그릇을 내려놓고 얼굴을 들자 사토루가 물끄러미 이쪽을 보고 있었다. 나는 거의 무의식적으로 "너 뭔가 착각하고 있는 거 아니냐?" 하고 말했다. 순간 사토루의 얼굴에서 핏기가 가셨다. 당황한 나는 "아, 아니, 그러니까. 한 사람 더 잘만한 곳도 없잖아?" 하고 덧붙였지만, 사토루는 "그렇긴 하지만……"이라고 중얼거린 후, 그대로 입을 굳게 다물었다.

나는 비상계단 층계참에서 아무도 없는 우리 집을 바라보면서 멍하니 그 일을 떠올렸다.

아무리 기다려도 요스케와 고토가 돌아오지 않아서 포기하고 돌아가려는 순간, 맨션 앞에 감색 BMW가 멈춰 섰다. 조수석에서 내린 사람은 놀랍게도 미사키여서 순간 부르려고 철제 난간에서 몸을 앞으로 내밀었다. 그러나 차에서 내린 미사키는 운전석 쪽으로 돌아가 낯선 남자를 억지로 끌어내렸다. 운전석에서 끌려 나온 사람은 어두운 표정의 중년 남자였는데 다니쓰라는 미사키의 새 애인이 틀림없었다. 싫다는 남자의 팔을 끌고 미사키는 맨션 현관으로 들어갔다. 뒤를 따라갈까 생각했지만 두 사람이 우리 집으로 들어가는 모습을 그대로 바라보고 싶어졌다.

미사키의 모습은 곧 거실에 나타났다. 아직 현관에 서 있는 남자를 부르고 있는지 조그맣게 입이 움직였다. 미사키는 남자 방문을 열었다. 시계에서 이내 사라졌던 미사키가 곧 깜박거리는 형광등 불빛 속에 나타났다. 남자 쪽은 아직 모습이 보이지 않았다. 미사키는 깜박이는 불을 껐다. 눈앞에 있던 세 개의 불켜진 방이 두 개가 되고, 남자 방을 나간 미사키가 거실을 지나 여자 방으로 들어섰다. 나는 미사키를 향해 손을 흔들어보았다. 그러나 미사키는 창밖을 보려고도 하지 않았다.

거실로 남자가 들어온 것은 바로 그때였다. 두리번두리번 주위를 살피면서 미사키에게 손짓을 하는 걸 보니 '빨리 가자'고 하는 것 같았다. 거실로 돌아온 미사키가 외국인처럼 어깨를 으쓱하며 양손을 펼쳐 보였다. 서툰 무언극 배우의 몸짓 같았다. 나는 남자의 얼굴을 정면으로 볼 수 있었다. 내가 보기에는 별 볼일 없는 남자로 보였다. 미사키는 억지로 그를 여자 방으로 데려가더니 '여기서 살았어' 하고 가르쳐주는지 전에 그녀의 침대가 있던 곳을 가리켰다. 그때였다. 여자 방 벽에 걸려 있던 미라이의 일러스트를 둘러보던 남자의 눈이 유리창을 뚫고 내 눈과 마주쳤다. 순간 서로의 눈동자가 흔들리는 것 같은 느낌이 들었다. 내가 시선을 돌리지 않자 그는 마치 나 같은 인간은 보지도 못했다는 듯이 시선을 자연스럽게 벽으로 돌려 그대로 미사키의 손을 잡고 거실로 나갔다.

그 후 두 사람은 10분 이상 거실 소파에 앉아 있었다. 몇 번인가 남자 쪽이 일어서서 미사키의 팔을 끄는 모습이 보였지만, 그 이외에는 소파에 마주 앉은 두 사람의 머리만 보였다.

움직임이 없어진 두 사람의 머리를 바라보고 있자니 문득 묘한 의혹이 생겼다. 미사키는 지금 하루우미의 고층 맨션에서 살고 있지, 하는 생각을 멍하니 하던 중이었다. 문득 떠오른 묘한 의혹은 미사키뿐만 아니라 저 맨션에서 살고 있는 모두가 실은 각기 다른 장소에서 살고 있는 게 아닐까 하는 생각이었다. 미사키가 평소에는 하루우미의 고층 맨션에서 살고 있듯이, 미라이와 고토와 요스케와 사토루도 각기 다른 장소에 자신만의 방을 가지고 있는 게 아닐까 하는 생각이 들었다. 이 말을 뒤집으면 곧 눈앞에 보이는 맨션에서 살고 있는 사람은 나하나뿐이라는 뜻이 된다. 현실적으로는 도저히 있을 수 없는 이야기지만, 그 공상은 나를 무척이나 당혹스럽게 만들었다.

아직 미라이가 이사 오기 전 미사키와의 동거생활이 삐걱거리기 시작했을 무렵이었다. 미사키는 내게 이런 말을 했다.

"여기서 사는 건 나와 나오키 두 사람뿐이잖아. 그런데 가끔 난 여기에 또 다른 누군가가 살고 있는 것 같은 생각이 들어. 뭐라고 잘 표현할 순 없지만, 그건 분명 나와 나오키 둘이서 만들어낸 괴물 같은 존재일 거야."

그러나 미사키는 그 녀석 때문에 우리 사이가 나빠진 거라고는 하지 않았다. 단지, 사람과 사람이 서로 기대어 살다 보면 원하건 원하지 않건 그런 괴물 같은 존재를 만들어내는 게 아닐까 하는 말을 했을 뿐이다.

요스케와 고토가 돌아오기 전에 미사키와 남자는 방을 나갔다. 나도 계단을 내려가 이번에는 1층과 2층의 층계참에서 맨션을 나오는 두 사람의 모습을 보았다. 가로등에 비친 다니쓰의 얼굴이 아까보다 선명하게 보였다. 역시 별 볼일 없는 남자였다.

나는 그들의 차가 떠나기를 기다렸다가 길을 건넜다. 방으로 돌아와 거실 창을 열자 좀 전까지 서 있던 계단의 층계참이 정면으로 보였다. 철제 난간 밑에 두고 온 형광등 두 개와 바나나가 든 비닐 봉투가 보였다. 나는 혀를 차며 미사키 커플이 앉았던 소파를 걷어찼다. 소파 안의 베니어 판이 퍽 하고 갈라졌다. 한 번 더 걷어차자 그 구멍에 발이 쑥 들어갔다.

*

　창을 열자 비 냄새가 났다. 베란다로 나가 하늘을 올려다보 았지만 비구름은 없고 하얀 달만 떠 있었다. 문득 옆집 점쟁이 가 신월(新月)과 만월(滿月) 무렵에만 손님을 받는다고 한 이야 기가 생각났다. 촉촉한 밤 기운이 뺨을 어루만지고 티셔츠 소 맷부리로 들어가 겨드랑이를 간질였다. 뒤를 돌아보니 막 갈 아 끼운 형광등이 눈부셨다.

　베란다에서 방으로 돌아와 조깅용 트레이닝복으로 갈아입 고 거실로 나왔다. 비디오를 빌리러 간 길에 요스케와 고토는 노래방이라도 갔는지 아직 돌아오지 않았다. 오늘밤은 어디서 마시고 있는지 미라이의 모습도 보이지 않았다. 벽시계를 보 니 벌써 열한 시를 지나고 있었다.

　현관에서 신발 끈을 단단히 묶으면서 오늘밤은 어느 쪽으로 뛸까 생각했다. 구고슈 가도에서 동쪽으로 나가 간바치를 넘 어 마사 공원을 목표로 뛰는 것도 괜찮고, 반대로 북쪽으로 향 해 수도 고속 고가도로 밑을 빠져나가 이노가시라 공원 근처 까지도 충분히 달릴 기력이 있었다.

　현관에서 가볍게 제자리뛰기를 하는데 현관 너머에서 요스 케와 고토의 웃음소리가 들려왔다. 문을 열자 복도를 걸어오 는 두 사람의 시선이 내 발밑으로 향했고, 둘이 동시에 마땅찮은 표정을 지었다.

"늦었네."

내가 말을 걸자 "지금부터 조깅?" 하고 묻는 고토의 목소리와 "돌아오는 길에 파르페를 먹었거든" 하고 대답하는 요스케의 목소리가 겹쳐졌다. 요스케의 손에는 비디오가게 봉투가 들려 있었다. "그래서 뭐 빌려온 거야?" 하고 묻자 "비밀이야, 비밀" 하고 요스케는 웃었고, "모처럼 같이 보려고 했더니" 하고 고토가 왠지 의미심장한 어조로 말했다.

"조깅하러 가야 돼서 안 돼."

"그렇겠네."

고토와 요스케가 현관으로 들어가는 바람에 나는 밀려나듯 밖으로 나왔다. "근데, 뭘 빌려왔는데?" 하고 한 번 더 물었다. 고토가 신발을 벗으면서 "포르노 비디오" 하고 웃었고, 이내 요스케가 "내가 빌린 거 아니야. 고토가 빌리고 싶다고 했어" 하고 황급히 변명했다.

나는 문을 닫고 복도를 걸어갔다. 엘리베이터를 타고 무릎 굽혀펴기를 하자 몸무게 때문에 바닥이 크게 울렸다.

맨션 현관에서 다시 준비운동을 했다. 귀에 꽂은 헤드폰에서 마리아 칼라스의 노래가 울려 퍼졌다. 〈안드레아 셰니에〉의 '어머니는 돌아가시고'였다. 나는 아킬레스건을 천천히 펴고 테이프 되감기 버튼을 누른 다음, 크게 심호흡을 하고 달리기 시작했다.

맨션을 나와 구고슈 가도로 향했다. 확실히 정한 것은 아니었지만 저절로 발길이 왼쪽으로 향했다. 나는 차도와 보도를 구분하는 흰 선 위를 달렸다. 전신주가 나타나면 곧은 흰 선이 구부러져 차도 쪽으로 조금 팽창했다가 다시 원래대로 돌아왔다. 서서 이야기를 나누는 커플과 불법주차된 차 사이를 빠져나갈 때 귓가에 마리아 칼라스의 목소리가 되살아났다. 옛 백작의 영애가 연인을 살려달라고 애원하며 노래하는 이 불후의 아리아를 들으면서 밤거리를 혼자 달리는 기분은 그다지 나쁘지 않았다. 이 세계에서 도망치고 있다는 느낌에 저절로 다리에 힘이 들어갔다. 보폭에 맞춰 호흡을 가다듬었다. 양쪽 발이 거의 지면을 비비듯이 앞을 향해 나아갔다. 차도 쪽으로 붙어서 달리고 있는데 등 뒤에서 헤드라이트 불빛이 다가왔다. 차가 내 옆을 아슬아슬하게 빠져나갔다. 다음 차도 또 다음 차도 달리는 나를 비껴 앞으로 나갔다. 도망쳤다고 생각한 세계가 또다시 나를 추월해 왔다. 마쓰바 거리에서 좌회전했다. 이 좁은 거리를 빠져나가면 국도 20호선이 나온다.

한참 달리고 있는데 부자연스러운 것들이 자꾸 눈에 거슬렸다. 금이 간 보도블록, 사고로 찌그러진 가드레일, 휘어진 간판, 꺼져가는 가로등, 낮은 블록 담 너머로 얼굴을 내민 산뜻한 수국.

국도 20호선으로 나왔다. 횡단보도의 파란 불이 깜박거리고 있었다. 속도를 올려 6차선의 넓은 국도를 달려갔다. 정지선에 나란히 선 차들의 불빛이 낙인을 찍듯 내 얼굴을 비추었다. 피부 밑에 감춰져 있던 땀이 한꺼번에 모공으로 분출되기 시작했다. 중앙분리대를 밟고 선 순간, 신호가 빨간색으로 바뀌었다. 하얗게 빛나는 남은 횡단보도를 전력으로 달렸다. 오른쪽 발을 보도블록에 올리는 순간 등 뒤로 차가 쌩하니 지나갔다. 마치 지금 막 건넌 다리가 등 뒤에서 우르르 무너지는 느낌이었다.

횡단보도를 앞서 건너 느릿느릿 걸어가는 젊은 커플을 추월하여 마쓰바 거리를 북상했다. 워크맨 소리가 중간중간 끊기며 곡이 '하바네라'에서 '꿈속에 살고 싶어'로 바뀌었다. 소리가 중간중간 끊길 때만 지면을 밟는 딱딱한 소리가 들렸다. 반대로 음악이 흐를 때는 아스팔트 지면이 묘하게 부드러운 느낌이어서 마치 녹아 물컹거리는 리놀륨 바닥을 밟으며 뛰는 것 같았다. 대지가 아니라 대지를 덮은 피부 위를…….

그때 눈앞에 동굴 같은 어둠이 펼쳐졌다. 다카이도에서 국도 20호선과 분리된 수도 고속도로의 고가 다리가 거리를 짓뭉개듯 밤하늘에 걸려 있었다. 고가 다리 밑에까지 달려가서는 왼쪽으로 방향을 바꾸어 콘크리트 다리를 따라 달렸다. 한신 대지진 때, 같은 모양의 다리가 옆으로 쓰러지는 광경을 텔레비전에서 보았다. 무심히 고개를 들어보았다. 다리 위에서는 몇 백 대나 되는 차가 여전히 조용히 달리고 있었다.

고가 다리 아래의 어두운 일반 도로에는 사람의 그림자라곤 찾아볼 수 없고, 텅 빈 아스팔트 도로에서 신호등만 파란색에서 빨간색으로 바뀌었다. 굵은 전신주 뒤에는 담장이 쳐 있고, 노출된 콘크리트 벽이 가로등 불빛을 받아 하얗게 빛났다. 검은 페인트 낙서가 보였다. 뭘 그린 것인지는 모르겠지만 그다지 잘 그린 그림은 아니었다. 언제였던가 전에 한번 이곳을 달렸을 때는 스케이트보드를 탄 소년들이 모여서 살기가 느껴지는 괴성을 질러댔었다. 오늘밤에는 그들도 보이지 않았다.

리듬을 깨지 않으려고 계속 달렸다. 한참을 달리자 갑자기 흙 냄새가 맡아졌다. 동시에 빗방울이 뺨 위로 툭툭 떨어지기 시작했다. 어느 사이에 하늘에 비구름이 가득 퍼져 있었다. 물감을 모두 섞어놓은 듯한 탁한 색조였다. 소매를 걷어올린 팔과 귀에 비가 툭툭 떨어졌다. 가로등 불빛에 비친 빗방울이 하루살이처럼 보였다. 문득 그 앞에 요스케의 주차장이 있다는 사실이 떠올랐고, 사토루가 있을지도 모른다는 생각이 그 뒤를 이었다.

가로등 밑을 지나쳐 나올 때마다 발밑으로 나의 검은 그림자가 생겨났다. 그림자는 한 걸음 내디딜 때마다 앞쪽으로 뻗어나갔다가 가로등이 가까워지면 흔적도 없이 사라졌다. 뒤쪽으로 뛰어보니 발밑에 다른 그림자가 생겼고, 그것은 등 뒤로 뻗어나갔다.

세다가야 구라고는 하지만 이 주변은 아직 넓은 밭이다. 요스케가 빌려 쓰고 있는 주차장은 그 밭 안쪽에 있었다. 주차장의 자갈을 밟는 감촉만이 발바닥에 전해졌다. 귀에는 여전히 마리아 칼라스의 노래가 울리고 있었다.

요스케의 차는 넓은 주차장 구석에 우두커니 서 있었다. 주차장에 들어가면서 서서히 속도를 낮추고 숨을 고르며 천천히 걷기 시작했다. 주차장은 캄캄했다. 차에 가까이 다가가니 앞 유리에 흘러내리는 빗방울이 보였다. 운전석 창에 얼굴을 대고 안을 들여다보았다. 뒷좌석에 흐트러진 담요와 베개, 그리고 만화책 몇 권이 뒹굴고 있었다. 얼굴을 갖다대었던 유리창이 콧김으로 뿌옇게 흐려졌다. 생각 탓인지 손에 닿은 차체가 따뜻하게 느껴졌다. 목덜미에 떨어진 빗방울이 천천히 등으로 흘러들자 부르르 몸이 떨렸다.

비가 본격적으로 쏟아지기 전에 돌아가기로 마음먹었다. 차를 떠나면서 주차장 안을 천천히 달리기 시작했다. 흙 냄새가 한층 짙어졌다. 비는 양보가 없었다. 마리아 칼라스의 목소리를 뚫고 지면을 때리는 빗소리가 또렷이 들려왔다. 어깨가 젖어 티셔츠가 점점 무거워졌다. 머리카락 사이로 흘러내린 빗방울이 이마를 타고 눈으로 들어가 멀리 보이는 신호등 불빛이 뿌옇게 흐려 보였다. 고속도로의 고가 다리까지 돌아왔을 때는 티셔츠가 가슴과 배에 찰싹 달라붙을 정도로 젖어 있었다. 비와 땀이 섞여 팬티 고무줄 안에까지 물기가 스며들었다. 젖은 얼굴을 닦으려고 했지만 손바닥까지 젖어 있었다. 고가 다리 아래를 지나는 도중에 비를 피하려고 중앙 분리대에서 발을 멈췄다. 나는 녹슨 담장에 손을 짚은 채 허리를 구부리고 숨을 가다듬었다. 턱 끝에서 땀인지 빗물인지 모를 액체가 발밑으로 떨어져 그곳에 있던 콘크리트 조각을 동그랗게 적셨다. 콘크리트 조각에는 녹슨 철근이 삐죽 솟아 있었다. 멀리서 차 한 대가 달려왔다. 차의 헤드라이트가 고가 다리의 전신주에 그려진 낙서를 비추었고, 이내 빗물을 튀기며 지나갔다.

누군가의 발자국 소리가 희미하게 들린 것은 바로 그때였다. 마침 음악이 다른 곡으로 바뀌는 순간이어서 흐트러진 내 숨소리만 들릴 때였다. 고개를 들자 빨간 우산을 쓴 여자가 천천히 횡단보도를 건너오고 있었다. 여자는 중앙 분리대에 서 있는 나를 아직 보지 못한 것 같았다. 하얀 샌들을 신은 맨발이 흙탕물에 더러워져 있었다. 나는 발밑의 콘크리트 조각을 집어들고 기둥 뒤로 몸을 숨겼다. 전력질주한 뒤에 위가 경련을 일으킬 때처럼 구토 기운이 느껴졌다. 여자의 얼굴은 빨간 우산에 가려져 보이지 않았다. 기둥의 그늘에서 튀어나왔을 때 우산 아래로 여자의 입가만 언뜻 보였다. 어쩐지 웃고 있는 것 같았다.

　나 자신도 그다음에 어떻게 행동했는지 기억나지 않는다. 정신을 차리고 보니 나는 그 여자의 입을 막은 채 여자의 등을 녹슨 담까지 무자비하게 밀어붙이고 있었다. 여자의 비명은 들리지 않았다. 여자의 안면을 콘크리트 조각으로 내리쳤을 때 뭔가가 문드러지는 듯한 감촉이 손바닥에 느껴졌을 뿐이다. 부드러운 여자의 얼굴에 콘크리트 조각이 박혔다. 나는 한 번 더 팔을 들어 올렸다. 콘크리트 조각이 여자의 얼굴에서 쑥 빠졌다. 빼끔히 열린 여자의 입에서 검은 액체가 주르륵 흘러내렸다. 윗니와 아랫니 사이에 또 한 줄의 치아가 가지런히 있는 것 같았다. 여자의 두 눈이 중앙으로 몰려들었다. 나는 다시 콘크리트 조각을 내려쳤다. 그 바람에 귀에서 헤드폰이 빠져나갔다. 가슴팍에 떨어진 헤드폰을 얼른 귀에 꽂았다. 꽂자마자 또다시 콘크리트 조각을 휘둘렀다.

　올라타고 있던 여자의 몸에서 일어서다 콘크리트 조각을 여자의 가슴에 떨어뜨렸다. 여자의 가슴에서 약간 튀어 오른 콘크리트 조각이 그대로 바닥으로 툭 떨어졌다. 여자의 얼굴은 턱이 없는 것처럼 보였다. 입 안에서 부글부글 검은 거품이 일기도 했다. 떠나려고 하는 그 순간 여자의 손이 희미하게 움직였다. 몸을 굽히고 보니 여자는 들고 있던 우산의 단추를 오른손으로 몇 번이나 눌러댔다.

누군가가 등 뒤에서 손목을 잡은 것은 바로 그때였다. 비에 젖은 탓에 손목이 미끄러졌지만, 이내 다시 잡혀 강한 힘에 이끌렸다. 그 반동으로 양쪽 귀에서 다시 헤드폰이 빠져 채찍처럼 가슴을 치며 출렁거리다 발밑으로 축 늘어졌다. 균형을 잃는 바람에 여자의 배를 밟았는지도 모를 일이다. 발바닥이 뭔가에 미끄러지는 듯한 느낌이었다. 얼굴을 들자 그곳에 새파랗게 질린 사토루가 서 있었다. 펼쳐진 검은 우산을 아래로 떨군 채 서 있었다. 떨고 있는 게 나인지 그렇지 않으면 내 손목을 잡고 있는 사토루인지 알 수 없었다. 굳은 표정을 한 그를 본 순간 갑자기 전신에서 힘이 빠졌다. 그것은 살을 간질이는 것처럼 아주 기분 좋은 느낌이었다.

눈앞에 서 있는 사토루에게 뭔가 말을 하려다가 얼른 입을 다물었다. 어째서인지 '고마워' 하고 말할 것 같았기 때문이다.

그때 "빨리!" 하고 사토루의 입이 움직였다. 거의 동시에 역시 강한 힘으로 내 팔을 잡아끌었다. 나는 또다시 여자의 배를 밟았다. 사토루가 더욱 세게 팔을 잡아끌었다. "빨리!" 하고 다시 사토루가 말했다. 콘크리트 기둥 그늘에서 중앙 분리대로 나왔다. 사토루는 손을 놓지 않았다. 나는 저항하지 않고 끌려가면서도 귀에서 빠진 헤드폰이 신경 쓰여 몇 번이나 손으로 더듬거렸다. 그러나 아무래도 달리면서 꼬리처럼 늘어진 헤드폰 줄을 잡기는 어려웠다.

*

　사토루에게 이끌려 모모코가 세워진 주차장으로 향하는 도중 내가 무슨 생각을 했는지 전혀 기억나지 않는다. 어쩌면 정말로 덜렁거리는 헤드폰 줄만 생각했는지도 모른다.

　주차장으로 들어간 우리는 젖은 자갈을 밟으면서 요스케의 차로 뛰어갔다. 사토루가 머뭇거리는 나를 억지로 조수석으로 밀어넣었다. 그러곤 달아나지 못하게 하려는 듯 문을 걸어 잠그고 자신은 차 앞을 돌아서 운전석에 올라탔다. 운전석 문이 거칠게 닫혔다. 바깥의 소리가 차단되고 지붕을 때리는 빗소리만 차 안에 울렸다. 그 탓인지 팽팽하게 긴장되어 있던 공기가 갑자기 누그러지는 것 같았다. "뭐야, 흠뻑 젖어가지구" 하면서 사토루는 몸을 돌려 젖은 우산을 뒷좌석으로 던졌다. 나는 이제부터 드디어 뭔가가 시작될 것 같은 생각이 들었다. 그리고 그것은 왠지 아주 유쾌한 일일 것만 같았다. 흠뻑 젖은 사토루의 얼굴을 마주 보며 미소도 띄울 수 있을 것 같았다. 그리고 어쩐지 자신이 몹시 쑥스러워하고 있다는 걸 깨달았다.

　"괜찮아요. 아무도 보지 않았고, 여기에 오는 도중에도 아무하고도 마주치지 않았으니까."

　사토루가 젖은 티셔츠를 벗으며 말했다. 솔직히 그가 무슨 말을 하는지 알 수 없었다. 사토루는 뒷자리에서 큰 타월을 꺼내더니 먼저 자기 얼굴과 가슴을 닦고 그것을 둥글게 말아 내게 내밀었다. 무슨 말이든 해야 할 것 같았다. 그런데 적당한 말을 찾을 수가 없었다. 만약 여기서 내가 뭔가 말하지 않으면 이대로 모든 것이 끝나버릴 것 같았다.

뒷자리에 놓인 가방 속에서 사토루는 마른 티셔츠를 꺼냈다. 내가 저지른 행위 따위는 전혀 상관하지 않는 듯했다. 간섭받지 않는 자신에게 너무 익숙해져 버릴 것 같아 "야!" 하고 거칠게 사토루의 어깨를 잡아챘다.

"뭐하는 거야! 빨리 경찰이든 어디든 좋으니까 신고해!"

떨리는 목에 무딘 통증이 느껴졌다.

"뭐, 뭐야 갑자기! 놀랐잖아⋯⋯."

갑작스런 고함소리에 놀란 사토루가 성가시다는 표정을 지었다. 나는 다음 말을 기다렸다. 사토루가 '도대체 왜 그런 짓을 한 거예요?' 하고 물어올 것이고, 내게도 겨우 변명할 기회가 생길 거라 생각했다. 그러나 사토루는 티셔츠를 내밀며 "빨리 갈아입어요"라고만 했다. 멍하니 앉아 있는 내 몸에서 억지로 티셔츠를 벗기려는지 사토루가 손을 뻗어왔다. "내버려둬!" 하고 소리치며 나는 그 손을 뿌리쳤다. 그런데도 사토루는 "괜찮으니까, 빨리"라면서 다시 손을 뻗었다.

"갈아입고 어쩌라는 거야!" 하고 나는 소리를 질렀다.

"글쎄, 그 티셔츠에 피가 묻어 있잖아요!" 하고 사토루가 덩

달아 외쳤다.

"그래서, 뭐!"

"그래 가지고는 돌아갈 수 없잖아요!"

그렇군, 나는 지금부터 돌아가는 거야. 사토루에게 끌려가 모두의 앞에 던져질 테지.

사토루의 손이 저항 없는 나의 몸에서 젖은 티셔츠를 벗겨 냈다. "빨리!" 하는 재촉과 함께 건네 받은 사토루의 티셔츠를 입었다. 티셔츠에서 젖내가 났다. 내게는 조금 작았다. 이 티셔츠를 입고 모두의 앞에 던져질 비참한 내 모습을 떠올렸다. 그러나 '너희들한테 나를 나무랄 자격은 없어!'라고 소리치는 내 모습을 상상하자 어쩐지 유쾌한 기분이 들었다.

"됐어요? 다 갈아입은 거예요?"

사토루가 운전석 문을 연 순간 바깥의 소리가 차를 삼켰다. 자갈을 두드리는 빗소리가 요란했다. 먼 하늘에서 번개가 쳤다. 사토루가 건네준 비닐봉지에 젖은 티셔츠를 쑤셔넣었다. 너무 세게 쑤셔넣은 탓인지 비와 땀과 피가 번져 주먹을 흥건히 적셨다.

우산을 쓴 사토루가 조수석 쪽으로 돌아왔다. 창에 얼굴을 대고 비닐을 묶는 내 모습을 바라보았다. 문을 열자 뒤로 물러섰던 사토루가 차에서 내리는 내 머리 위에 검은 우산을 씌워주었다.

"다들 돌아왔을까요?"

자갈을 밟는 소리에 섞여 들려온 사토루의 목소리가 조금은 태평스럽게 느껴졌다. 나는 아무런 대답도 하지 않고 사토루의 손에서 우산을 빼앗아 들었다.

한참 동안 사토루와 말없이 나란히 걸었다. 쏟아지는 빗속에서 우산 하나를 받쳐 쓰고 사토루와 나란히 집으로 돌아가는 길이 몹시 지루하게 느껴졌다. 나는 어서 빨리 모두의 앞에 내던져졌으면 좋겠다고 생각했다. 도중에 몇 번인가 "괜찮을 거예요" 하고 사토루가 말했다. 그때마다 '괜찮지 않아. 너는 그 여자의 짓이겨진 얼굴을 못 봤잖아'라고 마음속으로 대꾸했다. 사토루의 시선이 이따금 나를 향한다는 것은 알았지만 일부러 눈을 마주치지 않았다. 방금 콘크리트 조각에 뭉개진 여자의 얼굴이 눈앞에 떠올랐다가 사라졌다. 아직 아무에게도 발견되지 않은 채 고가 다리 밑에서 엄지손가락으로 우산 단추를 누르고 있을지도 몰랐다.

주택가 좁은 골목길을 지나 다른 길을 이용해 국도 20호선으로 나왔다. 비에 젖은 아스팔트에서 차들이 빗물을 튀기며 지나갔다. 긴 횡단보도의 흰 선이 어두운 강에 걸쳐진 다리처럼 보였다. 사토루가 툭 하고 등을 밀었을 때에야 나는 다시 걷기 시작했다. 어느새 신호가 파란색으로 바뀌어 있었다. 정지선에 일렬로 나란히 선 차의 헤드라이트가 나와 사토루를 비추었다. 비추고는 있었지만, 그 빛은 비에 젖은 살에 닿을 뿐이지 몸속까지 비출 수는 없었다.

"집에 있는 애들한테 뭐라고 할 거야?"

나는 횡단보도를 건너려는 참이었다.

"뭐라고는…… 아무 말도 안 할 건데."

사토루의 말에 나도 모르게 발이 멈췄다. 잘못 들은 것이라 생각했다. 발을 멈춘 탓에 우산 아래에서 사토루만 한 걸음 앞으로 나아갔다. 돌아본 사토루가 빗물에 얼굴을 찡그리면서 나를 쳐다보았다.

"빨리!"

사토루가 다시 내 손목을 잡았다. 나는 그 손을 뿌리치며 "아무 말도 안 할 거라니, 그게 무슨 소리야?" 하고 당황하여 물었다. 사토루는 한참 동안 내 얼굴을 물끄러미 바라보았다. 그러고는 "벌써 모두 알고 있는 거 아닌가?" 하고 조금 귀찮다는 듯이 중얼거렸다.

"알고 있어?"

나는 사토루의 어깨를 잡았다. 몹시 가냘픈 어깨였다. "아파" 하고는 사토루가 몸을 비틀었다.

"모두라니 누구를 말하는 거지?"

"모두가 모두죠. 미라이, 고토, 요스케 형도 알고 있지 않느냐는 뜻이에요. 난 잘 모르겠어요. 서로 거기에 대해서 제대로 이야기한 적이 없어서."

아주 귀찮다는 듯한 말투였다. 사토루는 "빨리!" 하면서 내 팔을 한 번 더 끌어당겼다.

"자, 잠깐만. 어, 어째서 모두 알면서 잠자코 있는 거지?"

"몰라요, 그런 건."

"너, 너는 왜 가만히 있었던 거야?"

"잘 모르겠다니까요. 아무도 말하지 않지…… 그리고 난 그 집이 꽤 마음에 들었으니까."

불현듯 오늘밤 조깅을 하러 나올 때 마침 비디오 가게에서 돌아온 요스케와 고토의 얼굴이 떠올랐다. 두 사람은 내가 신고 있는 조깅화를 보고는 왠지 당혹스런 표정을 지었었다. 아까부터 몇 번씩이나 "괜찮을 거예요"라고 되풀이하는 사토루의 목소리가 귀에 되살아났다. 무엇이 괜찮다는 건지 겨우 알 것 같은 느낌이 들었다.

발밑의 젖은 아스팔트에 라이트를 비추며 좁은 골목길에서 피자 가게 오토바이가 갑자기 쌩하고 달려왔다. 빨간 유니폼도 헬멧 아래의 얼굴도 흠뻑 젖어 있었다. 오토바이가 지나간 뒤로 달콤한 치즈 향기만 남았다.

  현관을 들어가면 먼저 오른쪽에 화장실이 있다. 짧은 복도를 지나 왼쪽에 주방이 있고, 그 옆의 문을 열면 남자 방이다. 남자 방에는 내가 사용하는 파이프 침대가 있고, 요스케는 그 아래에 이불을 깔고서 잔다. 남자 방 안에 있는 새시 문을 열면 베란다가 나온다. 언제나 누군가의 빨래가 널려 있고 구형 세탁기 안에는 반드시 양말 한 짝이 남아 있다. 남자 방을 나오면 두 평쯤 되는 거실이다. 남쪽은 전면이 창인데다 바로 아래에 고슈 가도가 있어 다소 소음이 거슬리긴 하지만 햇빛이 잘 들고 천장도 높았다. 거실을 빠져나가면 여자 방이다. 원래 이 두 평이 조금 안 되는 양식 방은 나와 미사키의 침실이었다. 그러나 미사키가 나가고 난 후에는 그 방에 거의 들어가지 않았다. 방은 겨우 이것밖에 없다. 사람들에게 자랑할 만큼 훌륭한 맨션도 아니고, 이사가기 싫을 만큼 애착을 가지고 있지도 않다. 나가려고 마음만 먹으면 언제든 나갈 수 있는 그런 맨션에서 우리 다섯 사람은 살고 있다.

  거의 뛰다시피 해서 집으로 돌아왔다. "잠깐만 기다려요" 하고 외치는 사토루의 목소리가 들렸지만, 한 번도 걸음을 멈추지 않았다.

  엘리베이터를 기다리는 시간도 아까워 4층까지 뛰어 올라갔다. 숨을 고르면서 복도를 지나는데 옆집의 문이 또 열렸다. 얼굴을 내민 것은 예의 점쟁이로 눈이 마주치자 뭔가 깜박 잊고 나왔다는 듯 얼른 문을 닫고 들어가 버렸다. 등 뒤에서 엘리베이터가 열리고 사토루가 복도를 달려왔다. 나는 돌아보지도 않고 401호 문을 열었다. 거실에서 "아, 왔다" 하고 소리치는 미라이의 목소리가 들렸다. 현관에 구부리고 앉아 젖은 운동화 끈을 푸는 나를 밀치고 사토루가 먼저 안으로 들어갔다. 거실에서 나온 미라이가 "어머나, 너 돌아온 거야?" 하고 오랜만에 귀가한 사토루를 반갑게 맞았다.

"이제는 열이 조금 식었을 것 같아서."

사토루는 그렇게 말하며 "욕실에 누구 들어갔어요?" 하고 태평스레 물으면서 거실 안으로 들어갔다. 사토루가 먼저 들어간 탓에 뭔가 궤도에서 벗어나 버린 느낌이 들었다. 고개를 들자 히죽거리는 미라이가 눈앞에 서 있었다.

"좀 와봐!"

아직 운동화를 한 짝밖에 벗지 못한 나를 미라이가 잡아끌었다. 질질 끌려가면서 한쪽 다리를 치켜들고 젖은 운동화를 벗어 현관으로 던졌다.

거실에는 고토가 있었다. 테이블 위에 작은 거울을 놓고 열심히 눈썹을 뽑고 있었다. 평소와 달라진 거라고는 없었다. 거실 입구에 나를 세워두고 텔레비전으로 달려간 미라이가 비디오 재생 버튼을 눌렀다.

"이것 좀 봐봐."

미라이가 가리키는 화면에서는 펠라티오를 하는 여자의 얼굴이 보였다. 조깅을 나가기 전에 요스케와 고토가 빌려온 포르노 비디오 같았다.

"기억나지?" 하고 미라이가 물었다.

거실 입구에 선 채로 나는 묵묵히 고개를 저었다.

"왜, 요전에 '할시온'에서 나한테 물 끼얹었던 여자잖아! 이제 생각나?"

나는 남자의 성기를 혀로 핥고 있는 여자의 옆얼굴을 보았다. 미라이가 '할시온'에서 물세례를 받은 것은 기억나지만 물을 끼얹은 여자의 얼굴까지는 생각나지 않았다. 팔짱을 낀 미라이가 "생각났어?" 하며 노려보았지만 여전히 나는 고개를 저었다.

등 뒤 욕실에서 "이제 들어간 거야?" 하고 묻는 사토루의 목소리가 들렸다. "아니, 곧 나갈 거야" 하고 안에서 요스케가 큰소리로 대답했다. 탈의실에서 나온 사토루가 거실 입구에 서 있는 내게 알 수 없는 미소를 지어 보였다. 사토루는 내 몸을 밀어내고 눈썹을 뽑는 고토 옆에 털썩 주저앉았다. 거울에서 고개를 든 고토가 "어때?" 하고 사토루 쪽으로 얼굴을 돌렸다. "오른쪽이 좀 짙은데" 하자 고토는 다시 거울을 들여다보았다.

두 사람 옆에 우뚝 서 있던 미라이가 "그런데 이 여자가 미인이라고 생각하니?" 하고 사토루의 등을 발로 쿡쿡 찔렀다. 고개를 들어 텔레비전을 보던 사토루가 "미인은 무슨? 아는 사람이에요?" 하고 물었다.

"이 여자가 나한테 물을 끼얹었어."

"왜?"

"몰라. 약혼반지인지 뭔지 모르겠지만 가게에서 다이아를 자랑하길래 '당신 말이야, 그 다이아 때문에 아프리카 어린이들이 몇 명이나 희생됐는 줄 알아' 하고 가르쳐주었더니, 내가 질투를 하니 어쩌니 하는 거야. 그래서 화가 나 얼굴에 땅콩을 던져버렸지. 그랬더니 물을 끼얹잖아."

"같이 맞붙어 싸우진 않았어요?"

"물론 그러고 싶었지. 그런데 저기 서 계신 성인군자 나오키 씨가 꼼짝 못하게 내 두 팔을 붙잡는 바람에 어쩔 수 없었어."

미라이와 사토루가 동시에 나를 돌아보았다. 그때 허리에 목욕타월을 두른 요스케가 욕실에서 나왔다. 요스케가 "미안, 좀 지나갈게" 하면서 아직 젖어 있는 등을 내 팔에 부딪치며 지나갔다. 요스케가 "들어가도 돼" 하고 사토루에게 말했다. "내가 들어가려고 했었는데"라고 말하며 고토가 사토루를 쿡쿡 찔렀다. 나 따위는 아무런 관심도 없는 듯했다. 그때였다. 이 녀석들, 정말 알고 있구나 하는 느낌이 피부에 와닿았다. 정말로 알고 있었구나, 하고 뼈저리게 느낄 수 있었다.

소파에 앉은 요스케가 "너, 공부는 어떻게 할 거야?" 하고 물으며 사토루의 머리를 때렸다. 그 옆에서 고토가 하품을 하고, 한 손에 리모컨을 들고 우뚝 선 미라이는 여전히 텔레비전을 노려보고 있었다. 지금까지와 마찬가지로 나만 한 걸음 앞으로 내딛으면 그걸로 끝날 일인지도 모른다.

처음으로 낯선 여자를 때렸던 밤, 바로 이 거실로 돌아오자 마사지를 하고 있던 고토가 "저기, 요스케가 이즈 고원에 가자고 하는데 우메사키란 사람 어떤 사람이야?" 하고 물었다. 나는 가능한 냉정을 가장하며 "괜찮은 녀석이야"라고만 대답했다. 두 번째 밤, 마찬가지로 이곳으로 돌아오자 심각한 얼굴을 한 요스케와 미라이가 "오늘 아침에 여기 소파에서 자던 남자아이, 나오키가 데려왔어?" 하고 물었다. 나는 "아니, 몰라" 하고 대답했었다. 세 번째 밤, 나는 때리고 온 여자 대신에 만취한 미라이를 이 거실에서 간병해주었다. 네 번째 밤, 한숨도 못 자고 아침을 맞았던 나는 이 거실에서 와플을 먹고 있던 사토루에게 아르바이트를 권했었다.

지금까지와 마찬가지로 나만 한 걸음 앞으로 내딛으면 그것으로 끝날지도 모른다. 나는 아직 그대로 거실 입구에 서 있다. 콘크리트 조각에 뭉개진 여자의 얼굴이 문득 떠올랐다. 어두운 고가 다리 아래에 쓰러진 여자는 아직 비에 젖고 있을지도 모른다. 만약 이 세계에 또 하나의 도쿄가 있다면, 그래서 그곳에 그 여자가 쓰러져 있다면 나는 분명 당장이라도 그녀를 구하러 갈 것이다.

눈앞에서 웃음소리가 났다. 어느 틈엔가 텔레비전 화면에는 허리를 흔들며 춤을 추는 핑크 팬더가 비치고 있었다. 전에 미라이가 말한 비디오 같았다. 흉한 강간 장면 위에, 그것을 감추기 위해 되풀이해 녹화한 몇 마리의 핑크 팬더. ……웃는 얼굴로 허리를 흔들며 춤추는 핑크 팬더들의 행진.

소파에 앉은 요스케가, 사이좋게 나란히 앉은 고토와 사토루가, 텔레비전 앞에 서 있는 미라이가, 나를 무시하고 웃고 있다. 아직 심판도 용서도 받지 못한 나는 그대로 입구에 세워져 있다. 마치 그들이 나 대신 이미 후회하고 반성하고 사죄한 것처럼. 네게는 아무것도 줄 수 없어. 네게는 변명도 참회도 사죄할 권리도 주지 않을 거야. 왠지 모르게 나 혼자만 이들 모두로부터 몹시 미움을 받는 듯한 느낌이 들었다.

옮긴이의 말

　사람들은 누구나 무겁거나 혹은 진지한 자아를 가지고 있지만 사회생활에서는 그런 자신의 내부를 살짝 가려두고 타인들과 원만하고 순조롭게 잘 섞여서 살아갈 수 있을 만큼의 가벼운 면만을 부각시킨다.

　그리고 가끔은 궁금해한다. 타인에게 비치는 자신은 어떤 모습일까 하고. 간혹 '넌 이런 사람이야'라는 말을 듣고 '어, 난 그렇지 않은데?'라는 생각을 하게 되는 것은 역시 내 속에는 또 하나의, 아니 여럿의 '대외용' 나가 있기 때문일 것이다.

　《퍼레이드》는 같은 집에 사는 다섯 명의 동거인들이 차례로 화자가 되어 이야기를 이끌어가는 옴니버스식 구성으로, 화자가 바뀌어도 시간은 흐르고 이야기는 진행된다.

　그래서 뒤에 나오는 화자의 글 속에서 앞에 나온 화자가 어떤 심정 변화를 보여주고 어떻게 생활하고 있는지, 아까는 주인공이었던 사람을 다른 글에서는 그저 조연으로 다시 만나는 독특한 즐거움이 있다.

여기 나오는 다섯 명의 화자, 즉 다섯 명의 동거인들은 겉으로는 고민이 있으면 털어놓으며 친한 척 대하지만, 속으로는 서로에 대해서 '당장 내일 헤어져도 섭섭하지 않을' 사람들이라 생각한다.

'이야기하고 싶은 것'이 아니라 '이야기해도 되는 것만' 이야기하며 그들은 '대외용' 나와 '진지한' 나를 적절히 구분하며 공동생활에 자기를 맞추고 있는 것이다. 그리고 진정한 자신이 아니라 상대방이 원하는 자신을 연출하며 최대한 원만한 관계를 만들어 나간다.

언뜻 모두 가벼워 보이지만 한 사람 한 사람 화자가 되었을 때 보여주는 진지한 내면세계를 들여다보면, 등장인물로 나올 때 그들에 대해 가졌던 편견들이 한꺼번에 무너져버린다.

작가 요시다 슈이치는 아직 우리에게 낯선 이름이지만 머잖아 하루키나 류만큼 친숙한 이름이 되지 않을까 생각한다.

상복이 많아서인지 운수대통해서인지 모르겠지만 그가 지금까지 발표한 네 권의 작품은 모두 권위 있는 문학상들과 인연이 있다.

데뷔작《최후의 아들》이 문학계 신인상을 수상하는 동시에 아쿠타가와상 후보에 올랐고, 두 번째 작품《열대어》도 아쿠타가와상 후보에 올랐으며, 세 번째 작품《퍼레이드》로 야마모토

슈고로상을 수상하고, 《파크라이프》로 결국 아쿠타가와상을 받기에 이르렀다. 데뷔 5년에 참으로 화려한 경력이다.

그러나 그런 화려한 경력보다 더 대단한 것은 책을 붙들기 무섭게 작품에 풍덩풍덩 빠져들게 만드는 힘을 가진 작가라는 사실이 아닐까 싶다. 오랜만에 좋은 소설을 만나서 참으로 행복했던 몇 개월이었다.

센다이에서 권남희

퍼레이드

1판 1쇄 발행 2003년 5월 9일
2판 1쇄 발행 2005년 3월 11일
2판 22쇄 발행 2017년 10월 16일
개정 3판 1쇄 발행 2023년 8월 31일

지은이 · 요시다 슈이치
옮긴이 · 권남희
펴낸이 · 주연선

(주)은행나무
04035 서울특별시 마포구 양화로11길 54
전화 · 02)3143-0651~3 ǀ 팩스 · 02)3143-0654
신고번호 · 제 1997—000168호(1997. 12. 12)
www.ehbook.co.kr
ehbook@ehbook.co.kr

ISBN 979-11-6737-342-7 (03830)